書下ろし

血路の報復

傭兵代理店・改

渡辺裕之

祥伝社文庫

目次

『血路の報復』関連地図

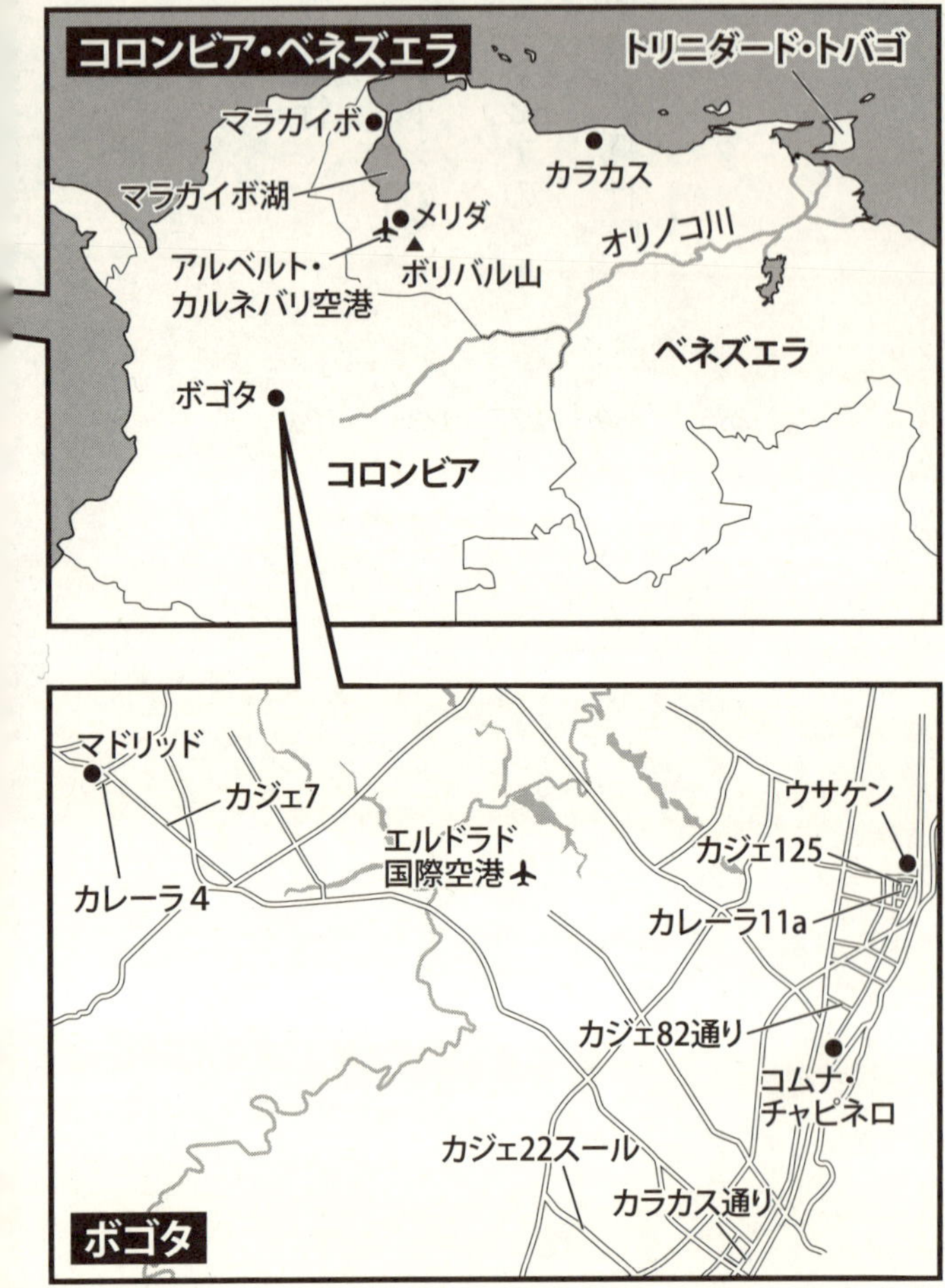
コロンビア・ベネズエラ
トリニダード・トバゴ
マラカイボ
カラカス
マラカイボ湖
メリダ
オリノコ川
アルベルト・
カルネバリ空港
ボリバル山
ベネズエラ
ボゴタ
コロンビア
マドリッド
カジェ7
ウサケン
エルドラド
国際空港
カジェ125
カレーラ4
カレーラ11a
カジェ82通り
コムナ・
チャピネロ
カジェ22スール
カラカス通り
ボゴタ

キューバ
ベネズエラ
ガイアナ
ギアナ
パナマ
コロンビア
エクアドル
ペルー
ブラジル
ボリビア
パラグアイ
チリ
ウルグアイ
アルゼンチン

各国の傭兵たちを陰でサポートする。
それが「傭兵代理店」である。
日本では防衛省情報本部の特務機関が密かに運営している。
そこに所属する、弱者の代弁者となり、
自分の信じる正義のために動く部隊こそが、"リベンジャーズ"である。

【リベンジャーズ】

藤堂浩志 ……………… 「復讐者(リベンジャー)」。元刑事の傭兵。
明石柊真 ……………… 「バルムンク」。フランス外人部隊訓練教官。
浅岡辰也 ……………… 「爆弾グマ」。浩志にサブリーダーを任されている。
加藤豪二 ……………… 「トレーサーマン」。追跡を得意とする。
田中俊信 ……………… 「ヘリボーイ」。乗り物ならば何でも乗りこなす。
宮坂大伍 ……………… 「針の穴」。針の穴を通すかのような正確な射撃能力を持つ。
寺脇京介 ……………… 「クレイジーモンキー」。Aランクに昇級した向上心旺盛な傭兵。
瀬川里見 ……………… 「コマンド1」。元代理店コマンドスタッフ。元空挺団所属。
村瀬政人 ……………… 「ハリケーン」。元特別警備隊隊員。
鮫沼雅雄 ……………… 「サメ雄」。元特別警備隊隊員。
ヘンリー・ワット …… 「ピッカリ」。元米陸軍デルタフォース上級士官(中佐)。
マリアノ・ウイリアムス … 「ヤンキース」。ワットの元部下。黒人。医師免許を持つ。

森　美香 ……………… 元内閣情報調査室情報員。藤堂の妻。
池谷悟郎 ……………… 「ダークホース」。日本傭兵代理店社長。防衛庁出身。
土屋友恵 ……………… 「モッキンバード」。傭兵代理店の凄腕プログラマー。
片倉誠治 ……………… CIA職員で、森美香と片倉啓吾の父。

影山夏樹 ……………… フリーの諜報員。元公安調査庁特別調査官。

プロローグ

二〇一八年十二月二日、午後八時。

ルーマニア上空を米軍のC5輸送機が、飛行していた。

ドイツ・ラムシュタイン米空軍基地を飛び立ち、カスピ海からトルクメニスタンを抜けてアフガニスタンのバグラム空軍基地に着陸する飛行コースである。

救援物資と軍の補給物資が詰め込まれている貨物室に乗員の姿はなく、赤い非常灯とエンジンの騒音だけが機内を支配していた。

「……？」

明石《あかし》柊真《しゅうま》は寒さで目を覚ました。だが、周囲は鼻先も見えない暗闇である。

「ここは？」

目覚めても、靄《もや》が掛かったように頭の中は混濁《こんだく》していた。

「そうだ。俺は……」

右手で頭を押さえてゆっくりと振ると、ラムシュタイン米空軍基地にある倉庫のような場所で、手足を縛られていた情景が脳裏に浮かんだ。しかも、注射器を持った男に麻酔薬を打たれたところまでは、なんとか記憶を辿《たど》ることができる。

右手を伸ばして周囲を探ると、天井は高いようだが、四方は堅いものに囲まれている。柊真は狭い空間で体育座りをしていたのだ。窮屈《きゅうくつ》な姿勢のおかげで背中と腰が痛い。壁かと思ったが、手触りからして木製の箱なのだろう。また、飛行機のエンジン音が聞こえるということは、輸送機の貨物室に積み込まれた移送用の木箱の中に閉じ込められているに違いない。

半ば痺《しび》れている左手に違和感を覚えた。掌《てのひら》が妙に固く閉じられているのだ。右手で左の指を引き剝《は》がすように一本ずつ伸ばしていくと、小さなピッキングツールが握られていた。柊真が金属片から削り出した手製の道具である。

――そうか。思い出したぞ。

柊真はラムシュタイン米空軍基地の倉庫で拘束《こうそく》される直前にピッキングツールを口の中に隠しておいたのだが、殴られて気絶し、椅子《いす》に縛り付けられてしまった。その際、無意識に床に吐き出していたらしい。そこで、尋問してきた男を挑発し、わざと殴られて倒れ、床に落ちていたピッキングツールを左手で拾っていたのだ。落としてはいけないと、筋肉が硬直するほど無意識に握り締めていたらしい。

柊真は手探りで手錠の鍵穴にピッキングツールを差し込んで鍵を開けると、ゆっくりと立ち上がった。頭が少々つかえる。高さは一メートル八十センチほどか。

「とりあえず、ここから出るか」

左足で踏ん張ると、右足で板を蹴り抜いた。頑丈な作りだが、一撃で破壊することなど柊真には容易《たやす》いことである。這《は》い出して周囲を見回すと、抜け出した木箱は貨物ハッチ近くに他の荷物と一緒に固定されていた。通常の輸送機と違い、上方に持ち上がるタイプである。通路を振り返ると、かなり後方にもハッチがあった。

「ギャラクシーか」

貨物室の天井の高さと奥行きで、柊真はギャラクシーと呼ばれる米軍最大のC5輸送機であることを理解した。C5のハッチは機体の前後にあるため、貨物室は機首から尾翼下まで通じている。そのため、コックピットは貨物室の上にあり、兵士を移送するのでなければ、飛行中に乗員が貨物室にいる必要はない。

積荷のラベルを見ると、補給物資らしい。とすれば、目的地は沖縄や米国本土の基地ではなくアフガニスタンかイラクの空軍基地だろう。

簡単に殺すつもりなら、すでに殺されている。補給物資に偽装してまで紛争地に移送するのは、敵はISIL（イスラム国）かタリバンに柊真を引き渡す可能性もあるということだろう。柊真はイラクではISIL、アフガニスタンではタリバンと闘い、彼らから懸賞金もかけられていると聞く。彼らに引き渡されれば、処刑は免《まぬが》れない。目的地への到着は絶対避けねばならないのだ。

「とすれば……」

柊真は通路を進んで後部ハッチに近い壁面にある棚のシートを外し、中からパラシュートとヘルメットに酸素マスクと酸素ボンベを取り出した。パラシュートを装着してベルトを締めるとヘルメットを被《かぶ》り、酸素マスクと酸素ボンベのホースをジョイントさせ、酸素が供給されているか確認する。

「これでよし」

柊真は最後にゴーグルをかけると、パラシュートの下の棚にある緊急装備のバッグを腰に巻きつけた。中には米軍の非常食とファストエイド（救急医療品）、それに発煙筒が入っている。

C5ならおそらく高度一万メートルを飛んでいるはずで、空気が薄い高高度からはパラシュートだけでは降下できない。高高度降下訓練を受けている者でないとまず不可能である。柊真は、フランス外人部隊の落下傘連隊の中でもフランス最強といわれる特殊部隊のGCP（空挺コマンド部隊）で、HALO《ヘイロウ》ジャンプと呼ばれている高高度降下低高度開傘訓練を受けている。久しく飛んでいないが躊躇《ちゆうちよ》はない。厳しい訓練で得た技術は、体に染《し》み付いているからだ。

装備を身につけた柊真は、壁面にある大きな赤いボタンを押した。途端にけたたましい警告音が貨物室に響き、後部ハッチが開きだす。高高度飛行中で機内は与圧されていたため減圧しながら開くのだが、それでも機内の空気は外部に吐き出されていく。

「行くぞ！」

自ら号令を掛け、後部ハッチに駆け寄った。

「むっ！」

柊真は後部ハッチの前で立ち止まった。六十センチほど開いたところで、ハッチが急停止したのだ。飛行中に後部ハッチを開けば、当然コックピットの警告ランプが点灯する。早くも乗員が異常に気が付いたらしい。

「ふん」

苦笑した柊真は、閉じかける後部ハッチの隙間からスライディングするように機外へ飛び出した。

殺害現場

1

二〇一八年十二月五日午前九時、イラク北部モスル。

藤堂浩志《とうどうこうじ》は、モスルの旧市街を通るナビ・ジョージス通りで古いハイラックスの後部座席から降りた。

気温は十度、湿度は四十パーセント前後か。空気は乾いており、体感温度は二度ほど下がる。さほど車の通りは多くないが、砂塵《さじん》が舞い、整備不良の車の排気ガスで空気は淀《よど》んでいる。

復興が急速に進んだバグダッドと違い、破壊し尽くされたモスルの旧市街は、紛争時の景観と代わり映《ば》えしない。

ジーンズにゴアテックスのジャケット、首にはアフガンストールを巻いた浩志は、いつもの使い古したタクティカルブーツを履《は》いている。よく日に焼け、サングラスを掛けているので、外見で日本人と判別するのは難しいだろう。

「ここで待っていてくれ。すぐ戻ってくる」

浩志はアラビア語で言うと、白タクの運転手であるモフセンに五百ディナールを渡した。日本円にして五十円弱（二〇一八年十二月現在）である。紛争前はバグダッドで五十ディナールが相場だったことを思うと、十倍近く値上がりした。だが、紛争で経済が崩壊したことを考えれば、むしろ持ち直したと言える。紛争中は武装した護衛付きで、一キロにつき五十五万ディナール前後という異常な高値だった。

「分かった。日が暮れる前に戻ってくれ」

モフセンは、顔中に皺《しわ》を寄せて笑った。数ヶ月前、仲間とともにモスルで任務に就《つ》いていた際、何度も彼の車を使っているので気心は知れていた。

モフセンは紛争前もタクシーの運転手をしていたが、ＩＳＩＬに街を支配されてトルコに逃れていたそうだ。街が平和になったので戻ってきた時、荒地に捨てられていたＩＳＩＬの壊れた戦闘車両を見つけたらしい。それを自分で修理して白タクを始めたというのが彼の自慢である。

浩志は二ヶ月前の狙撃事件のことを知っている者はいないか、周辺で聞き込みをした。だが、誰しも関わることを恐れてか、謝礼を払うと言っても知らないと首を横に振る。

仕方なく浩志は、ティグリス川に通じる人気《ひとけ》のない路地に入った。有志連合の空爆で廃墟と化したアパートメントが、道の両側から迫っている。浩志は百メートルほど進んだ道路脇で立ち止まり、コンクリート片で作られた石塔に向かって手を合わせた。

十月六日、この場所で長年一緒に闘ってきた仲間である寺脇京介《てらわききょうすけ》が、何者かに狙撃されて死んだ。石塔は仲間が京介の死を忘れないようにと、瓦礫《がれき》を積み上げて作ったものである。復興が遅れているおかげで、二ヶ月経っても撤去されていないようだ。

「うん？」

浩志は首を傾《かし》げた。よくよくみると、石塔は二ヶ月前よりも高くなっているのだ。近所に住む子供が面白がって石を上に載せたのだろうか？　一番上のコンクリート片を手に取ってみると、裏側に〝H・W〟、別の石には〝A・T〟と油性ペンで書かれている。他の石も調べると、それぞれ違うイニシャルが書き込まれていた。

「そういうことか」

浩志は頷《うなず》いた。〝H・W〟はヘンリー・ワット、〝A・T〟は浅岡辰也《あさおかたつや》、その他の石には、田中俊信《たなかとしのぶ》、宮坂大伍《みやさかだいご》、瀬川里見《せがわさとみ》、加藤豪二《かとうごうじ》、村瀬政人《むらせまさと》、鮫沼雅雄《さめぬままさお》、それにマリアノ・ウイリアムス――と、浩志が率いる傭兵特殊部隊〝リベンジャーズ〟の仲間が自分のイニシャルを書き込んで積み上げたようだ。名前がないのは、浩志と明石柊真だけらしい。

モスルでの任務は、京介が殺害されて二週間後に終了している。皮肉なことだが京介の狙撃事件を機に、地元の警察のパトロールが強化され、街は安全になったからだ。

仲間はモスルを撤収する前に京介に別れを告げるべく、石塔に立ち寄ったらしい。京介に対する仲間の思いが、石塔から伝わってくる。浩志が今日までこの場に来なかったのは、京介の死を受け入れがたい気持ちがあったからである。また、柊真の名が記された石がないのは、殺害した犯人を見つけることで頭が一杯だからであろう。

事件当時、柊真は京介と行動をともにしており、狙撃された京介が息を引き取るのを目《ま》の当たりにしている。それゆえ、彼は京介の死は自分に責任があると思い込んでいた。柊真が一人で犯人の捜査を始めたのは、そのためである。仇《かたき》を取りたいと仲間は誰しも思っているが、柊真の気持ちを尊重し、彼のサポートに徹している。

柊真と京介は、非番の際に毎日同じルートでティグリス川に水浴びに行っていた。そこを狙われたのだ。狙撃犯は、ティグリス川の対岸の建物の屋上から京介を狙撃した。距離は八百メートル、プロのスナイパーの仕業《しわざ》である。

当時、昼下がりのティグリス川には民間人も多くいたが、戦闘服を着ていた京介が殺された。そのため、ＩＳＩＬの残党のスナイパーによる軍人を狙ったテロだと思われたのだが、柊真の捜査が進むにつれ、敵は世界規模の犯罪組織であることが分かってきた。京介が狙撃されたのは、紛争地にありがちな偶然が重なった不幸な出来事ではなかったのだ。

京介は殺害される二ヶ月ほど前に、アフガニスタンで日本の〝特別強行捜査班〟の捜査官である朝倉峻暉《あさくらしゅんき》の護衛をしていた。朝倉は沖縄で起きた連続殺人事件の重要参考人である米軍将校を追って、アフガニスタンのバグラム空軍基地でNCIS（米海軍犯罪捜査局）の協力を得て捜査していたのだ。

京介は朝倉に従って行動していたため、米軍内部の闇組織にマークされ、朝倉とともに拉致《らち》されたが、二人はからくも脱出し、駆けつけたリベンジャーズに助けられた。その後、NCISが米軍内部の闇組織の摘発に動いたが、この捜査に関わった京介は、犯罪組織から報復を受けたのだ。

単独で捜査を行っていた柊真は、犯人の一味によってドイツのラムシュタイン米空軍基地に拉致された上、アフガニスタンのバグラム空軍基地行きの輸送機に乗せられたことまでは分かっている。

ハンガリー上空で輸送機の後部ハッチが異常動作し、パラシュートと高高度降下用のヘルメットや酸素ボンベなどの装備が紛失していたという報告があるため、柊真は一万メートル上空から脱出したようだ。通信手段を確保したら、いずれ連絡があるだろう。柊真が消息不明になってから三日が過ぎているが、彼の能力を信じているため浩志はあまり心配していない。

これまで、柊真の捜査を最優先し、チームの行動は彼のサポートに留《とど》めていた。だが、敵が巨大な犯罪組織だと分かったため、浩志は本格的に動き出したのだ。京介の殺害現場をもう一度、この目で確かめようとモスルにやってきたのもそのためである。傭兵としてのキャリアは長くなったが、元警視庁刑事部捜査第一課の刑事としての性《さが》は未だに健在なのだ。

事件当時、柊真は百メートルほど先にある廃墟に人影を見つけ、それを調べようとした。二〇一七年七月にイラク政府は「ＩＳＩＬ最大の拠点だったモスルが解放された」と発表したが、現実的にはＩＳＩＬの残党によるテロは頻発していた。柊真が警戒したのも当然のことである。

だが、京介はいつものことだと、柊真が安全確認するのを漫然と眺めていたらしい。長年傭兵をしていると、危険に対して鈍感《どんかん》になる。その時の京介もそうだったのだろう。八百メートル離れているとはいえ、スナイパーの標的になったのだ。

柊真が見た人影は、スナイパーの協力者か仲間だったのかもしれないが、狙撃犯同様、見つけ出すことは難しいだろう。

「……………！」

浩志はズボンに隠し持っているグロック17Ｃのグリップを握り、振り返った。

2

擦《す》り切れたジーンズに穴の空《あ》いたセーターを重ね着している少年が、振り返った浩志の目の前に立っていた。

浩志は彼の微《かす》かな足音に気が付いて、反応したのだ。少年は小柄《こがら》でやせ細っているため、十歳前後に見えるが、実際はもっと年上かもしれない。

旧市街の主要なインフラは有志連合の爆撃で破壊し尽くされ、電気も水道も復旧していない。爆撃で壊れたモスクがあった場所に、ＮＧＯが運営するパンの配給所があり、主要な道路には大きな給水タンクが設置され、住民はそこで水の配給も受けている。だが、生きていく上で充分な量ではないのだ。

少年は、路地に入る浩志の後をついてきたらしい。靴はどこかで拾ったのか、左右でサイズも形も違っている。にもかかわらず彼の足音に気付くのが遅れたのは、紛争地の子供は身を隠すことに長《た》けているからだろう。

「腹が減ったのか？　食べ物は持っていないぞ」

浩志はグロックをズボンに差し込み、アラビア語で尋ねた。銃は戻したが、警戒はしている。タリバンやＩＳＩＬに限らず、イスラム過激派は、敵を殺して死ねば天国に行けるという間違ったコーランの解釈で、非戦闘員の女性や子供を自爆テロに利用しているからだ。

小型のバックパックを担《かつ》いでいるので、食料を持っていると勘違いされたのかもしれない。任務に就いている時は、非常食としてチョコレートを常備しているのだが、生憎《あいにく》と今は持っていないのだ。

「腹は減っている。でも、お金が欲しい」

浩志が聞き込みをしていることを知って、謝礼欲しさについてきたようだ。大人びた口調である。

「いつも、この辺にいるのか?」

浩志は少年の言葉を無視して聞いた。柊真の話だと、事件当時、通りに柊真と京介以外に人はいなかったようだ。だが、この辺りの住人なら、何か手掛かりになるようなことを知っているかもしれない。浩志がどんな情報が欲しいのかを先に言えば、適当に話を合わせてくる可能性があるため、あえて直接尋ねない。

「少し離れた場所に住んでいる。だけど、空爆前はこの通りに家があったんだ。それより、おじさんは、そこで死んだ人の知り合いなの? だから、みんなに聞いているんだろう?」

少年は、表情もなく石塔を指差した。

「名前を聞かせてもらおうか。会話が続かない」

眉《まゆ》をピクリとさせ、浩志は尋ねた。人は名前を聞かれると、嘘《うそ》を吐《つ》き難《にく》くなるものだ。

「フマームだよ。おじさんは？」

フマームは恐れることなく、聞き返してきた。

「浩志だ」

苦笑しながら浩志は答えた。

「フマーム、ここで何があったのか、知っているのか？」

浩志は石塔を顎《あご》で示した。

「知っているさ。ここで日本人が狙撃されたんだ。僕は見ていたからね」

フマームは頷くと、右手を差し出した。ちゃっかり情報料を請求しているようだ。

「見ていた？　殺されたのは、友人だ。説明してくれ」

浩志はポケットから五十ディナール札を出して尋ねた。イラクは超インフレで紙幣の価値はない。穀物サイロがデザインされた五十ディナール札は最小単位で、正直言って使いようのない紙幣である。二〇一八年現在でレートは日本の十分の一ほどで、五円ほどの価値しかないが、フマームはそれでも札を摑《つか》むと目を輝かせた。

「僕は、あの日も、自分の家に戻っていたんだ」

金をポケットにねじ込んだフマームは、百メートルほど先の廃墟を指差した。

「案内しろ」

浩志は少年に手招きをして歩き出した。

「いいよ」

フマームはニヤリと笑うと、また右手を伸ばした。

「がめついやつだ」

苦笑した浩志は、五十ディナール札をまた渡した。戦場では、がめついくらいでなければ生き抜くことはできない。彼の行動は正しいのだ。

フマームは小走りに百メートルほど進み、柱が崩れて庇《ひさし》が落ちているアパートメントのエントランスから中に入り、階段を駆け上がって行く。

浩志はグロックを抜くと、アパートメントの階段をゆっくりと上がる。モスルはＩＳＩＬから解放されたと言われているが、信用するつもりはないのだ。

「おじさん、こっちだ。銃なんていらないよ」

上階から声がした。

見上げると、フマームが階段の手すりから身を乗り出している。

「分かっている」

浩志はグロックの銃口を下に向けて階段を上がった。

「僕が信用できないの？」

フマームは腕組みをして睨《にら》みつけている。

「おまえを疑っているわけじゃない」

浩志は少年の前を素通りして、建物内部を調べた。三階建てのアパートメントで、フマームのいる場所は二階の階段に近い部屋の前である。三階部分は天井が抜け落ち、一階の壁には銃撃戦による穴が無数に空いていた。いずれにせよ、電気と水道が通じておらず人が住める状態ではない。そもそも建物自体、崩落の危険性がある。

「うちはここなんだ」

フマームは玄関ドアもない部屋を指差した。

「そうか」

人が隠れていないことを確認すると、浩志はグロックをズボンに差し込んだ。

「こっちだよ」

フマームは家の中に入って行った。

浩志は彼の後について行く。部屋の安全はすでに確認している。２ＤＫで、他の部屋と同じく玄関前の鉄格子《てつごうし》とドアがなくなっているが、この部屋は内部が異常と言ってもいいほど片付いていた。フマームは毎日この部屋に来て瓦礫を片付け、掃除をしているのだろう。

「僕は、あの日、ここから外を見下ろしていたんだ」

フマームはベランダに立ち、手すり部分のコンクリートブロックの穴から外を覗《のぞ》き込んだ。

「何を見た？」

「二人の兵士で、一人は殺された人。もう一人が僕に気が付いて、銃を抜いて近づいてきたんだ。僕は、恐ろしくなってすぐに頭を引っ込めた。その時だよ、残っていた人が殺されたのは」

フマームは嘘を吐いていないようだ。柊真は、現場から百メートルほど先にある廃墟に人影を見たために調べようとしたらしい。狙撃犯の仲間ではなく、フマームだったようだ。

「おまえは、頭を隠したんだろう。俺の友人が撃たれたところは、見ていなかったんだな」

浩志は腰を屈《かが》め、コンクリートブロックの穴から事件現場を見た。例の石塔が見える。犯人への手掛かりは得られないが、事件のあらましは確認できた。

「そっ、それは、そうだけど、銃を持っていた兵士が、大声で叫んでたから、また覗いたら、もう一人の兵士が撃たれて倒れていたんだ」

「犯人の顔も見ていないんだろう？」

立ち上がった浩志は、鼻先で笑った。フマームは、百ディナール以上の金を得ようと、ここまで連れてきたのだろうが、情報がないのならこれ以上金を渡すつもりはない。

「はっ、犯人かどうかは、分からないけど、怪しいやつを見たんだ！」

フマームは立ち去ろうとした浩志の前に回り込んで、叫ぶように言った。必死だが、金をせびるための嘘かもしれない。

「怪しいやつ？　本当か？」

首を捻《ひね》った浩志は、フマームを睨みつけた。

3

浩志はナビ・ジョージス通りに待たせてあった白タクに乗り込んだ。

「オールド橋を渡って、対岸に行ってくれ」

モフセンに行き先を告げた。

「おじさん、任せておいて」

見送りに来たフマームが、無邪気に手を振っている。

彼には情報料として、最終的に二千ディナールを渡している。施《ほどこ》しをしたつもりはない。情報として、それだけの価値はあったのだ。

期待はしていないが、彼が見たという犯人がまた現れたら知らせるようにと、電話番号を書いたメモを渡しておいた。母親が携帯電話機を持っているそうだ。彼は母親と妹の三人暮らしで、父親は二年前にＩＳＩＬの兵士に殺されたと言っていた。二千ディナールは微々たる金額だが、生活の足しにはなるだろう。

「頼んだぞ」

浩志も軽く手を振って答えた。

「何か、見つかりましたか？」

モフセンはバックミラー越しに尋ねてきた。彼も京介のことを知っている。親しいというほどではなかったが、凶悪な人相をしているうえに京介は、流暢《りゅうちょう》なアラビア語を使っていたため印象に残っていたらしい。

「さっきの子供が、犯人を見たらしい」

浩志はポケットからメモ帳を出した。捜査活動するために新たに購入したカバー付きの小さなメモ帳である。一課の刑事をしていたころ、メモ帳は必須であった。そのため、これがあれば、捜査官として活動していた時代を思い出すことができる。

「ふーむ」

浩志は新しいページに描いた顔に火傷痕《やけどあと》がある男の似顔絵を見て、溜息《ためいき》を吐いた。フマームから聞いた「怪しい男」の人相書きである。

刑事時代には、目撃者から聞いた犯人の特徴を箇条書きにするだけでなく、その場で箇単な似顔絵を描いて目撃者に確認させたものだ。絵が得意というわけではないが、顔に特徴的な疵《きず》やアザがあった場合には、言葉よりも絵の方が的確に伝わるからである。

フマームによれば、男の身長は一八〇センチ前後、髪の短い白人だったらしい。年齢の特定は難しかったらしく、二十代から四十代という。だが、右頰《みぎほお》に直径五、六センチの火傷の痕のようなものがあったようだ。また、男は京介が殺された現場近くで全長二十数センチほどの望遠鏡を覗いていたという。

浩志は男の特徴もさることながら、「二十数センチほどの望遠鏡」という言葉にぴんと来て、バックパックから愛用のナイトフォース社製の狙撃スコープを出して見せると、フマームはそっくりだと答えた。プロのスナイパーは狙撃対象や周辺の地形を観察するのに、狙撃用スコープを単独で使うことがある。男は京介を殺害するにあたって、現場の下見をしていたようだ。

浩志が溜息を吐いたのは、似顔絵の男が想定外だったからである。スナイパーの捜査をするにあたって、ワットが国防総省の知り合いに頼み、事件当時、イラク北西部にいたと思われるＩＳＩＬの狙撃兵の情報を得ていた。候補は四人おり、モロッコ系フランス人が二人、アフリカ系英国人が一人、シリア系ドイツ人が一人であるが、黒人男性であるアフリカ系英国人を除く三人の外見は、いずれもアラブ系で、白人は一人もいないのだ。

四人はＩＳＩＬで狙撃兵として訓練を受けている。また、彼らと一緒に訓練を受け、Ｉ

ＳＩＬから抜け出したモロッコ系フランス人のファイセル・アブドゥラを柊真は追っていた。彼の必死の捜査の結果、ファイセルをパリで発見したものの、口封じのためかアジトで殺害された。

　手掛かりを失ったため、浩志はあえてイラクに乗り込んだのだが、米国防総省が絞り込んだ四人の狙撃兵は、見当違いだった可能性が出てきたのだ。

　もっとも、少年が目撃した男が必ずしも白人だとは限らない。子供は知識、経験ともに少ないため、その観察眼が正確とはいえないからだ。

「とりあえず、川を渡りましたよ」

　モフセンはオールド橋を渡った先にあるラウンドアバウトで車を停めた。

「河岸道路を西に向かってくれ」

　浩志はスマートフォンの衛星画像を見ながら指示した。

　南北を流れるティグリス川で東西に分断されたモスルは五つの橋で繋《つな》がれており、西側が旧市街、東側は新市街である。ＩＳＩＬは旧市街の中心部にあったヌーリー・モスクを支配の象徴とし、西側に拠点を置いていた。そのため、有志連合の空爆で旧市街は破壊されたのだ。

　新市街は旧市街と違って緑が多く、空爆の被害もほとんどない。河岸道路の右手にはイラクとは思えない木々が生《お》い茂った公園があった。〝モスル・アミューズメントパーク〟

である。観覧車やメリーゴーラウンドなどがあり、子供たちに人気の場所であることは間違いない。紛争中は、ＩＳＩＬがこの場所で子供たちを使ってプロパガンダ映像を制作し、彼らの支配が理想的であると宣伝していた。

「三十メートル先で停めてくれ」

スマートフォンを見ていた浩志は、指示をした。京介が殺された場所を衛星画像で確認していたのだ。

白タクは指示通り停まった。

「あの建物は、何だ？」

浩志は、アミューズメントパークの外れにある建物を指して尋ねた。五階建てで、京介を狙撃した犯人が使用した場所である。狙撃の名手で、〝針の穴〟というコードネームを持つ宮坂が、京介の死体と使用された弾丸などから位置を割り出した。二ヶ月前の時点では、地元の警察の警戒が厳しかったために、辰也と宮坂が深夜に建物の外壁をよじ登って屋上から狙撃場所を確認した。

「公園の敷地内にあるけど、地元の住民もよく知らないんだ。そもそも、公園に五階建てのビルなんておかしいだろう。噂《うわさ》だけど、フセイン時代は秘密警察の建物だったらしい。紛争前は、政府の地方局が使っていたという話も聞いたけど、〝ダーイシュ〟は空爆を恐れて、使わなかったようだね」

モフセンは苦々しい表情で答えた。

〝ダーイシュ〟はアラビア語で〝イラク・レバントのイスラム国（ＩＳＩＬ）〟を意味するのだが、「踏みつけて破壊する者」を表す〝ダーイ〟というネガティブな語と同じ響きが含まれているため、イスラム圏ではＩＳＩＬを馬鹿にした言い方である。コーランを正しく理解する者にとって、ＩＳＩＬのようなイスラム過激派はイスラム教の信者を騙《かた》る犯罪者に過ぎないのだ。

「ここで、待っていてくれ」

浩志は車を降りると、アミューズメントパークの植え込みを越えて五階建てのビルに近付いた。午前九時四十分、周囲に人影はない。アミューズメントパークは復興の象徴の一つではあるが、毎日開園しているわけではないのだ。

周囲を窺《うかが》った浩志は、建物の入口の鍵をピッキングツールで開けると、足音も立てずに入った。埃《ほこり》っぽい内部は、机や椅子《いす》が壁際に積み上げられ、広い空間になっている。やはり、公園の付属施設ではないのだろう。かつては何人もの政府職員がここで働いていたのかもしれない。

浩志は階段を五階まで上がり、非常口にある梯子《はしご》から屋上に出た。

中腰で屋上の端《はし》まで進み、腹ばいになると、バックパックから狙撃スコープを出した。ビルのほぼ正面に京介が狙撃された通りが見える。だが、少し路地が斜《なな》めになっているため、路地と交差するナビ・ジョージス通りまで見通すことはできない。

狙撃スコープで、路地を覗くと、京介の石塔がわずかに見える。距離は八百メートル、事件当日の気温は四十八度、風速六メートルの南西の風があった。屋上に上った宮坂と辰也は、七・六二×五四ミリR弾の薬莢《やっきょう》を発見している。狙撃犯は、闇のルートで手に入れやすいロシア製のドラグノフ狙撃銃か、中国のノリンコ社の79式、あるいは89式狙撃歩《ほ》槍《そう》を使ったのだろう。

プロのスナイパーなら可能なミッションであるが、廃墟の壁が邪魔で難易度はかなり高い。しかも、高い気温による川の水蒸気でスコープの視認度も落ちるはずだ。観測手を付けて、弾丸の補正を行いながら狙撃するのなら、浩志でもできるだろう。だが、犯人は一発で命中させている。

「待てよ」

浩志は狙撃スコープを下ろし、首を捻った。

米国防総省がワットに教えたＩＳＩＬの四人のスナイパーは、一ヶ月の射撃訓練を受けて実戦に投入されたらしい。市街戦でスナイパーたちは、軍人と民間人の区別なく、殺戮《さつりく》を繰り返したが、彼らの標的はいずれも二、三百メートルほどの射程で、長距離射程とは言えない。その程度のスナイパーがドラグノフを使ったとしても、極めて難易度が高い八百メートル先の標的を撃てるのか疑問である。犯人はＩＳＩＬの四人のスナイパーではなく、フマームの証言通り、白人なのかもしれない。捜査の方向性を変える必要があるようだ。

「まいったな」

浩志は踵《きびす》を返し、屋上を後にした。

4

午後四時三十分、浩志の乗ったハイラックスは、夕闇に追われるようにバグダッドの街に入った。

白タクの運転手であるモフセンは、モスルから最短コースの1号線を飛ばし、高速道路でもない四百十キロの道のりを五時間で走破したのだ。日が暮れて郊外の国道を走るのは、未だに自殺行為だからである。ＩＳＩＬの残党でなくとも、現金や車を強奪《ごうだつ》する追い剝《は》ぎに襲撃される可能性が高いからだ。

ハイラックスはティグリス川を渡り、ジャミア・ストリートを進むと、四つ星のコーラル・バグダッドホテルのエントランス前に停まった。

「ご苦労さん」

浩志はクルド人農婦の絵が描かれた二万五千ディナール札を八枚渡した。日本円にして二万円ほどである。

「えっ、あっ、ありがとうございます」

モフセンは目を丸くして金を受け取った。モスルとの往復の運賃だけでなく、彼が今晩宿泊する宿代も考慮した金額であるが、気前よく払った。イラクが紛争地であり続ける限り、浩志はまたこの地を訪れるだろう。モフセンは重要な情報源であり、協力者の一人なのだ。

ベルボーイが後部ドアを開けた。

「いいんだ。とっておけ」

浩志は右手を軽く振ると、車から降りた。

バグダッドの宿は、日本の傭兵代理店に予約を頼んでおいた。屋根が付いていればどこでもよかったのだが、セキュリティー上の問題ということで、四つ星のホテルにチェックインすることになった。はじめは近くの五つ星を打診されたが、さすがに堅苦しいホテルだと断っている。

「ミスター・佐藤《さとう》、フセイン様からメッセージが届いております」

フロントの前を通り過ぎようとすると、係に呼び止められた。

今回のイラク入りも傭兵代理店が用意した偽造パスポートを使っている。もっとも紛争地に限らず、海外で本物のパスポートを使うことはない。

「ありがとう」

浩志は封筒に入ったメッセージカードを受け取った。この国で、フセインはよくある名前である。すぐには開けずに、四階の自室に入った。心当たりはないが、浩志にメッセージを残すのは、曰《いわ》くがある人間に決まっている。人目がある場所で読むことはできない。

ゴアテックスのジャケットをベッドの上に脱ぎ捨てると、ベッド脇に置いてあるバックパックから、八年もののワイルドターキーと愛用のチタン製のマグカップを出し、ターキーを注《そそ》ぐ。バーボンを一気に喉《のど》に流し込んだ。喉は焼けるが、その後に不思議と潤《うるお》ってくる。

浩志は溜まっていた疲れを大きな息とともに吐き出すと、封筒からメッセージカードを出した。

〝情報があります。A・フセイン〟

英語で簡単な文章が書かれており、カードの端に電話番号が記載されていた。

「ふーむ」

文章を読んだ浩志は、どうしたものかと唸《うな》った。

モスルのフマームのように情報を売りたいのかもしれないが、どうして浩志のことを知り得たのか不思議である。

しばらく考えた末に浩志は、スマートフォンでカードに記載されている番号に電話を掛けた。吉と出るか凶と出るかは分からないが、連絡をしてきた者の正体を突き止めなければ、イラクを出国するまで安心できない。

——ハロー？

低い男の声だ。

「フセインか？」

——ミスター・藤堂ですか？

「……俺を知っているのか？」

浩志はメッセージカードに宛名がなかった理由を知った。フセインは浩志がホテルで偽名を使っていることを知っているのだ。

——あなたは、有名人だ。偽造パスポートで騙《だま》せるのは、入管の職員だけですよ。

「なるほど。それで、どんな情報を売りたいのだ？」

——勘違いしているようだ。別に売るつもりはない。ただ、あなたに事実を知ってほしいだけだ。電話では話せない。ここは、バグダッドだが、〝米国の耳〟がある。

フセインの言う〝米国の耳〟とはNSA（米国家安全保障局）が管理する世界規模の盗聴撮監視システムであるエシュロンのことであろう。

「分かった。時間と場所を教えてくれ」

——夕食がてらお話をしませんか？

「いいだろう」

見知らぬ連中と食事をするのは避けたいところだが、昼飯も食べていないので異存はない。食事に誘うのは、相手も浩志の警戒心を和《やわ》らげようとしてのことだろう。

――それでは、お車でお迎えにあがります。一時間後にエントランスでお待ちくださ い。

「分かった」

浩志は電話を切ると、シャワーを浴びた。汗はさほどかいていないが、未だ爆撃の粉塵《ふんじん》に塗《まみ》れているモスルはやたら埃っぽい。体に纏《まと》わりついた埃を洗い流したかった。それに見知らぬ人物に会う前に気持ちをリフレッシュさせたい。会うことでどんな場面になるか想定できないからだ。

一時間後、エントランスに出ると、目の前に黒塗りのベンツが停まった。

「お迎えに参りました」

助手席から降りてきたイラク人が、後部ドアを開けた。笑顔はない。というか、かなり緊張した様子である。

見知らぬ車に乗るのは、紛争地でなくても危険な行為である。だが、相手がボディーチェックをしなかったことで、まずはよしとするべきだろう。

ズボンの後ろにグロック17C、右の足首にグロック26、左の足首には小型のサバイバルナイフを隠し持っている。また、ジャケットの右ポケットには米軍の特殊部隊ネイビーシールズでも使われるボーカー社の折り畳みのタクティカルナイフを、左のポケットには金属探知機に感知されない、高硬度樹脂《じゅし》製のクボタンを忍ばせてある。長さは十四センチ、直径十二ミリで、掌《てのひら》に隠し持てるサイズだが、急所を突けば敵を殺傷することも可能だ。紛争地なので、これでも最小限の装備といえる。

浩志は軽く頷くと、後部座席に収まった。

5

浩志を乗せたベンツは、十四番ジュライ・サスペンデッド橋からティグリス川を渡ると、アーバタアッシュ・タマ・ストリートのラウンドアバウトを左に曲がり、四百メートルほど通りを進んで停まった。

椰子《やし》の木の街路樹が生い茂る大通りで、近くにはショッピングモールやマーケットもあるが、繁華街というほど店舗は密集しておらず、モスクや大使館も点在する治安がいいエリアである。

「こちらです」

助手席の男が、後部ドアを開けて丁寧《ていねい》に頭を下げた。今のところ怪しい様子はないが、浩志はポケットにさりげなく手を入れてクボタンを隠し持った。

　男は先に歩き、椰子の木がエントランスの両側に植えられているバビロン・レストランに入って行く。

　シンプルな木製のテーブルと椅子が配置された落ち着いた雰囲気の店で、地元住民と思われる客が談笑している。バグダッドには、宮殿のような贅沢《ぜいたく》な造りの店やガラス張りの洒落《しゃれ》た若者向けのレストランもあるが、この店は華美な装飾はなく、清潔感があり庶民的である。

「こちらの部屋で、お待ちください」

　男は奥の個室のドアを開けた。

　二十畳ほどの部屋に八人席のテーブルが一つだけある。床はホールと同じだが、綺麗な壁紙が貼られており、シャンデリアもぶら下がっていた。パーティールームというよりVIPルームという感じがする。

「フセインが来るまで、ホールの席で待たせてもらおう」

　浩志は苦笑しつつ、首を振った。密室に自ら入るような馬鹿な真似《まね》はしない。

「ご安心ください。フセインは裏口からやってきます。彼は人目につくことを極度に嫌っています。ご了承ください」

　男は個室に入ると、部屋の奥にあるドアを開け、半開きの状態にした。

「いいだろう」

部屋に入った浩志は男がドアを閉めると、席にはつかずにドア横の壁を背に立ち、腰のグロックのグリップに手を掛けてフセインを待った。

奥のドアの向こうから調理をする音が聞こえる。厨房《ちゅうぼう》に通じているようだ。

さほど待つこともなく、銀髪をオールバックにしたスーツ姿の男が、厨房側のドアから一人で入ってきた。

「お待たせしました。アムジャド・ジャリールです。ホテルのメッセージにはやむなく偽名を使いました。どうぞ、お掛けください」

ジャリールは流暢な英語で浩志に席を勧めると、部屋の奥の席に座った。

「アムジャド・ジャリール？……総合治安局の副長官だったジャリール少将か？」

右眉を吊《つ》り上げた浩志も英語で返した。アラビア語よりも英語の方が浩志とのコミュニケーションがとりやすいと、ジャリールは判断したのだろう。ちなみに総合治安局は、サダム・フセイン政権時代の秘密警察のことである。

「いかにも、今では米国とイラクの両政府から追われる身ですよ」

ジャリールは、鼻先で笑った。

「シリアに亡命したと聞いていたが、イラクに戻っていたのか。表舞台に復帰するつもりなのか？」

「シリアとイラクは、今でも密《ひそ》かに往復しています。いまさら表舞台には出ません。イラク政府が私にかけた懸賞金は、百万ドルです。市民は懸賞金欲しさに、私を今でも必死に捜しています。だが、彼らより政府の方が死に物狂いですよ。軍か警察が見つければ、懸賞金を払わずに済みますからね」

ジャリールは嗄《か》れた声で笑うと、ジャケットの内ポケットから葉巻を出した。

「前置きは、それぐらいにしてくれ。それから、俺の前で葉巻は吸うな」

浩志は腕組みをして、椅子に座った。

「すみません。私の立場を説明しないと、これから話すことにリアリティがないと思いまして」

肩を竦《すく》めたジャリールは、葉巻をポケットに収めた。彼は命がけで、浩志と会っていると言いたいのだろう。

「続けてくれ」

浩志は右手を払うような仕草で、促《うなが》した。

「政権を追われたバース党の残党や総合治安局での元部下はイラク各地におり、今でも様々な情報を私にもたらしてくれます。あなたの部下がモスルで射殺されたことも当然耳に入っておりますし、犯人を捜していることも知っています」

「バース党の残党は、ＩＳＩＬにかなり参加したと聞いている。犯人を知っているのか？」

浩志は単刀直入に尋ねた。

「ＩＳＩＬに自らの意思で入った者も大勢いますが、我々は彼らを利用し、現政権を倒すつもりだったのです。大いにあてが外れました。所詮《しょせん》、偽イスラム教徒が集まった烏合《うごう》の衆です。期待したのが、間違いでした。あなたたちは、ダーイシュの四人のスナイパーを捜しているようですが、それこそ的外《まとはず》れですよ。彼らは、市街戦におけるダーイシュの援護と市民に恐怖を与える訓練しか受けていない即席のスナイパーです。彼らが五百メートル以上離れた標的を撃ったとは聞いたことがありません」

ジャリールは苦笑まじりに答えた。

「それは、知っている。その先だ」

「ＩＳＩＬで軍事教官をしていた元軍人の米国人がいます。その男の仕業じゃないかという情報が入っています」

「そいつは白人か？」

右頬をぴくりとさせた浩志は尋ねた。脳裏にモスルの少年フマームの話をもとに描いた似顔絵が浮かんだ。

「ええ、米国人だからといって白人とは限りませんが、少なくとも肌は白いと聞いています。本名は分かりませんが、殺人を好むため〝カウフ・マトゥ〟と呼ばれていました」

「〝カウフ・マトゥ〟か」

浩志は小さく頷いた。〝カウフ・マトゥ〟はアラビア語で〝恐怖の死〟の意味である。

「フセイン政権は、米国の身勝手な理屈で滅ぼされました。新しい政権は汚職で腐敗しており、私も含めバース党の残党が、国を立て直すべく反政府活動をしていたのは、ご存じだと思います。そこにつけ込んだのがＩＳＩＬです。しかし、彼らは反米・反政権を謳《うた》いながら、内部に米国の息がかかった者がいたのです。カウフ・マトゥもその一人です。我々もカウフ・マトゥを捜していますが、すでに国外に逃亡したようです。もし、見つけるようなことがあれば、我々に代わって殺してもらえませんか」

ジャリールは声を震わせながら訴えた。よほど米国が憎いのだろう。情報を渡す代わりに、暗殺を依頼したいらしい。

「何か、特徴はないか？」

「右頬に火傷の痕があるようです。噂では、空爆で負傷したと聞いています」

「火傷の痕だな」

浩志は拳《こぶし》を握りしめた。

復活

1

ハンガリー、ブダペスト、午後九時。

郊外の高速道路M5号線からナジキョーリョシ通りに入ったトラックが、二十四時間営業のガソリンスタンドで停車した。

「助かったよ」

柊真は助手席から降りた。

「本当にここでいいのか?」

髭《ひげ》を伸ばした運転手が、訛《なま》りの強い英語で尋ねてきた。

「ガソリンスタンドで電話を借りて、友人に迎えに来てもらうから」

柊真は右手を振ると、ドアを閉めた。

三日前、ルーマニアの一万メートル上空を飛行中の輸送機から脱出した柊真は、二十キロほど滑空し、西部の国境の街であるアラド郊外の荒地に着地した。ルーマニアとハンガリーの国境付近は穀倉《こくそう》地帯で平地が多い。夜間とはいえ移動すれば目立つため、その夜は近くの森に身を隠し、パラシュートで簡易テントを作って野宿した。気温は氷点下近くまで下がり、眠ることはできなかった。

翌日の日中は森で過ごし、日が暮れてから森を出て四十キロ移動し、国境を越えてハンガリーに入った。ルーマニアは二〇〇七年にEUに加盟しているが、物や人の移動を自由化するシェンゲン協定には入っていない。そのため、国境での検問がある。夜は国境近くの穀物倉庫に忍び込み、藁《わら》に包《くる》まって眠った。

昨日は五十キロ歩いてハンガリー南部の小都市セゲドまで移動し、街はずれにある教会の礼拝堂に入り込んで夜を明かした。ルーマニアもそうだが、ハンガリーも排他的である。警察官に見つかれば、身分証明書を持たない東洋人は、不審者かホームレスと判断されて逮捕されてしまうだろう。

ハンガリーでは、路上のホームレスというだけで逮捕できる法律が、二〇一八年十月十五日に可決された。以前からホームレスに対して厳しく対処してきた政府だが、路上生活を禁止する憲法修正がなされたことにより、警察の対応は一段と厳しくなったのだ。これは、同国に三万人いるというホームレスに対して、シェルターのベッド数が一万一千床

（二〇一八年十月現在）という現実を無視した政策である。

柊真は、汚れてはいないジーンズにトレーナーと防寒ジャケットという格好《かっこう》で、外見的には問題ないはずだが、用心に越したことはないのだ。ルーマニアもハンガリーも警察や情報機関はフランスに比べてはるかに劣るが、インフラが発達していないため、逃亡するための手段も少ないという欠点がある。日中の活動はなるべく控えた方がいいのだ。

日が暮れてから、郊外のガソリンスタンドでブダペストに向かう農産物を積んだトラックの運転手に声をかけ、高高度降下するために使用したゴーグルを運賃代わりに渡して乗せてもらった。パラシュートは捨てたが、輸送機から降下した際の装備はそのまま持ち歩いている。ヒッチハイクする際に、ヘルメットとゴーグルを持っていれば、バイクが故障して歩いているという説明がつくからだ。

「気を付けて行けよ」

トラックの運転手は笑顔で手を振り、走り去った。

ガソリンスタンドは、敷地内に小さなコンビニエンスストアのような店がある。柊真はここで、オーストリア行きの長距離トラックを探すつもりで来たのだ。

というのも、オーストリアのウィーンに行けば、規模は小さいながら傭兵代理店があるからだ。ウィーンの傭兵代理店経由で、日本の代理店のサポートを受けることができる。まずは、逃亡生活にピリオドを打たなければ、身動きが取れない。

給油のために立ち寄るトラックの運転手に行き先を尋ね、乗り継ぐ形でもいいからウィーンを目指すつもりである。とりあえず、ハンガリーから出国したい。そのために二十四時間営業のガソリンスタンドで降ろしてもらったのだ。

「それにしても、冷えるな」

体をぶるっと震わせた柊真は、ガソリンスタンド内の店に入った。

この手の店は、どこの国でも似ている。日本のコンビニエンスストアとは違うが、スナック菓子などの食品や雑貨も販売している。防犯カメラが設置されているのも同じだ。

「どこから来たんだい？　バイクか？」

店番なのか、オーナーなのか分からないが、店に入ってきた柊真に気付き、カウンターの向こうで雑誌を見ていた中年の店員が尋ねてきた。店の周辺は住宅街だが、給油中の車が見当たらないため、地域の住民には見えない柊真を怪しんでいるのだろう。それでも、小脇に抱えているヘルメットを見て、バイクで来たと思ったらしく、窓の外を覗《のぞ》いている。

「さっきヒッチハイクしていたトラックから降りたんですよ。僕のドイツ語、通じていますか？」

柊真は片言のドイツ語を駆使した。

「ヒッチハイク？　旅行者か？」

店員は、二度肩を竦《すく》めてみせた。

「ルーマニアの国境近くでバイクが故障したので、仕方なくヒッチハイクをしているんですよ」

柊真は脇に抱えていたヘルメットを右手に持って振った。

「それは大変だな。どこまで帰るつもりなんだ？」

驚いた様子の店員は雑誌を閉じてカウンターの上に置くと、身を乗り出した。柊真に興味を持ったらしい。

「今はパリに住んでいますが、とりあえず、オーストリアの知り合いのところで世話になるつもりです」

ドイツ語の発音はともかく、嘘《うそ》を吐《つ》くことに抵抗はない。これまで単独で捜査活動をしてきて、嘘も方便だと身を以《もっ》て体験したからだ。

「まさか、うちでヒッチハイクするトラックを待つつもりじゃないだろうな？」

店員は眉間《みけん》に皺《しわ》を寄せ、態度を豹変《ひょうへん》させた。

「迷惑は掛けませんから」

柊真は苦笑した。正直に言えば協力してもらえるかと思ったが、あてが外れたようだ。もっとも半分以上は、嘘であるが。

「客なら、ここにいても文句は言わないさ。居座るつもりなら、警察に電話するまでだ」

店員は人差し指を立てると、ゆっくりと振ってみせた。

日本人が海外で気付くことは、日本ほどサービスが充実している国はないということである。大抵の国で販売側は客と対等か、売ってやるんだという気持ちがあるため、自分の方が上だと思っている。それが大前提だと思えば不快な思いはしないのだが、海外生活が長いにもかかわらず、柊真はいまさらながら思い知らされた。海外で甘えは禁物である。

「分かったよ」

柊真は鼻先で笑うと、店を後にした。

2

ハンガリーの首都であるブダペストの中心を、ドナウ川が南北に貫くように流れている。西岸が古い歴史を持つブダ地区、東岸は経済や文化の中心であるペスト地区で、もともと別の都市だったが、一八七三年十一月に合併したのだ。

午後十時、柊真は片側三車線のユッリョーイ通りの歩道を北東へ向かって歩いていた。

二十四時間営業のガソリンスタンドを追い出され、車の専用道路であるナジキョーリョシ通りから凍《い》てつく住宅街の道路を抜け、街の中心部を目指している。八キロほど進んでいるので、道の両側は五、六階建ての古いビルが建ち並ぶ風景に変わっていた。すでにブダ地区に入っているのだ。まだ営業しているレストランやバーもあるが、街灯がまばらなせいで街全体が暗い。まして、細い路地を覗くと街灯もなくなり、闇が支配していた。それでも、たまに見かける通行人は平気で歩いている。噂《うわさ》通り、ブダペストの治安はいいようだ。

途中で二十四時間営業のガソリンスタンドを見かけたが、長距離トラックの姿はほとんどなかった。唯一声を掛けたトラックの運転手には、オーストリアへはトラックよりも乗用車の方が多いはずだと言われた。また、東部の田園地区に行けば、農産物を積んだトラックがオーストリアに行くかもしれないという不確かな情報を得るにとどまっている。ハンガリーは長らく続く不況で経済的に行き詰まっており、他国とのビジネスも停滞しているのだろう。

夜が明けてもブダペストで車が見つからなければ、最悪の場合はウィーンに徒歩で向かおうと思っている。ＩＤを持っていないので、警察官に職務質問されれば逮捕されるからだ。国境までは百六十キロほど、歩けない距離ではない。国境さえ越えれば、首都に行く車は見つけやすくなるはずだ。

だが、腰に巻きつけてある緊急装備バッグの非常食は、すでになくなっている。明日までにはウィーンに到着しなければ、体力が持たない。

「うん？」

柊真は何気なく振り返り、首を捻《ひね》った。

背後を走っていたプジョーのステーションワゴン508のスピードが変わり、柊真を追い越していった。パリで襲撃されてから、常に尾行を気にしている。偶然かもしれないが、プジョーに尾《つ》けられていたのではないかという気がしたのだ。

柊真は次の交差点で一方通行の出口の標識があることを確認して右に曲がり、フトー通りの交差点の角に隠れた。

ユッリョーイ通りを覗くと、先ほどのプジョーは走り去っている。

「気のせいか」

柊真は苦笑すると、広い通りには戻らずにフトー通りを進んだ。

一万メートル上空から降下し、なるべく夜間に行動してここまで来ている。敵に場所を特定されるわけがないのだ。だが、念のために街を出た方がいいのかもしれない。大通りを避けて北から迂回《うかい》し、アールパード橋なら徒歩でドナウ川を渡れるはずだ。オーストリアに向かうのなら、どこかでドナウ川を渡らなければならない。

「むっ！」

柊真は眉《まゆ》を僅《わず》かに吊《つ》り上げた。前方に煙草《たばこ》を吸っている四人の男がたむろしているが、隙《すき》がまったくない。全員白人で、身長は一八五センチ前後、鍛え上げた体をしている。ただものではないことは確かだろう。

さりげなく柊真は、右手にある遊歩道に入った。やたらと広い遊歩道で、幅は三十二、三メートルあり、奥行きもあった。しかも、夜遅いため人通りも少ない。

案の定、四人の男たちは慌《あわ》てて追ってきた。

柊真が足を踏み入れたのは、〝コヴィン・セタニー（プロムナード）〟という公園のような遊歩道で、二〇一八年現在2ブロック三百メートルが整備されており、将来的には倍の4ブロック六百メートルまで延びる。

百メートルほど走った柊真は周囲に人気《ひとけ》が絶えたことを確認すると、突然立ち止まって振り返った。

男たちは無言で柊真を取り囲んだ。

柊真もあえて何も言わずに自然体でいた。月並みに「何者だ？」と尋ねても答える相手ではなさそうだからである。

「大人しく我々に従えば、痛い目に遭《あ》うことはない」

左前方の男が英語で言った。暗いので顔はよく分からないが、落ち着いた声をしている。彼らのリーダー格らしい。

「口が利《き》けるのか。それなら、所属組織と目的を言え」

柊真は背後の男たちに注意しながら答えた。

前方の二人は三メートルほど距離を保っているが、後ろの二人はじりじりと近付いてくる。足音を立てないようにしているが、柊真には彼らの気配が手に取るように分かるのだ。

「組織の名を知りたければ、一緒についてくればいい。おまえ次第で、我々は敵にも味方にもなる」

男は柊真を見据《みす》えて言ったが、背後の男たちは間合いを詰めてくる。

「それなら、後ろの男たちを下がらせろ」

振り向きもせずに柊真が言うと、それが合図だったかのように男たちが襲ってきた。

柊真は僅かに体を反《そ》らして背後からのパンチをかわすと、裏拳で左後ろの男の顔面を叩《たた》き、右肘《ひじ》打ちを右後ろの男の鳩尾《みぞおち》に決め、その首を捻って前方に投げ飛ばした。

「どうやら、敵になりたいのはおまえらの方だな」

「シット！」

左前の男が鋭い舌打ちをすると、右前の男と同時にジャケットの下に手を差し入れた。

柊真は両手を同時に振り上げる。

「うっ！」

二人の男は、右手を押さえてうずくまった。

柊真は両手に隠し持った直径三センチの鉄製のナットを、彼らの右手の甲に当てたのだ。間違いなく、手の甲を骨折しているだろう。以前持っていた鉄の礫《つぶて》は、ラムシュタイン米空軍基地で取り上げられていたので、ルーマニアの建設現場に忍び込んで六個ほど手頃なナットを手に入れていた。

右前の男の側頭部を蹴って昏倒《こんとう》させた柊真は、左前の男の懐《ふところ》から銃を抜き取った。銃はグロック17Cである。

「とりあえず、おまえが乗ってきた車に案内してもらおうか」

柊真はグロックの銃口を男のこめかみに当てた。

3

午後十一時二十分、一台のベンツCクラスが、ハンガリー西部の高速道路M1号線を走っていた。

ハンドルを握るのは、ブダペストで襲撃してきた四人のうちの一人である。彼の持っていた免許証には、米国人でジェフ・ハウザーという名前が記されており、年齢は四十一歳、襲ってきた四人の中でも一番年上らしく、チームのリーダーのようだ。

柊真は彼から奪ったスマートフォンで日本の傭兵代理店に電話を掛け、現状について報告した後、ハウザーの身元確認を要請した。スタッフの土屋友恵《つちやともえ》がすぐさま免許証を照合し、本人を割り出したうえに、彼が昨日ウィーン国際空港からオーストリアに入国したことまで調べ上げた。さらに、彼女は念のために米国の社会保障局のサーバーを調べ、ハウザーの社会保障番号が偽造されたものであることを突きとめている。

「このまま黙っているつもりか？」

助手席でグロックの銃口をハウザーに向けている柊真は、欠伸《あくび》を嚙《か》み殺して尋ねた。この三日間、野宿しているためにほとんど眠っていない。外人部隊で厳しい不眠の戦闘訓練を受けたこともあるのでなんとか耐えているが、空腹も重なって疲れが出ている。

ブダペストを出て三十分ほど経つが、ハウザーを名乗る男は一言も言葉を発していないのだ。

「さきほどの非礼は、詫《わ》びよう。私の提案は生きている。我々に協力しないか？　君が得られるものは大きいぞ」

ハウザーはようやく口を開いた。その右手を彼らが所持していた手錠でハンドルに繋《つな》ぎ、自由を奪っている。少しでもおかしな素振《そぶ》りをみせれば、トリガーを引くだけだ。躊躇《ちゅうちょ》はしない。もっとも、右手の甲は骨折して腫《は》れ上がっており、額《ひたい》に脂汗《あぶらあせ》を浮かべている。柊真を襲う元気はないだろう。

「俺に悪党の手先になれというのか？」

柊真は鼻先で笑った。

「君の思っている正義の定義が、普遍的なものだと思ったら大間違いだ。正義なんて解釈により、どうにでもなる。我々こそ、世界を救えると思っている。きれいごとばかりじゃ、世の中は破滅に向かうだけだ」

「そういうのを、日本では盗人猛々《ぬすっとたけだけ》しいというのだ」

「私も昔は、そう思っていた。だが、現実を見るんだな。ウーサマ・ビン・ラーディンやタリバンを作り出したのは、CIAだ。それに9・11米国同時多発テロを引き起こしたのは、イスラム教徒の名を借りた米国の闇の部隊だ。米国政府は自国民どころか世界中を騙《だま》している。ロシアはどうだ。プーチンは、国内で爆弾テロを偽装し、チェチェン人のせいにして戦争に踏み切り、大統領になったんだぞ。中国は改革解放の名の下《もと》に、チベットやウイグルに侵攻し、他国民の領土と資産を略奪したじゃないか。他にも国際連盟の常任理事国は、多かれ少なかれ同じような罪を犯している。それでも君は、今の世界が、正義に満ち溢《あふ》れているとでも言うのか?」

ハウザーは捲《まく》し立てた。

「大国が身勝手なのは今に始まったことではない。だからこそ、自分の信じる正義のために闘うんだ」

柊真の脳裏に浩志の顔が浮かんだ。リベンジャーズの任務は、浩志が自分の信ずる正義に照らし合わせて引き受けている。だからこそ、チームの誰しも命を惜《お》しむことなく作戦に参加するのだ。

「青臭い理念で、我々を敵に回すのか？」

ハウザーは舌打ちをした。

「おまえらが俺の仲間を殺害した瞬間から敵になったのだ。今さら何を言う」

柊真は荒々しく鼻息を漏《も》らした。

「私も事情はよく知らないが、彼は我々の組織の一部を崩壊させるのに力を貸したと聞いている。にもかかわらず、のこのこと我が組織のテリトリーに姿を現した。報復ではなく、警告だった」

ハウザーはバックミラーをちらりと見た。

ブダペストから四十キロほど離れ、田園地帯を走っている。平地が多いハンガリーの高速道路は見通しがいい。この時間帯に走っている車は少ないが、三、四百メートル後方に一台の車が続いている。ウィーンに向かう唯一の高速道路なので、他に車があってもおかしくないが、尾行されているのだろう。

ハウザーのスマートフォンはブダペストで使用した後、すぐに捨てている。ＧＰＳで追跡されているとは思えないが、彼らの仲間は柊真を執拗《しつよう》に追ってきているようだ。

「ところで、どうやって俺を見つけ出した？」

柊真は、バックミラーを時折見る彼の不審な態度に、気が付かない振りをした。

「輸送機から降下した地点は、飛行記録を調べればすぐに分かった。一万メートル上空から降下しても滑空できるのは、せいぜい二十キロ。そこから足取りを追ったのだ。少々手間取ったが、我々の情報力や捜査能力は世界一、逃《のが》れられるはずがないだろう」

ハウザーは自慢げに言った。

「世界一ね」

柊真は苦笑した。少なくともハウザーは昨日の夕方、オーストリアに入国したばかりであるため、柊真を苦労して見つけたわけではないはずだ。

「組織の幹部が、君の大胆な行動を見て、敵に回すよりも味方に付けたほうが得策だと判断したようだ。だから君を殺さずに生かしている。もし拒絶するのなら、君は生涯、我々の送り出すヒットマンの影に怯《おび》えて暮らすことになるんだぞ。イエスと言えばいいんだ」

ハウザーはまたバックミラーを見た。

「いいだろう。車を停めろ、答えを出してやる」

「はっ、早まるな。私を殺しても、得るものはないぞ」

「いいから、停めろ！」

柊真はハウザーの顎《あご》に銃口を突きつけた。

「わっ、分かった」

ハウザーは声を裏返らせると、路肩に車を停めた。

柊真はエンジンを止めて車を降りると、ガードレールを跨《また》いで近くの草むらに隠れた。車の電子キーは持っているので、ハウザーは逃げることはできない。

一分ほどで後方を走っていた車が追いつき、急ブレーキをかけてベンツの後ろに停まった。ブダペストで見かけたプジョーのステーションワゴン５０８である。やはり、あの時尾行されていたのだ。

三人の男が銃を構えて車から降りてくると、ベンツを取り囲んだ。

「いないぞ！」

車を覗いた背の高い男が叫んだ。運転席のハウザーを確認しているということは、仲間である。

「殺《や》れ！」

背の高い男が命じると、運転手側にいる男がハウザーに向けて銃を抜いた。

柊真は草むらから飛び出し、ガードレール越しに男たちを次々と撃った。

プジョーが走り出した。一人残っていたのだ。

柊真は慌てることなく、運転席に銃弾を浴びせた。

プジョーは中央分離帯を乗り越え、反対車線のガードレールを突き破って、横転しながら荒地に突っ込んだ。

「これが俺の答えだ。車を出せ」

車に戻った柊真は、ハウザーの頭に銃口を突きつけた。

4

午前一時、柊真が運転するベンツCクラスは、ハンガリーの無人の検問所を抜けてオーストリアに入国した。一時間前に、骨折した右手の激痛に耐えられないというハウザーと運転を代わっている。

右手がグローブのように腫れ上がっているので、嘘は吐いていないようだ。両手に手錠を掛け、シートベルトが外れないように樹脂《じゅし》製の結束バンドで縛ってある。

ハウザーらは、汚れ仕事をする専門のチームなのだろう。ベンツのトランクを調べると、ショットガン、ハンドガン、催涙弾《さいるいだん》、ナイフなどの武器だけでなく、手錠、結束バンド、ロープやファストエイドなどの装備まで隠されていた。実戦的なチームだったことが分かるというものだ。

「待ってくれ。このままウィーンに向かうのは、危険だ」

しばらく黙っていたハウザーが、突然口を開いた。ゲートもない無人の検問所を通り過ぎたことに気が付いたらしい。

「俺は、それを期待している。自分を囮《おとり》にしておまえたちの組織を叩きのめすつもりだ」

柊真は平然と言った。

「ばっ、馬鹿なことを言うな！　我々の組織がどれだけ巨大なのかを知ったら、そんなことは言えないぞ。死にたくなかったら、ウィーンに行くな、頼む。それに私を解放してくれ。まだ死にたくないだろう」

ハウザーは悲痛な声を上げた。

「死にたくないのは、おまえだろう。仲間を殺されて、なおかつ生きているおまえは裏切り者だと疑われているはずだ。だからこそ、仲間に殺されかけた。おまえの命を救ったのは俺だぞ。少しは礼を言ったらどうだ」

柊真は鼻先で笑った。

ハウザーが率いていた仲間は、プジョーに乗っていた四人も合わせて七人いるが、最初に倒した三人以外の生死は分からない。

「その通りだ。私を逃してくれたら、おまえの仲間を殺した男の情報を提供する。それにこれからお互い生き抜くための、最大の情報を提供しようじゃないか」

額の脂汗を拭《ぬぐ》おうともせずにハウザーは言った。この男は死を恐れている。嘘は吐いていないようだ。

「それなら、まず、狙撃犯の情報を言うんだな」

柊真は抑揚のない声で告げた。こんなところで感情を表すほど未熟ではない。下手《したて》に出れば、ハウザーは利用しようとするだろう。

「それは逃げ切ってからだ。教えた途端、見捨てられては困るからな」

ハウザーは安全圏に脱出できるまで、柊真を護衛代わりに使うつもりらしい。

「もったいぶるな。俺をコントロールできると思ったら大間違いだぞ」

柊真は首を振った。

「いいか、このままじゃ、我々は一時間以内に殺されるぞ！」

ハウザーは叫ぶように言った。

「一時間以内に、暗殺部隊が到着するということか。面白い」

鼻で笑った柊真は、ハウザーの様子を横目で見た。

「冗談じゃない。私は暗殺部隊の第一陣だ。我々が失敗したと分かったら、二倍に増員した暗殺部隊が送り込まれるんだぞ。たった一人で、重火器を携行した部隊に立ち向かえると思っているのか。そもそも、我々の体内には、極小のGPSチップがインプラントされている。どこに逃げようと、すぐ発見されてしまうのだ」

ハウザーは頭を左右に激しく振った。

「我々……？　どういうことだ。なんで俺の体内にチップが埋め込まれているのだ。……まさか」

柊真ははっとした。ラムシュタイン米空軍基地で後頭部を殴られて、数時間気絶していた際の記憶は一切ないのだ。

「特殊な注射器でチップを簡単に体内に埋め込むことができる。手術する必要もない。たいていは首の後ろか二の腕に打ち込まれる。小型なので、地下や送電塔の近くでは電波は遮断《しゃだん》されてしまうが、車に乗っていてもトンネルに入らない限り、電波はキャッチされてしまう。今頃、我々の位置は特定され、暗殺部隊が差し向けられているはずだ」

「なるほど、まずは、そのGPSチップを摘出することが先決だな」

頷《うなず》いた柊真は近くの高速道路の出口で降りて、一キロほど進んだところにあった荒地で車を停めた。車を降りると、首の後ろを探った後で防寒ジャケットを脱いでトレーナーの上から左右の二の腕を触ってみた。

「むっ」

左の二の腕に微《かす》かな痛みを覚える。注射針でチップが打ち込まれた際にできた疵《きず》が、疼《うず》くのだろう。

柊真はトレーナーも脱いで下着姿になると、ポケットから小型のタクティカルナイフを出した。ナイフはベンツのトランクから調達したもので、武器はグロック17Cと予備マガジンなど一通り揃《そろ》えることができた。

時刻は午前一時を過ぎている。風はないが、気温は氷点下近くまで下がっているはずだ。足元から冷気が襲ってくる。

再度左の二の腕を指先で押してみると、僅かだが異物感がある。柊真はナイフの切っ先で二センチほど皮膚を切り裂き、人差し指を傷口に入れた。激痛が走るものの、銃弾を取り出すことに比べたら我慢できる。

「あったぞ」

指先に当たった小さな異物を摘《つま》んで取り出した。長さは二十ミリ弱、太さは三ミリ前後ある。足元に捨てると靴の踵《かかと》で踏み潰《つぶ》した。

「次はおまえのだ」

服を着ながら、柊真は助手席のドアを開けた。

「私は首の後ろに埋め込まれている。ジャケットを脱がせてくれ。逃げはしない」

ハウザーは手錠を掛けられた両手を上げてみせた。

「どうして、これまで摘出しなかったのだ？」

「ＧＰＳチップを勝手に摘出すれば、裏切り行為とみなされる。だから、組織の者は、監視されていることを知りながらも任務に当たるほかないのだ」

「分かった。取り出してやる。場所は、どこだ？」

柊真はシートベルトの結束バンドを切断し、ハウザーの手錠をはずした。男を信じているわけではないが、この状況で抵抗するとは思えないからだ。

「頸椎《けいつい》のすぐ横のはずだ」

ジャケットをしかめっ面《つら》で脱いだハウザーは、左手で首の後ろを指差した。右手が相当痛むのだろう。

柊真はハンドライトを左手に持って照らしながら、ハウザーの頸椎に沿って右の人差し指で触った。

「これか？」

指先に骨ではない硬さを感じた。強く押してみると、異物感がある。

「それだ。ひと思いにやってくれ」

ハウザーは笑ってみせた。

「じっとしていろ」

柊真はタクティカルナイフの切っ先を、ハウザーの頸椎の横に当て、縦に切り裂いた。

「うっ！」

ハウザーはびくりと体を動かした。

「動くな。傷口が大きくなるだけだぞ」

苦笑した柊真はナイフの刃先の血をジーンズで拭《ふ》き取り、先ほどの要領で指先を傷口に突っ込んだ。

「ぎゃあ！」

ハウザーは体を仰《の》け反《ぞ》らせた。

「これでもくわえていろ」

柊真はハウザーのジャケットの袖《そで》を彼の口に突っ込んだ。ハウザーは呻《うめ》き声を上げながらも頭を上下に振っている。

「動くな！」

ハンドライトをポケットに仕舞《しま》うと、左手でハウザーの肩を押さえて再び傷口に指を入れた。

暴れるハウザーの頭を左手で押さえつけ、右手の指先で傷口を探る。

「あったぞ」

柊真よりも深い場所にチップは埋め込まれていた。左手を離すと、ハウザーはダッシュボードに頭をぶつけ、ぐったりとなった。激痛のあまり気絶したようだ。

「口ほどにもないやつだな」

苦笑した柊真はチップを捨て、助手席のドアを勢いよく閉めた。

5

ウィーン、マキシング通り、午前二時半。

柊真は通りに面したヒーツィンガー墓地の前でベンツを停めた。

「ここだ」

虚《うつ》ろな目をしたハウザーは左手で、墓地の向かいにある建物を指した。軒先に〝Blumenhändler《ブルーメンヘンドラー》〟という看板が掲《かか》げられている。

「こんな場所が、隠れ家なのか？」

柊真は首を傾《かし》げた。

ドイツ語は堪能ではないが、看板の意味が花屋ということぐらい分かる。

「そうだ。私は米国人だがウィーンで生まれ、ドイツのハイデルベルク大学を出ている。だからオーストリアだけでなく、近隣諸国のこともよく知っているのだ。組織ではドイツと東ヨーロッパを担当していたからこそ、おまえを捕縛するために呼ばれた」

「任務を果たすために、隠れ家も確保していたのか」

「違う。隠れ家は、組織に知られないように、長年にわたって密《ひそ》かにドイツやオーストリアに用意していたのだ」

ハウザーは鼻先で笑った。

「なぜだ？」

「組織に入ると、GPSチップを体内にインプラントされる。そして、正式な一員になると機密を守るため、奥歯に自殺用のカプセルを埋め込まれるんだ。組織は非情なんだよ。一度の失敗が命取りになる。だから生き延びるために、私は色々用意してきたのだ。花屋の脇の路地に車を突っ込んでくれ。偽造のナンバープレートがトランクに入っている。取り替えてくれないか。もたもたしていると、軍事衛星で発見されてしまう」

ハウザーはここまで来るのに、監視カメラがない街の西側から入り、路地を縫うように道案内をしてきた。組織の手口を知り尽くしているのだろう。

「なるほど」

頷いた柊真は車を路地に停めると、トランクからナンバープレートを出して工具も使わずに前後のプレートと取り替えた。プレートは簡単に付け替えられる仕組みになっていたのだ。ハウザーが勝手に車を降りてきたが、柊真は気にしなかった。逃げないことは分かっているからだ。

「こっちだ」

ハウザーは花屋の壁に沿って路地を進み、建物の裏手にあるドアの前に立った。ドア横に、古い建物には不釣り合いな金属製のテンキーパッドがある。ハウザーは六桁の数字を入力してドアを開け、建物に入った。

ドアの向こうは地下に通じる階段になっている。

「花屋は表の顔か？」

柊真は油断することなく、ハウザーに続いて階段を下りていく。

「私がこの建物のオーナーで、上階を貸しているだけだ。どんな商売をしようと、興味はない。ただ、借り手の商売が繁盛《はんじょう》するほど、ここが隠れ家として役に立つ。それに私の懐《ふところ》も潤《うるお》うことになるのだ」

ハウザーは階段下のドアを開けて中に入り、柊真も入るように頷いてみせた。

三十平米ほどの部屋で右側の壁際に机があり、パソコンやプリンターが置かれている。反対側には五十インチのテレビとソファーがあり、正面奥とテレビの横にドアがあるので、他にも部屋があるのだろう。

柊真はグロックを抜くと、部屋の中を確認し、二つのドアも開けて中を確認した。奥のドアの部屋はベッドルームで、左手はバスルームであった。

「気が済んだかな？」

ハウザーは、ベッドの枕の下に隠してあった銃を見つけた柊真を見て苦笑を浮かべた。

「手を見せろ」

グロックをズボンの後ろに差し込んだ柊真は、ハウザーをソファーに座らせると、テーブルの上にファストエイドを置いた。車のトランクにあったものだ。

「ようやく、手の怪我《けが》に気付《つ》いてもらえたか」

ハウザーは大きな溜息《ためいき》を吐くと、恨めしそうな目で柊真を見た。

「第三と第四の中手骨《ちゅうしゅこつ》を骨折しているようだな。だが、冷やして固定するほか治療法はないだろう。医者に診《み》せる必要はない。命令を出したやつを恨むんだな」

柊真は触診すると、彼の右手に包帯を巻いて固定した。粉砕《ふんさい》骨折をしているわけではない。骨にヒビが入っただけのようだ。

「我々の組織なら、たとえ獣医に診てもらったとしても、その痕跡を見つけ出すだろう。この程度の怪我で済ませてくれてむしろ感謝している。任務に失敗し、組織から命を狙《ねら》われるのは時間の問題だと思っていた。もっとも、そのために用意はしてきた」

ハウザーは立ち上がると、パソコンデスク横のロッカーの引き出しに手を掛けた。

「動くな！」

柊真はすばやくグロックを抜いた。

「あっ、争うつもりはない」

ハウザーは慌てて両手を上げた。

「ロッカーから離れろ」

柊真はグロックの銃口をハウザーに向けながら、ロッカーの引き出しを覗いた。

カバーの色が違うパスポートが、二、三十冊と携帯電話機が四台も入っている。パスポートは彩度の違いはあるが、基本的に赤、青、緑、黒の四色しかない。また、携帯電話機は、使い捨ての機種なのだろう。米国のコンビニエンスストアなどで売られている型とよく似ている。

「台紙なのか？」

ＥＵ加盟国のワインカラーのパスポートを抜き取って中をみた柊真は、首を捻った。何も印字されていないのだ。

「そうだ。十カ国以上のパスポートの台紙がある。それを使って、新しいパスポートを作る。ここは我々のＧＰＳチップを破棄した場所から遠くない。見つかるのは時間の問題だろう。新しい身分を得て、一刻も早く国外に脱出する必要があるのだ」

「パスポートは確かに必要だが、監視カメラがあるのは空港や駅だけじゃないんだぞ。どうするつもりだ？　整形でもするのか？」

柊真は人差し指を立てて振った。監視カメラはどこにでもある。世界中の監視カメラで顔認証されてしまえば、隠れる場所もなくなるのだ。

「それを考えてのことだ。顔認証されなければ、追跡から逃れられる。君のデータは、米国、英国、フランス、三カ国の国防省と情報機関にあるはずだ。私の場合は、同じく古いデータがこの三カ国と、イスラエルのモサドに残っている。クロノスは、それを使って我々を捜し出すだろう。これらの機関のデータを消去すれば、やつらも追っては来られない。だが、世界最高水準のセキュリティーを突破するのは、高度な技術を持つハッカーでも無理な相談だ。ベネズエラにいる旧友が腕の立つ整形外科医を知っているそうだ。とりあえず、そこまで行ければ、生き延びられる可能性は高くなる」

ハウザーは渋い表情で言った。

「クロノスは、組織のコードネームか?」

柊真は友恵と短時間だが連絡を取った際、クロノスという単語だけ聞いていた。

「由来は知らないが、組織のコードネームとして使われている。私は暗殺部隊の指揮を任されているが、幹部ではない。だから、よく知らないんだ」

ハウザーは肩を竦めた。

「よく知らない? 仲間を狙撃した犯人を知っていると言っていたな。あれは、嘘か?」

柊真は鋭い視線を向けた。ハウザーは利用価値があると見せかけるために、嘘を吐きかねない。

「嘘ではない。マニュエル・ギャラガーという米国人だ。主に紛争地の暗殺部隊のリーダーをしている。顔に火傷《やけど》の痕《あと》がある男だ」

ハウザーは左手を振ってみせた。

「今どこにいる?」

柊真はハウザーの胸ぐらを摑《つか》んだ。

「一昨日《おとつい》までドイツにいたことは確かだ。今は知らない。本当だ! だが、私をベネズエラまで逃がしてくれたら、必ず調べて教えよう。約束する」

「ベネズエラ? 冗談じゃない! ……待てよ」

ハウザーを突き飛ばした柊真は、両眼を見開いた。「高度な技術を持つハッカー」という言葉が、引っ掛かったのだ。

「今の容姿を変える決心がついたのか？　君はハンサムだが、少々ブ男になったほうが目立たない。整形手術はお勧めだ」

ハウザーは訝《いぶか》しげな目を向けてきた。

「馬鹿な。もっといい方法を思い付いたんだ」

柊真はニヤリと笑った。

6

午前九時五十分、市谷《いちがや》。

防衛省の北門近くにあるマンション〝パーチェ加賀町《かがちょう》〟、その地下二階に傭兵代理店はある。

友恵は代理店の自室で、ヘッドホンをかけて首を左右に振りながら六台のモニターに向かって仕事をしていた。いつもながらヘビメタを聞いているのだろう。彼女曰く、音楽で脳を刺激すると、より仕事が捗《はかど》るそうだ。

目の前のモニターの右上に電話の着信を知らせるメッセージが流れる。

友恵はヘッドホンを外すと、キーボード脇に置いてあるスマートフォンを手に取った。

画面には非通知と表示されている。

「もしもし?」

仕事柄、非通知は珍しくないので、迷うことなく通話ボタンを押した。

——私です。連絡が遅くなりました。

柊真の声である。

「柊、……無事なの?」

名前を言いそうになり、友恵は慌てて自分の口を押さえた。柊真はクロノスという国際犯罪組織に命を狙われており、通話も傍受されている可能性があるからだ。そのため、柊真も名乗らなかったのである。

——なんとか、脱出に成功しました。ただ、敵はエシュロンをハッキングして世界中の監視カメラを使えるようなので、身動きが取れません。そこで、何点かお願いしたいことがあるので、メールを送りました。見ていただけますか?

正面のモニターに今度は、メールを着信したとメッセージが流れる。友恵宛てのメールは一旦外部に設定した五つのサーバーを経由し、厳重なウィルスの検疫《けんえき》を受けてから傭兵代理店のサーバーと友恵のスマートフォンに転送されるようになっている。また、メールのアドレスが漏れても、傭兵代理店のサーバーを見つけ出すことはできないようになっていた。

「了解。……分かったわ。なんとかしてみる。でき次第、連絡します」

柊真からのメールをパソコンで確認した友恵の表情が強張《こわば》った。

自室から出た土屋友恵は、隣りにある作戦司令室と呼ばれているスタッフルームのドアを開けた。

「麻衣《まい》さん、打ち合わせがしたいんだけど、いいかしら」

友恵は部屋には入らずにドア口から岩渕《いわぶち》麻衣に声を掛けた。

「大丈夫です」

麻衣は明るく返事をした。

彼女は防衛省情報本部のテロ対策局IT技術課に所属しており、六月から出向という形で傭兵代理店に出社し、来年の一月から正式に採用されることになっている。傭兵代理店は十四年前に防衛省の特務機関として発足《ほっそく》し、数年前に独立した業態になった。だが、いまだに政府との繋がりは強く、実質的には政府の情報機関としての機能を持っているのだ。

「コーヒー、飲む？」

友恵は、デロンギのコーヒーメーカーで、キリマンジャロを自分のマグカップに淹《い》れながら、部屋を出てきた麻衣に尋ねた。つい最近までコーヒーメーカーは作戦司令室に設置してあったのだが、社長の池谷悟郎《いけたにごろう》が作戦司令室にスタッフが引きこもることを防ぐため、エレベーターホールに移したのだ。

エレベーターホールといっても五十平米ほどの広さがあり、豪華なシャンデリアが吊るされ、革張りのソファーとテーブルが置かれている。スタッフの休憩室も兼ねた打ち合わせエリアになっているため、ブリーフィングルームと呼ばれている。

また、池谷の要望でソファーの隣りにはバーカウンターやビリヤード台まであり、米国の高級なバーを彷彿《ほうふつ》させるのだが、スタッフからは古くさいと評判が悪い。

「コーヒーは、自分で淹れます。ありがとうございます」

麻衣は自分のマグカップを持ってきた。傭兵代理店に赴任して半年経ち、スタッフにも仕事にも慣れてきたらしい。また、日頃から精力的に仕事をこなし、代理店の水が合うようだ。一昨日まで京介の狙撃犯を捜査する柊真のサポートで他のスタッフとともに出張しており、昨日パリから帰国したばかりであるが、疲れを見せていない。

身長一七〇センチ、柔道二段、空手三段とIT技術課のプログラマーとは思えない武闘派で、年齢も二十五歳と若く体力もある。また、友恵の特訓の成果もあり、今ではハッカーとしての腕も上がっていた。

「ひょっとして、柊真さんのことですか」

自分のマグカップをテーブルに載せた麻衣は、友恵の対面のソファーに座った。

「そうなの。今はウィーンで捕虜と隠れているようだけど、その男と一緒に国外に脱出するために協力を求められたの」

友恵はコーヒーを啜《すす》りながら説明した。

「なるほど、情報を引き出すためにその男と行動を共にしているんですね。こちらで何かできることはあるのですか？」

麻衣は身を乗り出した。

「柊真さんの希望は、主要国の情報機関や政府機関から、自分と彼の情報を消去して欲しいというものなの。個人情報を消去してしまえば、顔認証されることもなく、指紋やＤＮＡでも彼を割り出すことはできなくなる。その上で、新しい身分を得られれば、まったくの別人になりすまし、堂々と世の中に出ることができるわ」

「えっ、でも、主要国って、米国ならＣＩＡやＮＳＡということになりますよね。超が付く厳重なセキュリティーを破らなければ、データを消去することもできませんよ。仮にサーバーに侵入できたとしても、どこのセクターに柊真さんたちのデータがあるか調べている間に、侵入が発覚し、反撃される恐れはありませんか？」

麻衣は眉を寄せた。ハッキングの手口を知っている者なら誰しも不安は感じるはずだ。

「正面から攻めていたら、そうなるわね。だからサーバーが、自ら柊真さんたちのデータを消去させるように仕向ければいいのよ」

友恵はにこりと笑った。よほど自信があるようだ。

「えっ、どういうことですか？」

両眼を見開いた麻衣は、頰《ほお》に右手を当てて首を傾げた。

「サーバーのセキュリティーソフトにトロイの木馬の偽の情報を流すの」

友恵が悪戯《いたずら》っぽい顔で答えた。トロイの木馬とはコンピュータウィルスのことである。

「ちょっと、待ってください。もしかして、柊真さんたちのデータを、トロイの木馬だとサーバーのセキュリティーソフトに信じ込ませ、データそのものを消去させるんですか？　そもそも、柊真さんたちのテキストデータや画像データを違法なプログラムだと、どうやって認識させるんですか？」

麻衣は矢継《やつ》ぎ早《ばや》に質問してきた。

「少々テクニックがいるけど、例えば柊真さんの生年月日と名前を組み合わせることで、トロイの木馬になると認識させるの。それをセキュリティー会社を経由して流せば、怪しまれない。それに、こちらから流すデータはウィルスじゃないから、検知することも不可能。柊真さんの情報はセキュリティーソフトが勝手にサーバーから消去するから、痕跡も残らないわよ。もっとも、流したデータそのものも自動的に消去されるように細工は必要だけど、大した手間じゃないわよ。それから念のために、彼がよく使う偽名の影山明《かげやまあきら》の情報も入れた方がいいわね」

友恵は淡々と話した。実際、彼女にとって難しいことではないのだろう。

「すごい！　友恵さんって、天才！　……でっ、でも、もし、柊真さんと同姓同名の人がいたら、その人の経歴まで抹消されませんか？」

麻衣は上げかけた両手を下ろした。

「生年月日まで同じ人はまずいないでしょう。それに、国防総省やＣＩＡのデータベースに載るような明石柊真という名前の人がほかにいると思う？」

友恵はくすりと笑った。

「たぶん、いないでしょうね。私もお手伝いさせてください。各国が契約しているセキュリティー会社や担当者を調べます」

麻衣は早くも腰を上げかけている。

「了解。頼んだわよ。私も、偽情報を至急作るわ」

友恵もマグカップを手に立ち上がった。

特殊任務

1

午前八時半、ネブラスカ州、オマハ。

フォードのピックアップトラック、F150スーパークルーが、オマハの中心部を東西に抜ける6号線、ダッジ・ストリートを走っていた。

「腹が減ったな。飯でも食うか」

ハンドルを握るワットは、二百メートルほど先の反対車線側にメキシコ料理のタコベルの看板を見つけると、次の交差点で強引にハンドルを左に切った。対向車に警笛を鳴らされながらも裏道に入り、住宅街を抜けてダッジ・ストリートの反対車線側に出ると、タコベルの駐車場に愛車を入れた。

——朝からメキシコ料理ですか。嫌いじゃありませんけどね。

もし、助手席にマリアノ・ウィリアムスが乗っていたら、大きな溜息《ためいき》を吐《つ》きながら言っただろう。

ワットは住まいがあるノースカロライナ州フォートブラッグ陸軍基地から千二百六十マイル（約二千二十七キロ）を二十時間掛けてやって来たのだ。

フォートブラッグは米軍最強の特殊部隊デルタフォースの基地である。ワットとマリアノはかつてデルタフォースに所属する上官と部下という関係だったが、数年前に退役して浩志率いるリベンジャーズに参加していた。

国際紛争地では知る人ぞ知る傭兵特殊部隊のリベンジャーズだが、いつも任務があるわけではない。というのも、リーダーである浩志が、自分の信念に基づいて仕事を選ぶからで、平時のメンバーは自主的な訓練と表稼業に勤《いそ》しむことになる。

もっとも、リベンジャーズの直近の任務がヨーロッパであり、ワットは昨日パリから戻ったばかりである。

ドイツのザクセン＝アンハルト州にあるコルビッツ＝レッツリンガー・ハイデの演習場で、クロノスの暗殺部隊と壮絶な戦闘をしたのは四日前のことである。戦闘に参加したメンバーは、浩志、ワット、辰也、宮坂、田中、瀬川、加藤、それにマリアノの八名で、対する敵は四倍以上の三十五名であった。数名の捕虜を除き敵を殲滅《せんめつ》させたものの、浩志も含めほぼ全員が負傷した。

マリアノは、戦闘中に敵の仕掛けた爆弾から逃れるために給水塔から飛び降りて両足を負傷したため、ラムシュタイン米空軍基地にある病院に入院している。十メートル近い高所から落ちたのだが、右足の骨折と左足の捻挫《ねんざ》で済んだ。数日で退院できるらしい。

戦闘終了後、リベンジャーズのメンバーはパリに戻って引き続き柊真の行方を捜していたが、拉致《らち》された柊真が自力で脱出したと分かり、三日前にパリで現地解散した。

仲間は怪我《けが》の治療に専念すべく、帰国している。だが、浩志は京介が殺害された現場を改めて調べるべくイラクに飛んでいた。ワットも行きたかったが、気になることがあったため、米国に帰ってきたのだ。

これまでの捜査で、強大な国際犯罪組織の存在が分かってきた。かつてリベンジャーズとも敵対してきた米国の特権階級の犯罪組織である通称ＡＬ（アメリカン・リバティ）は、その下部組織に過ぎないという。

犯罪組織は、〝クロノス〟というコードネームで呼ばれており、ワットはこの名前に聞き覚えがあった。まだデルタフォースの指揮官だったころ、別のチームがクロノスという暗号名の作戦を遂行している。アフガニスタンでの作戦ということだけは知っていたが、任務終了後、作戦に参加したチーム全員の行方が分からなくなっていたのだ。

チームの指揮官はワットの友人であるジム・クイゼンベリー大尉だっただけに、彼らが失踪《しっそう》してから九年経った今も記憶に残っていた。

イラクで狙撃された京介は、アフガニスタンでのクロノスの活動を妨害したことで報復されたようだ。一方、クイゼンベリーもアフガニスタンで作戦を遂行した後にチームごと行方不明になっている。どちらもアフガニスタンという紛争地での任務が関係しており、単なる偶然とは思えないのだ。

「2タコススプリーム、ビーフとチキン、クランチ、メキシカンポテト、それにシナモントスタータ、ドリンクはコーラ」

タコベルのカウンターで注文したワットは、右手で腹をさすった。ここに来るまでに一時間ほど仮眠を取り、給油のために三度も休憩は取っているが、二十時間も一人で運転してきたために腹が減っているのだ。タフを売り物にしていたが、さすがに疲れた。血糖値が下がっているせいもあるのだろう。

ブリトーにするか迷ったが、タコスが二つセットになっている2タコススプリームにした。また、トルティーヤにチョコソースがかけられたデザートまで頼んだのは、すぐに血糖値をあげるためである。加えて、シナモンが利《き》いているトスタータは、ワットのお気に入りなのだ。

「2タコススプリーム、メキシカンポテト、シナモントスタータ、コーラ」

若い女性の店員が復唱しながら、手際よくトレーに注文の品を揃《そろ》えた。

「サンキュー」

会計を済ませたワットは、トレーを手に駐車場が見える窓際の席に座った。朝にもかかわらず、席の三分の一は埋まっている。客はマイノリティーだけでなく白人の姿も多い。朝からタコスを食べるメキシコ料理好きは、ワットだけではないのだ。

コーラで喉《のど》を潤《うるお》すと、まずはタコビーフを頬張《ほおば》った。口の中でパリパリに焼きあがったクランチタイプの生地《きじ》と野菜と肉が絶妙のハーモニーを奏《かな》でる。

「やはりな」

タコスを頬張りながら駐車場をちらりと見たワットは、苦笑を浮かべた。フォードのセダン、フュージョンが駐車場の片隅に停まっているのだが、だれも降りてこないのだ。そもそも、フュージョンは途中のカンザスシティから付いてきている。タコベルに寄ったのは、尾行の確認をするためでもあった。荒っぽい運転をしてまで反対車線の店の駐車場に入るのは、ワットのようなタコス中毒者か、尾行者のどちらかである。

ワットはリベンジャーズの活動以外でも国外で活動することが多い。そのためか、NSAから目を付けられていた。おそらく尾行者は、NSAの職員だろう。職員は三万人以上いると言われている。ネブラスカの片田舎《かたいなか》にまで尾行してくる物好きがいてもおかしくないのだ。

「勝手にするさ」

ワットは鼻先で笑うと、嚙《か》み締めたタコスをコーラで流し込んだ。

2

食事を終えたワットはスーパークルーに乗り込み、ダッジ・ストリートからウエスト・ダッジ・ロードへと西に進んだ。

この道を通るのは、九年ぶりになる。片側三車線の高速道路は変わっていないが、周りの風景が変わった。道路沿いに様々な郊外店がひしめきあっているのだ。

しばらく進んでジャンクションからサウス180thストリートに入り、南に二キロほど行って、交差点を右折した。森の中を抜けてゲートを過ぎると、車道の両側は芝生《しばふ》がよく手入れされた公園のような場所になる。二つ目の交差点を曲がり、モデルハウスのような一軒家の前で車を停めた。

広い玄関アプローチの周囲にはアメリカサイカチの木が植えられ、隣家との境界のない四、五百坪はありそうな芝生の敷地に百坪ほどの家がゆったりと建っていた。ここは一辺が一・六キロある敷地内にコロニーのような住宅が作られており、その間に十八ホールのゴルフ場があるという巨大な住宅地なのだ。

車を降りたワットはドアをロックすると、玄関アプローチを進んだ。

空はどんよりと曇り、気温は二、三度と低い。それに湿度が低いため、底冷えがする。

ノースカロライナ州も寒かったが、湿度が高いせいか十二月に入っても過ごしやすい。それに冬は短いのだ。

ガレージ横の石畳のアプローチを通り過ぎて、玄関にあるドアホンのボタンを二度押した。

「ヘンリー？」

背後から呼びかけられた。

「うん？」

振り返ると、頭にスカーフを巻き、サングラスをかけた女性が園芸用のスコップを手に立っていた。

「久しぶりね。どうしたの？」

女性はスコップをガレージの脇に置くと、ガーデニング用のグローブを外した。庭仕事でもしていたらしい。冬でも育つ植物があるのだろう。

「やあ、ネディナ。近くに来たから寄ってみたんだ」

ワットは陽気に右手を上げると、笑ってみせた。

「お茶でも飲んで行かない？　昨日焼いたフルーツケーキ、ご馳走《ちそう》するわよ」

ネディナはワットの脇を通り抜けて、玄関ドアを開けた。

「それはありがたい。遠慮なく、お邪魔するよ」

ワットは笑顔で家に入った。

カーペットが敷き詰められた四十平米ほどのリビングは、ほどよい暖かさが保たれている。しかも、天井には木がふんだんに使われ、趣味の良いソファーが木製のテーブルを囲んでいた。米国の家庭にありがちな大画面のテレビは置かれておらず、落ち着いた空間である。

九年ほど前にこの家を訪れているが、記憶では床は人工大理石が使われ、寒々とした雰囲気であった。

「あの頃は、若かったな」

ワットは、壁に飾られた写真の額を見て苦笑を浮かべた。

陸軍のデジタル迷彩パターンである〝ＵＣＰ〟の迷彩戦闘服を着た三人の兵士が肩を並べて笑っている。

中央に立っているのがワットで、左隣りに立つ男が、ジム・クイゼンベリーである。十三年前にイラクの任務に就《つ》いていた頃の写真で、ジムはネディナの夫であった。

「あなたは、変わらないわよ。九年前から」

ネディナがティーポットとカップ、フルーツケーキを載せたトレーを手に、奥のキッチンから現れた。彼女はジムの軍人恩給で生活しているはずだが、いい暮らしをしている。他にも収入源があるのだろう。

「十年以上前から、スキンヘッドだったからな。確かにそれは変わらない。だが、腹も出てきたし、皺《しわ》も増えたよ」

ワットは右手で頭を摩《さす》りながら大きな声で笑うと、ソファーに座った。

「そうかしら、がっちりとした体型も変わらないわよ。羨《うらや》ましいとは言わないけど」

ネディナも笑い、ティーポットを揺すりながらカップに紅茶を注《そそ》ぐ。

ジムが指揮をしていたデルタフォースのチームは、彼も含めて八名だった。九年前の六月に、フォートブラッグで会ったのが最後である。三週間後、彼のチームが帰還していないと直属の上官から聞いたが、詳しい情報を知る者は部隊では誰もいなかった。

任務に失敗し、全滅したという噂《うわさ》が流れたが、定かではない。ネディナは軍からジムが死亡したという報告を受け、フォートブラッグを去り、オマハの新中古一軒家を購入したのだ。生前、毎日ゴルフができる場所に住みたいと、ジムが目を付けていた物件だったと聞く。

ワットはプレゼントにゴムの木の鉢植えを抱え、引っ越し直後のこの家に来て、彼女の様子を見ている。打ちひしがれてやつれていた当時のネディナと目の前の彼女は、まったく別人のようだ。彼女はむしろ今の方が若々しく見える。

「新しい彼氏でも、できたのかい？」

ワットは差し出された紅茶を一口啜《すす》ると、尋ねた。

「えっ！　なっ、何を出し抜けに聞いているのよ」

ネディナは両眼を見開いた後で、首を左右に振ってみせた。

「玄関の傘立てにドライバーが差してあった。君のじゃないだろう？　新しい彼氏でもできたんじゃないのか？」

玄関に陶製の大きな傘立てがあり、女性用の傘とゴルフのドライバーが差し込んであったのだ。

「……ああ、あれね。私のクラブ。主人がいつでもゴルフができるようにこの家を選んだことは知っているでしょう。だから、彼に代わって私が、その夢を叶えているのよ。というのは建前《たてまえ》。だってもったいないじゃない、ゴルフ場付きの住宅地なんて贅沢《ぜいたく》でしょう。何もしないで暮らすのは宝の持ち腐れよ」

ネディナは一拍置いて答えた。

「そいつは、素晴らしいアイデアだ。ジムも喜ぶだろう」

ワットはカップをテーブルに置くと、玄関に行って傘立てからドライバーを抜いた。

「俺は、ゴルフは一切経験がないから、よく分からないけど、いいクラブだと思う。格好《かっこう》いいし」

ワットはぎこちなくグリップを握り、玄関のドアの前で軽く振った。

「危ないから、ここで振らないで！」

血相を変えたネディナは、ワットからクラブを奪うように、取り上げた。

「すっ、すまない。そろそろ時間だ。失礼するよ」

肩を竦めたワットは、逃げ出すように家を出た。

3

午後八時二十分、傭兵代理店。

イラクから帰国した浩志は、情報を収集するために成田《なりた》空港から直接〝パーチェ加賀町〟の地下二階にある傭兵代理店を訪れていた。

ブリーフィングルームのソファーに腰掛け、浩志は出前の寿司を黙々と食べていた。浩志の来訪を知った池谷が用意していたものだが、数週間も和食と縁がなかったためにご馳走と言えた。もっとも、金に渋い池谷が珍しく特上の寿司を頼んでくれたこともある。

エレベーターのドアが開く音がした。

ブリーフィングルームといっても、もとはエレベーターホールなのでパーテーションが立てられているとはいえ、人が出入りして少々落ち着かない。

「お疲れ様です」

パーテーションの向こうから作業服姿の辰也と加藤が現れた。

辰也と宮坂と加藤の三人は、練馬《ねりま》にある〝モアマン〟という自動車修理工場を共同経営している。リベンジャーズのメンバーは、私利私欲で闘わないということもあり、誰しも副業を持っていた。

創業当初は自動車の修理と整備だけだったが、今では中古車の販売もしており、なかなか繁盛《はんじょう》しているようだ。従業員もアルバイトを含め、四人ほど雇っており、リベンジャーズの作戦行動で三人が海外に行くときは、アルバイトを増やして商売が停滞することがないようにしていた。

事実、数日前まで辰也らは任務でヨーロッパに出かけて留守にしており、作戦中に負傷した宮坂は、傭兵代理店の支援を行っている松濤《しょうとう》の森本《もりもと》病院に入院している。

「相変わらず、忙しそうだな」

箸《はし》を置いた浩志は、渋茶を啜りながら言った。エンジンオイルで汚れた作業服のまま顔を見せたのは、着替える暇も惜しんでのことだろう。

「貧乏暇なし、っていうやつですよ。それより、イラクから帰国されたと聞いて、飛んできました」

辰也は笑顔を見せると、加藤とともに浩志の前のソファーに座った。

「改めて現場を調べてみたら、色々分かったことがある」

浩志は京介の狙撃事件を目撃したフマーム少年やイラクの総合治安局の副長官だったア

ムジャド・ジャリールがもたらした情報をかいつまんで話した。

「事件の目撃者を捜し出したことも驚きですが、あの賞金首のアムジャド・ジャリールが接触してきたんですか。さすがですね、二度びっくりですよ。それにしても、京介の狙撃犯が〝カウフ・マトゥ〟という渾名《あだな》を持つとは、嫌な野郎ですね」

アラビア語が分かるだけに、辰也は渋い表情で首を振った。

「捜査には、ツキというものもある。運が良かっただけだ」

フマームもジャリールも情報を提供したかったのだが、これまでその受け皿がなかっただけで、浩志はたまたま彼らから供給されたに過ぎないのだ。もっとも、運を呼び込むには、捜査の基本的な手順を踏むしかない。モスルの現場に足を運んで正解であった。

「〝カウフ・マトゥ〟は顔に火傷《やけど》の痕《あと》がある男で、ISILで軍事顧問のような仕事をしていたらしい。また、柊真は、マニュエル・ギャラガーというクロノスの暗殺部隊のリーダーをしていた男が犯人だという情報を得たそうだ。その男はシールズに所属していた元米軍人で、顔に火傷の痕があるらしい。同一人物とみて間違いないだろう」

友恵の元に柊真からギャラガーの情報が入っている。拘束《こうそく》した敵を自白させたらしいが、それぞれ別の情報源から得られた内容が一致しただけに、裏付けが取れたとみていいだろう。

「ひょっとして、数年前にイラク北部のＩＳＩＬ掃討《そうとう》作戦で、重機関銃を乱射して一般市民まで殺害した、あのギャラガー大尉のことですか？　野戦病院で治療中の子供の首をＩＳＩＬの兵士と決めつけてナイフで切り裂いたという話も聞いていますよ」

　辰也は右手で膝《ひざ》を叩《たた》いた。

「そういうことだ。アフガニスタンとイラクでの数々の功績を称《たた》えられ、勲章まで授与された男だ。部下から残虐行為を告発され、逮捕されたが、軍法会議に掛けられる寸前で脱走している。脱走後行方不明となっていたが、まさかクロノスに雇われて、ＩＳＩＬの狙撃兵の教官を務めていたとはな」

　浩志は鼻先で笑った。

「金ですかね」

　辰也は苦々しい表情で言った。

「おそらくな。俺たちとは対極の下衆《げす》野郎なのだろう」

　傭兵は金で雇われる。だが、浩志らのように軍人である前に人間としての尊厳を守り、信念で闘う者もいれば、金さえ貰《もら》えれば敵味方は関係ないという節操のない連中もいるのだ。

「ギャラガーが、犯人なのですね」

　それまで黙って話を聞いていた加藤が、真剣な表情で尋ねてきた。京介を殺した犯人の名前が分かり、怒りが蘇《よみがえ》ったのだろう。

「そうだ。ギャラガーは、シールズで部隊の指揮を執《と》るほどの軍人だ。簡単に所在を突き止めることはできないだろう。柊真はギャラガーの存在を捕虜から聞き出したのだ」

友恵の話では、柊真は自白した男とドイツに向かっているようだ。

「我々にできることはありませんか？」

辰也が身を乗り出した。

加藤も大きく頷《うなず》いてみせた。

「相手は国際犯罪組織だ。下手に動けば逆に罠《わな》に陥《おとしい》れられるだろう」

浩志は左右に首を振った。

「そうですね。危うく、ドイツで皆殺しになるところでしたからね」

辰也は腕を組むと、ソファーにもたれ掛かった。

「とりあえず友恵にギャラガーの情報を集めさせている。それから、ワットが米国で独自に捜査を進めているそうだ。助っ人が欲しいと言っていた」

「志願していいですか！」

加藤が浩志の言葉を遮《さえぎ》って手を上げた。

「俺も！」

辰也が慌《あわ》てて自分を指差した。

「慌てるな。たまたま知り合いが米国にいたから、そいつに頼んだ。今は、情報収集だけで、力仕事は必要ないからな」

浩志は苦笑を浮かべた。

4

ミズーリ州、カンザスシティ、午後六時五十五分。

2101セントラル・ストリート沿いにあるクロスローズ・ホテルの三階の一室にワットはチェックインしていた。

一九一一年に建造された古い煉瓦《れんが》造りのビール醸造倉庫を改装しており、無骨《ぶこつ》な外観からは想像もできない華麗な内観に誰しも驚かされる、カンザスシティでも人気急上昇中のホテルである。

オマハにもホテルはあったのだが、ある人物と待ち合わせをするために、カンザスシティまで来たのだ。しかも、ホテルは先方から指定されていた。

「そろそろ行くか」

腕時計で時間を確認したワットは防寒ジャケットを着て部屋を出ると、階段で屋上に出た。気温は六度ほどか、風はないが底冷えがする。

屋上にはルーフトップ・バーの〝ペルシュロン〟があり、キャンドルが灯《とも》る木製のテーブルにデッキチェアのような防水の椅子《いす》が並べてある。屋上だけに開放感があり、夜景を邪魔しない程度の間接照明で雰囲気はいいのだが、今の季節に好んで屋外で酒を飲む客はいないだろう。

それでも足元にストーブが用意されたカウンターに初老の東洋系の男が一人、グラスを片手に立っている。

「久しぶりだね。ミスター・ワット」

男が振り返ってグラスを掲《かか》げた。CIA高官の片倉誠治《かたくらせいじ》である。浩志の妻である森美香《もりみか》と彼女の兄で内閣調査室の特別分析官である片倉啓吾《けいご》の実の父であり、ワットはリベンジャーズに参加してから二度目の対面であった。というのも、デルタフォースに所属していたころ、誠治が国防総省の情報分析官を兼務していたため、複数回、彼からテロの事前情報を直接受け取っており、まったくの他人ではなかったのだ。

クロノスの捜査を米国で始めたのだが、今後、尾行や監視などを行う場合に人手が足りないことが予測されたため、浩志に助けを求めた。というより、元刑事としての彼の手腕が欲しかったのだ。

だが、浩志は別に動くらしく、一緒に行動できないと断られている。その代わり、助っ人を紹介すると言われたのだが、まさかCIAの大物を紹介されるとは思わなかった。

「どうも、ミスター・片倉」

誠治の隣りに立つと、バーテンダーにバーボンのエライジャ・クレイグ十二年もののストレートをダブルで頼んだ。足元のストーブが効いているせいで、カウンターの前は意外と寒くない。酒が入れば、多少寒い方が心地よくなるだろう。

「クロノスのことを調べているようだね。ミスター・藤堂から聞いたよ」

誠治はグラスを傾《かたむ》けながら、カウンターの中で働くバーテンダーを気にすることなく言った。

「えっ、ええ」

ワットは両眼を見開き、バーテンダーの顔を見た。バーテンダーは表情もなくカウンターにショットグラスを置くと、エライジャ・クレイグを注《つ》ぎ始める。

「心配しなくていい。屋上は貸し切ってある。それに、周囲は盗聴防止の工夫がしてあるのだ。ここでの会話が外部に漏《も》れる心配はない。気兼ねなく話すといい」

誠治はにやりと笑った。

「そう言われても」

ワットはバーテンダーをちらりと見た。

「彼はトップクラスのエージェントだ。トニーと呼んでくれ。一般客に見られても怪しまれないように、バーテンダーに扮《ふん》しているんだよ」

誠治に名前を呼ばれたトニーは、軽く頷いてみせた。アイルランド系なのか澄んだブルーの瞳をしており、髪は色褪《いろあ》せたブロンドである。目元の皺から見ても、年齢は五十前後、老練な諜報《ちょうほう》員に違いない。トニーはこの場限りの名前なのだろう。

「さすが、幹部は違うなあ」

口笛を吹いたワットは、トニーが差し出したエライジャ・クレイグのグラスを受け取った。白いシャツに赤い蝶《ちょう》ネクタイとベストを着ている。グラスに酒を注ぐ手際もいい。プロのバーテンダーと言ってもまったく遜色《そんしょく》ない。

「彼は、バーテンダーの経験があるそうだ。カクテルを頼んでも構わないよ。トニー、私にマティーニをくれ」

グラスの酒を飲み干した誠治は、カクテルを頼んだ。

頷いたトニーは、ステアグラスとジンのボトルをカウンターの上に並べた。

「私は、こいつだけでいい」

ワットはバーボンを一気に飲み干すと、空《あ》いたショットグラスを前に出した。開拓時代の聖職者であるエライジャ・クレイグは、最初のバーボン製造者と言われており、それゆえ〝バーボンの父〟と呼ばれている。その名にちなんで二十五年もの歳月をかけて造られた高級バーボンがエライジャ・クレイグである。バックストックの前にボトルが置いてあり、目についたので頼んでみた。めったに飲むことはできないので、今日はこれだけで充分だ。

「話を戻すが、君はどこまで捜査を進めている？」

誠治はトニーがカクテルを作るのを眺めながら尋ねた。

「かつてデルタフォースで、クロノスという極秘作戦があった。作戦の指揮官は私の友人だったジム・クイゼンベリーだが、作戦終了後、チームは全員行方不明で死亡したとされている。長年、彼らは戦争の犠牲者だと思っていた。だが、京介の死の真相を調べるうちに、敵は国際犯罪組織であるクロノスだと分かってきた。京介の死と極秘作戦は、どちらもアフガニスタンとイラクが関わっている。偶然かもしれないが、同じ名前という単純な疑問で、今は動いているに過ぎない。もっとも、彼らが忽然《こつぜん》と消えた理由も知りたいのだ」

犯罪組織の捜査も重要だが、友人が今回の件と関係ないという証明をしたいのだ。

「実は我々も数年前から、ALの背後には別の組織があることに薄々感づいていた。そのために潜入捜査官を送り込んだのだが、これまでに五人が命を落とし、捜査は進展していない。また、米軍の秘密組織が関わっていることもある程度分かってきた。クロノスという名前は、ミスター・藤堂から聞いて、私も調べている最中だ。君が懸念しているデルタフォースの作戦も気になって調べたよ」

誠治が言葉を切った。勿体《もったい》ぶったわけではなく、トニーがカクテルグラスにオリーブの実を入れ、最後にグラスの上で指を鳴らしたからだ。

不思議なことにレモンの香りがしてきた。どうやら、レモンの皮を掌《てのひら》に隠し持ち、指を鳴らすようにして絞ってマティーニに風味を持たせたのだろう。粋《いき》な演出である。諜報員としての腕は知らないが、バーテンダーとしての腕は、超が付く一流かもしれない。

トニーは、カクテルグラスの下を二本の指で押さえながら音も立てずに前に出した。

「素晴らしい。最高の味だ」

誠治はさっそくマティーニを味わい、舌鼓《したつづみ》を打っている。

「それで？」

苦笑したワットはさりげなく促《うなが》した。

「すまない。私はマティーニに目がなくてね。国防総省のサイトに私の権限でアクセスしてみた。クロノスの正式作戦コードは、〝クロノス８４３７〟だった。だが、閲覧可能な書類は、油性ペンで黒く塗り潰《つぶ》されていて、作戦実施地がアフガニスタンということ以外、内容はほとんど摑《つか》めなかったよ。情報機関で最高の機密権限を持っている私でさえ、知ることはできなかったというわけだ。もちろん、国防長官にも直接会って話を聞いたが、過去の政権のことなので彼も初耳だったらしい。結局、情けないが、何も分からなかった」

誠治は険《けわ》しい表情で首を振った。

「四桁の数字からして、暗殺任務だったかもしれない。米陸軍は、敵の重要人物をトランプのカードに当てはめ、コードネームにして覚えやすくする。８４３７なら、スペードの８、ハートの４、ダイヤの３、クラブの７のことだと思う。並びはスートの強さ順だ。任務地がアフガニスタンだったなら、当時のタリバンの四人の幹部のことじゃないかな」

　ワットは腕組みをして頷いた。

「聞いたことがあるが、詳しく教えてくれ」

「スペード、ハート、ダイヤ、クラブの順で、数字はA《エース》が最重要人物で、以下K《キング》、Q《クイーン》と続くのだ。例えば、イラク侵攻時なら、スペードのAはフセイン大統領だった。もし、対象がハートとクラブの二人の場合は、０４０７というように、対象がいないスートの数字を０にするんだ」

「なるほど、その可能性はあるな。君なら謎が解けるかもしれない」

　誠治は大きく頷いてみせた。

「ところで、俺の助っ人は、まさかね」

　ワットは訝《いぶか》しげな目で誠治を見た。

　誠治を味方につければ、国家機密にも触れることができるだろう。だが、ワットが欲しいのは、一緒に行動してくれる相棒となり得る人材なのだ。

「むろん、私じゃない。だが、クロノスの件に関しては、信頼できる人物でなければ、情報が敵に渡る可能性もある。息子に打診してみたが、アジア情勢の分析で今は手が離せないらしい。もっとも、私の部下じゃないしね。そこで、彼に頼むことにしたのだ」

誠治は顎《あご》で、トニーを指した。

「そっ、そうなのか」

ワットが驚いてトニーを見ると、彼は僅《わず》かに顎を引いてみせた。

「打ち合わせは、このまますると いい。互いにメリットがあるはずだから、できれば協力して欲しい。このバーは朝まで貸し切ってある。すまないが、私はこれで失礼するよ。数時間後にオリンポスの会議に出席しなければならないのだ」

「ちょっと、待ってくれ。頼みたいことがある」

「なんだね？」

「帰国してから、尾行がうるさい。政府関係者だと思うが、そちらから手を回して追っ払うことは可能か？」

「うちじゃないことは確かだが、調べてみるよ」

誠治はワットとトニーに軽く会釈《えしゃく》をすると、バーを出て行った。

オリンポスとは、シークレットサービスや米国の情報機関で使われるホワイトハウスの隠語である。

「それじゃ、打ち合わせをするか」

誠治を目で見送ったワットが空《から》になったグラスを前に出すと、トニーは別のグラスを横に並べ、エライジャ・クレイグを並々と二つのグラスに注いだ。

「まずは、乾杯しよう」

トニーはグラスを手に取った。

5

午後七時五十五分。ルーフトップ・バー〝ペルシュロン〟。

ワットとトニーは、しばらく黙って酒を酌《く》み交《か》わした。ワットは彼の人となりを見極めようとしてあえて話しかけなかったのだが、トニーはワットを気にすることもなくエライジャ・クレイグの芳醇《ほうじゅん》な香りと喉越しを楽しんでいるようだ。

「ところで、打ち合わせをするまえに、自己紹介しないか？　ただのトニーじゃ、話にならないからな」

ワットは四杯目のグラスを空けたところで、尋ねた。

「俺は君のことをよく知っている。二年前、バグダッド国際空港の空軍エリアで銃撃戦中のリベンジャーズを救ったことがあるからな」

トニーは遠い目をして答えた。

「バグダッド国際空港？　銃撃戦？」

ワットは首を捻《ひね》った。

「忘れたのか？　俺がRPGを敵に撃ち込まなかったら、おまえらは全滅していたかもしれないんだぞ」

トニーは肩を竦めてみせた。

「えっ、あれは、〝冷たい狂犬〟というコードネームを持つ日本人のはずだ」

二年前にリベンジャーズは、ALの幹部であるブレストン・ベックマンという男を拘束するために、イラクまで追跡していた。リベンジャーズは、ベックマンが部下を引き連れてバグダッド国際空港に駐機してある輸送機に乗り込むところを急襲した。だが、激しい反撃に遭《あ》い、膠着《こうちゃく》状態になった際に、冷たい狂犬と呼ばれる日本人が敵にRPG7を撃ち込んだのだ。それをきっかけにリベンジャーズは形勢を逆転させ、敵を制圧している。

「そういうことだ」

トニーが僅かに口角を上げて笑った。

「……まっ、まさか！」

ワットは目の前の男を見て、口をあんぐりと開けた。

男は影山夏樹《かげやまなつき》、公安調査庁の元特別調査官で、殺人や拷問《ごうもん》も厭《いと》わない非情な手段で諜報活動をし、中国や北朝鮮の情報機関から〝冷たい狂犬〟と呼ばれて恐れられていた。十年近く前に公安調査庁を退職して忽然と姿を消したが、数年前にフリーのエージェントとして復活している。

　また、夏樹は変装の達人として知られ、各国の情報機関で彼の関わった事件や陰謀は記録されているものの、彼の素顔の写真はどこにもない。ワットが前回イラクで会った際も、彼の素顔を見ていないので、変装だと見破ることなど不可能なのだ。

「米国には、ブライアン・ハミルトンとして入国している。今回も五冊のパスポートと五人分の顔を用意してきた」

　夏樹は涼しい顔で——もっとも彼の場合、そう見えるだけかもしれないが——淡々と言った。

「ちょっと待ってくれ、俺が浩志に助っ人を頼んだのは、今朝のことだ。日本にいたのなら、要請を受けてからこんな短時間でどうやってここまで来たのだ？」

　カンザスシティは内陸にあり、国内の主要空港から乗り継ぐ必要がある。

「実は三日前に入国している。第三者を通じてミスター・Kを紹介され、彼からクロノスの捜査に協力するように要請されて来たのだ。世の中、狭いものだな」

　夏樹は溜息を吐くように気怠《けだる》く笑った。それが、白人の仕草《しぐさ》としては妙に自然であるため、元の顔が東洋系だとは誰も気付かないだろう。とはいえ東洋系だとワットが想像しているだけで、国籍は日本だが、アイルランド系の白人という可能性も考えられる。

「ミスター・K？　なるほど、そういうことか」

頷いたワットは、グラスの酒を呷《あお》った。ミスター・Kとは誠治のことらしい。盗聴盗撮防止の処理をし、周囲には高いビルもない孤立したホテルの屋上にいるにもかかわらず、夏樹は名前を出さないようにしているようだ。

「俺は国防総省に潜り込んで資料を探っている。アクセス制限があるとはいえ、現段階で国防総省のサイトで確認できるクロノス８４３７の資料は、ほとんど黒く塗り潰されて使い物にならない。どこかに原本があるはずなのだ。昨日今日とペンタゴンに行って調べてきたが、まだ書類を見つけ出すことができない。おそらくペンタゴンに原本はないのだろう」

こともなげに言った夏樹は、溜息を吐いた。

「そんな大胆なことをしているのか？」

ワットは首を左右に振って苦笑いをした。もし見つかれば、重罪である。誠治でさえ助けることはできないだろう。協力したくても、国防総省に潜入することはワットには不可能である。

「そうするしか、元の情報を得る手段はないだろう。だからこそ、部外者の俺が雇われた。身内を調べるのに自分の部下は使えない。俺が捕まったところで、無関係でいられるからな。まあ、諜報の世界ではよくあることだ。だからこそ、俺のようなフリーのエージェントに仕事がある」

夏樹は自嘲《じちょう》したらしく、鼻から息を漏らした。

「俺はデルタフォースでクロノスの作戦に参加した八名の兵士の遺族を、一人一人訪ねようと思っている。今朝は、チームの指揮官だったジム・クイゼンベリーの家を訪問した」

ワットは話を区切ると、グラスのバーボンを口に含んだ。

「それで？」

夏樹はワットの空になったグラスに酒を満たし、話を促した。

「なんとなく、胡散臭《うさんくさ》いんだ。夫人が一人暮らしをしているのだが、暮らしぶりがよくなっているし、生活にゆとりを感じた。軍人恩給だけであんな暮らしができるとは思えない。そこで、代理店のハッカーに調べさせたら、三ヶ月に一度、スイスの匿名《とくめい》口座から金が振り込まれていることが分かった」

ハッカーとは友恵のことである。

「確かに胡散臭いが、政府の極秘任務でチームが全滅したとしたら、軍人恩給以外にも政府の秘密口座から賠償金《ばいしょうきん》が定期的に、しかも極秘に分割して振り込まれている可能性もあるんじゃないのか？」

夏樹は長らく諜報の世界で生きているため、政府の隠し事はよく知っているらしい。

「それは否定できない。だが、俺が一番怪しいと思ったのは、玄関先に置いてあったゴルフクラブなんだ」

「ゴルフクラブ？」

夏樹は首を傾げた。

「彼女は自分のドライバーだと言い張ったが、キャロウェイの最新モデルのエピック・フラッシュ・スターだった」

ワットはネディナにゴルフは一切経験がないと言っていたが、米軍基地にはゴルフ場付きという場所もあるため、現役時代は士官の特権としてよくプレイしていた。回数は減ったが、息抜きとしてコースを回ることは今でもある。当然のことながら、道具にも詳しい。

「なかなかいいドライバーだが、女性用じゃなかったのか？」

夏樹もゴルフの知識はあるようだ。

「メンズだ。しかも彼女は右利《き》きだが、レフティだったんだ。ちなみにジムは左利きだった。そもそも、旦那の夢だったからって、わざわざ人目を忍ぶように片田舎のゴルフ場付き住宅に住むのはおかしいだろう」

レフティとは左利き用のクラブのことである。

「面白い話だな」

にやりとした夏樹がグラスを掲げた。どうやら協力体制ができたようだ。

「助かるぜ」

ワットは自分のグラスを掴むと、一気にバーボンを飲み干した。

6

「さて、頃合いだな、おひらきにするか」

ショットグラスのバーボンを飲み干したワットは、空になったグラスをカウンターに小《こ》気《き》味《み》良い音を立てて置いた。

時刻は午後九時十分とまだ宵《よい》の口だが、長距離運転で疲れているため、早く休みたかったのだ。

それに影山夏樹とエライジャ・クレイグのボトルを空にしている。夏樹も酒に強いらしく、ボトルを半分ずつ空けているが、特に変わった様子は見られない。他にもいい酒があるようだが、これ以上飲みたいとは思わないし、この一時間の間で、今後の互いの動きについて充分話し合った。

「俺はここを片付けて帰るから、先に出て行ってくれ」

夏樹はダスターでカウンターを拭《ふ》き始めた。

「そこまで、バーテンダーに徹することはないだろう」

ワットは軽く笑った。

「そうじゃない。ミスター・Kや君の指紋を拭き取り、我々の痕跡を消す作業をするんだ。それに客が帰った後、後片付けをするのが自然だろ。盗聴盗撮防止がなされているのは確認済みだが、完璧なものなどないからな。俺がこれまで他国の情報機関に拘束されなかったのは、臆病《おくびょう》なほど慎重だからだ」

夏樹はカウンターから出てくると、周囲をダスターで拭き始めた。

「なるほど、すまないが頼んだ。それじゃ、お先に失礼するよ」

軽い敬礼をするように手を上げたワットは、カウンターを離れた。

酔ってはいないが、体がアルコールで温まったために屋上の冷気が心地よい。エレベーターには乗らずに軽い足取りで階段を下りた。心強い助っ人を得たことで、気持ちが軽くなったのもある。胡散臭いとはいえ、友人の妻を調べるのは気が重かった。また顔を知られているために近付けないということもあったのだ。

三階の自室に戻ったワットは、シャワーを浴びる前にカーテンの隙間《すきま》から表の通りを見下ろした。

「ちっ」

舌打ちをしたワットは、ジャケットをベッドの上に脱ぎ捨てた。尾行している車がまだホテル前の通りに停車しているのが見えたのだ。

今しがた脱いだジャケットのポケットのスマートフォンが、呼び出し音を奏で始めた。

「ハロー?」

番号非通知のコールに出た。

――打ち合わせは、終わったようだね。助っ人は気に入ったかね?

誠治である。飛行機のエンジン音が聞こえるので、専用機にでも乗っているのだろう。

「助かったよ。それにしても人が悪い。彼だったとはね」

ワットは苦笑した。誠治はワットが夏樹だと気が付かないことを知って、面白がっていたに違いない。

――変装があまりにも完璧だったので、ついからかいたくなったのだ。どうせなら、君の驚く顔も見たかったがな。ところで、君を尾行している者について調べたのだが、政府関係者ではないようだ。ひょっとすると、例の敵かもしれない。私は機上だが、不測の事態に備えて部下を一人ホテルに残しておいた。また、彼に君の車を調べさせたところ、GPS発信機が取り付けてあったらしい。場所は後部バンパーの下だ。

「そういうことだったのか。どうりでしつこく追ってくると思った」

ワットは笑った。二年前に長年の部下であり友人でもあったアンディー・ロドリゲスが、爆弾で暗殺されて以来、車の下から自宅のドアノブに至るまで常に気を遣《つか》っていたのだが、この半年ほどは気が緩んでいたらしい。取り付けられていたのが、GPS発信機でよかったと思うべきだろう。

——取り外す必要があるのなら、部下に命じるが、どうするかね。

「そのままにしておいてくれ。俺はこれから徒歩でホテルを抜ける」

目立つ車なので、しばらくは乗らない方がいいだろう。車はホテル近くの駐車場に停めてあるので、近付くのもやめるべきだ。

——分かった。明日の朝、君の自宅まで車を移動させるように部下に命じておく。車のキーはフロントに預けておいてくれ。

「それは、助かる。ありがとう」

通話を終えたワットは、ジャケットを着てベッドサイドに置いてあった荷物を担《かつ》いだ。

ドアがノックされた。

ワットは腰に隠し持っていたグロック17Cを抜き、足音を立てないようにドアスコープを覗《のぞ》いた。

工具箱を提《さ》げた夏樹が、ブルーの作業服姿で立っている。

「ホテルから出るつもりだが、乗せていこうか?」

夏樹は唐突に尋ねてきた。

「えっ?」

思わず首を前に突き出したワットは、夏樹を部屋に入れた。

「気付いているか知らないが、外で君を監視しているやつらがいる。片付けても構わないが、面倒を起こさずにここを立ち去った方が無難だろう」

夏樹は表情も変えずに言うが、片付けるとは殺害するという意味だろう。

「ミスター・Kから聞いたのか？」

「俺は常に周囲に注意を払っている。ホテルに入る際に周辺の道路は調べておいたのだ」

「歩いてここを抜けるつもりだったが、便乗させてくれ」

「いいだろう。付いてきてくれ」

「君は作業員に変装して、ホテルに潜入したのか？」

ワットは改めて夏樹の格好を見て尋ねた。

「そういうことだ。だが、実際に壊れたエレベーターの修理はしている。というか、あらかじめ故障したように見せかけるためコンピュータをいじっておいたからな」

夏樹はドアを細く開けて外の様子を確認すると、廊下に出た。

「俺は車のキーをフロントに預けてくる」

ワットは誠治に頼んだことを説明した。

「それじゃ、二階のエレベーターホールまで来てくれ」

夏樹はワットと反対方向に消えた。

ワットはフロントに車のキーを託すと、階段で二階のエレベーターホールに行った。

「上だけ着替えてくれ」

待ち構えていた夏樹が、彼と同じ作業服を渡してきた。

「用意がいいな」

ワットは作業服に着替えると、ショルダーバッグに着ていたジャケットを押し込み、愛用の擦《す》り切れた野球帽を被《かぶ》った。

「君と脱出することは、想定内だったからな」

小さく頷いた夏樹はスタッフ専用の通路を通り、途中で警備員に軽く挨拶《あいさつ》してホテル裏のフォート・スコット・ストリートに出た。あまりにも自然なので誰も彼を疑うことはない。というか、ホテルにはある意味、正当な理由で入っているからだろう。

裏口の近くには道路に面した駐車場があり、十数台の車が停められていた。高級車ばかりで、ホテルの客層が分かるというものだ。その中に、唯一異質な車があった。脚立を積んだシボレーのピックアップトラック、シルバラードが、裏口のステップ近くの駐車場に停まっているのだ。

夏樹は鼻歌を歌いながら工具箱をピックアップトラックの荷台に載せると、運転席のドアを開けた。どこから見ても工事関係者にしか見えない。

ワットは助手席に乗り込むために車の前を通った。

「……！」

右眉《まゆ》を上げたワットは、立ち止まった。

すぐ隣りの車の陰から男が現れ、ワットの顔をちらりと見て通り過ぎると、小走りに離れて行く。

だが、男は数メートル先で、膝から崩れて道路に倒れた。

「なっ！」

振り返ると、夏樹がサプレッサーを付けた銃を手にしていた。

「乗ってくれ」

夏樹は銃を懐《ふところ》に仕舞《しま》うと車に乗り込んだ。

「いきなり、殺すのか？」

助手席に座ったワットは、問いただした。一般人の可能性もあるからだ。

「あいつは、表で見張っている男の仲間だ。君の顔を確認して報告するつもりだったんだろう。手に武器を持っていないからって、敵をみすみす逃すつもりだったのか？」

夏樹は何事もなかったかのように車を出した。

「しかし……」

ワットは舌打ちをした。武器を手にしていない場合は、殺さないというのが兵士としての原則だからである。

「俺は軍人ではないが、二〇〇五年の〝レッド・ウィング作戦〟のことは知っている。同じ轍《てつ》を踏むつもりはない」

夏樹は不機嫌そうに言った。無分別に殺害したとワットが思っていることに、腹を立てているらしい。

「レッド・ウィング作戦……」

ワットは思わず唸《うな》った。

〝レッド・ウィング作戦〟とは、二〇〇五年六月、米海軍特殊部隊ネイビーシールズによって行われたタリバン幹部の暗殺作戦であるが、シールズ史上最悪の惨事ということで知られている。

アフガニスタンのタリバンの支配地域に潜入したシールズの四人は、子どもを含む三人の羊飼いに遭遇した。四人の隊員は彼らを拘束し、その処遇をどうするかの判断を本部に仰《あお》ごうとしたが、通信状態が悪く連絡が取れなかった。悩んだ末に武器を携行していないということで羊飼いたちを解放してしまうのだ。

念のために四人は作戦を中止して退却したのだが、羊飼いの通報で百人以上のタリバン兵に追われる羽目《はめ》に陥《おちい》った。結果、彼らの救助に向かった十一名のシールズの隊員と彼らを輸送していた航空連隊の八名の兵士が戦死した。

たった一人逃げ延びたマーカス・ラトレル一等兵曹は、瀕死《ひんし》の重傷だったが地元住民に助けられる。彼は生還した後に自伝を出版し、作戦が公《おおやけ》になった。

ラトレルを助けた村人であるパシュトゥン人のモハメッド・グーラブによれば、自伝の内容は少々事実とは違うらしいが、たとえ子供だろうと米軍兵士にとっての敵には、それなりに対処すべきだという教訓として伝えられている。

「適切に処置した。文句を言われる筋合いはない」

夏樹は冷淡に言った。

「分かった。だが、今度は殺す前に教えてくれ」

ワットは大きな溜息を吐いた。

七つの炎

1

十二月七日、午後五時二十分、フランクフルト、ザクセンハウゼン。八世紀の古文書にその名が記されていたという古い街である。

マイン川の南岸沿いのシュウマインカイ通りは、別名博物館通りとも呼ばれ、十を超える博物館が並んでいる。古い街並みと博物館はこの街に観光客を引き寄せているが、ザクセンハウゼンはりんご酒でも名が知れている。

フランクフルトがあるヘッセン州は、りんご酒の生産が盛《さか》んで、六十もの醸造所がある。中でもザクセンハウゼンは古くから自家製のりんご酒が造られ、中世には庶民から王侯貴族まで、この地に足を運んでりんご酒を楽しんだそうだ。そのため、この地区には古い居酒屋が軒《のき》を並べている。

柊真はザクセンハウゼンのドライアイヒ通りのホテル・プリムス・フランクフルト・ザクセンハウゼンの近くでトラムを降りた。

ジェフ・ハウザーが所有しているウィーンの隠れ家を未明に出発し、フランクフルトにある別の隠れ家まで夜明け前に移動していた。ハウザーは手が不自由なので、柊真が約七百二十キロを一人で運転している。さすがに疲れたので、昼過ぎまで眠っていた。日中の移動は避けているので、昼夜逆転しているのだ。

友恵は世界中のインターネットに繋《つな》がるサーバーに向けて、柊真とハウザーに関するデータがウィルスだと勘違いさせる情報を送りつけて、二人のデータを消去させたらしい。だが、彼女に言わせると、インターネットに繋がっていないスタンドアローンで稼働しているコンピュータに柊真らの情報が残っている場合、そこからバックアップされる可能性はまだあるらしい。そのため、用心して夜間に移動するのだ。

トラムを降りた通りには意外なことにドイツ料理だけでなくインド料理、タイ料理、和食など多国籍のレストランがひしめき合っているが、景観を阻害するような看板がないせいで整然としている。

金曜日ということもあるのだろう。日が暮れて間もないが、人通りが多い。

人混みを縫うように歩き、柊真は趣《おもむき》がある石畳の細い路地に入った。観光客よりも地元住民の方が多い通りらしい。聞こえてくる言語がドイツ語ばかりである。

「ここだよな」

柊真は石造りの古い建物の一階に栗の木を意味する〝Kastanienbaum《カスターニエンボーン》〟という看板を掲《かか》げた店の前で立ち止まった。

オーナーはユリアン・ミュラーという男で、柊真と同じ第二外人落下傘連隊を三年前に退役し、その半年後にこの店を居抜きで買い取って改装オープンしたと聞く。連隊の部隊長であり直属の上官であったマキシム・ジレスからドイツで困った時は、ミュラーを頼るように言われて来たのだ。ミュラーとは顔見知りであったが、小隊が違っていたため、現役時代はあまり口を利《き》いたことがなかった。

柊真は重厚な木製のドアを開けて中に入った。

店内は明るく、大きめの長テーブルとベンチが配置された、ドイツでは馴染《なじ》みの居酒屋スタイルである。客は仕事帰りと思われるスーツ姿の男性もいれば、観光客と思われる東洋系の若い男女もおり、ほとんどの席は埋まっている。ドイツの他の地域のレストランバーと違うのは、テーブルに置かれているのが、ビールジョッキではなく、りんご酒が入った素焼きのピッチャーということだろう。

「一人？」

恰幅《かっぷく》のいいウェイトレスがドイツ語で尋ねてきた。

「ああ、そうだけど、ヘル・ミュラー……」

「カウンターの前の席に座ってね」

説明する間もなく席に案内されてしまった。ヘルはドイツ語でミスターを意味し、ミュラーに取り次いで欲しいというつもりだったが、彼女は柊真がドイツ語を話せないと判断したに違いない。もっとも、カウンター前のテーブル席は、柊真と向かい合わせにカップルがいるだけなので、ゆったりと座れた。

「まあ、いいか」

店に来たのはむろんミュラーに会うためであるが、腹も減っているので食事もしたかった。食後に取り次いでもらう方が、いいかもしれない。カツレツにするか迷ったが、フランクフルト名物の〝グリューネ・ゾーセ〟と水を注文した。食したことはないが、パセリやクレソンなどを使ったグリーンソースをたっぷりかける料理らしい。

店に一人掛けの椅子《いす》がなく、三、四人用の長椅子だけ置いてあるのは、相席にするためである。ドイツの昔ながらの居酒屋の様式を守っており、隣り合った客はすぐに打ち解け合い、店は和《なご》やかな雰囲気に包まれている。

「こいつは、驚いた。うちの店に来てりんご酒を注文しない唐変木《とうへんぼく》がいると聞いたが、アキラじゃないか」

目の前に立った男が、いきなりフランス語で話しかけてきた。

「あっ、ミュラー軍曹、いや、ヘル・ミュラー、ご無沙汰《ぶさた》しています」

柊真は慌《あわ》てて腰を浮かせた。男は店のオーナーでもあるユリアン・ミュラーである。

「ヘルはよしてくれ。ムッシュでもお断りだ。大変な目に遭《あ》ったようだな。フランスの警察は、誤認逮捕したんだろう？　じゃなきゃ、逮捕状を取り消す訳がないよな」

ミュラーは立ち上がろうとする柊真の肩を押さえつけて座らせ、小声で話しながら向かいの席に腰を下ろした。

パリで起きたテロ騒ぎの件ではフランス警察の捜査が進み、柊真が無実であることは証明されていた。シャンゼリゼ通りに置かれた爆弾を命懸けで移動させた柊真の働きも分かっているはずなのだが、公表する気配はない。ヒーローを誤認逮捕したと、マスコミに嗅《か》ぎつけられるのを恐れているのだろう。

「折り入ってお願いしたいことがあり、伺《うかが》いました」

柊真は背筋を伸ばして言った。

「相変わらず、軍人のようだな。堅い話は後にして、食事をしてから聞こうか」

ミュラーはさきほどのウェイトレスを呼び、柊真と同じく〝グリューネ・ゾーセ〟を注文すると、りんご酒も持ってくるように頼んだ。

「すごく繁盛《はんじよう》していますね」

柊真は店内を見回して笑みを浮かべた。

「まったく苦労しなかったわけじゃないが、外人部隊の旧友が力を貸してくれたからな。

あっという間に人気店になったよ。まあ、色々と責任も重いしな」

真面目な顔になったミュラーは、しみじみと言った。額《ひたい》に深く刻まれた皺《しわ》は、柊真が知っている三年前の彼とは明らかに違っていた。この界隈《かいわい》は、りんご酒を出すドイツ料理の店の激戦区だけに、苦労したのだろう。

「それだけ、人望があるということですね」

柊真は大きく頷《うなず》いた。ミュラーは、落下傘連隊の部隊長であったジレスに最も信頼された男であった。ジレスは、長年にわたって外人部隊で勤め上げただけに様々な方面にパイプを持っていた。今は隠遁《いんとん》生活をしているが、その人脈は生きているのだろう。

「マスター、お注《つ》ぎしますか？」

ウェイトレスがりんご酒のピッチャーを持ってきた。

「いや、自分でするよ。ありがとう」

ミュラーはピッチャーを受け取ると、二つの大きめのグラスに半分ほどりんご酒を注ぎ、そこに炭酸水を入れた。りんご酒は生で飲めなくもないが、くせがあるため炭酸水で割るのが、一般的である。

「それじゃ、乾杯しよう。何に対して乾杯するか？　……やはりこれしかないか」

しばし首を捻《ひね》ったミュラーはグラスを掲げた。

「外人部隊に栄光を」

ミュラーは誇らしげに言った。

「外人部隊に栄光を」

柊真も屈託《くったく》ない笑顔で、自分のグラスをミュラーのグラスに当てた。

2

ザクセンハウゼン、カスターニエンボーン、午後六時二十分。

店名のカスターニエンボーンは栗の木という意味であるが、フランス外人部隊の精鋭といわれた第二外人落下傘連隊の基地が、コルス島（コルシカ島）のカルヴィにあり、オーナーのミュラーが島を懐かしんで、その名産の栗から名付けたそうだ。

柊真が注文したグリューネ・ゾーセは特別製で、牛肉や茹卵《ゆでたまご》、ジャガイモが盛られた大皿にたっぷりとグリーンソースが掛けられていた。パセリやクレソンなど七種類のハーブが使われたソースは、フランクフルトが生んだ文豪であるゲーテも好物だったという。

柊真は大皿料理を平らげ、りんご酒も二杯飲んだ。りんご酒は酸味が強く、独特の香りが気になったが、二杯目は炭酸水を少なめにしたら逆に抵抗なく飲むことができた。他の店のものは知らないが、甘みが少ないためにさっぱりとして飲みやすい。

「私は、ちょっと仕事を済ませてくる。二、三十分したら、事務所に来てくれ。話は、そこでしょう。奥のトイレの横にあるスタッフオンリーの通路の突き当たりのドアがそうだ」

二人とも外人部隊の訓練のことになると思い出話は尽きなかったのだが、食事を終えたミュラーは先に席を立った。

「すみません。お忙しい時間にお伺いして」

「いいんだ」

ミュラーは、柊真のグラスにりんご酒を注ぐと、席を離れた。

自分で炭酸水で割ったりんご酒をちびちびと飲みながら時間を潰《つぶ》したが、柊真の座るカウンター前のテーブルも満席となってしまった。さすがに居辛くなったので、十五分ほどで席を立ち、店の奥へと進んだ。

トイレの横に間口が狭い廊下があり、三メートルほど先の突き当たりにドイツ語でオフイスを意味する「ビュロ」と記されたドアがあった。まだ早いのでは、と遠慮がちにノックした。

「入ってくれ」

ミュラーの声である。

柊真はドアを開けてオフィスに足を踏み入れた。

三十平米ほどある部屋の手前にソファーとテーブルが置かれ、奥の壁際にはラップトップＰＣが載せられた木製の机がある。ドイツ料理を出すバーとしては、立派すぎる事務所だが、休憩室も兼ねているのかもしれない。

ミュラーは固定電話機で話しながら、柊真にソファーに座るように右手で合図をした。柊真は軽く頭を下げ、ソファーに腰を下ろした。

「ああ、そういうことだよ。また改めて電話をする。それまでに、別の回答を用意しておこう」

通話を切ったミュラーは、受話器を置き、メモ帳に何かを書き込んだ。ホールだけでなく、事務の仕事もしているのだろう。

「こう見えても、なかなか忙しくてね。どんな相談かね？」

ミュラーは手を組んで机の上に載せた。

「まずは、今現在、私が置かれている状況をご説明します。私が、フランスで陰謀に巻き込まれたのは、理由があったのです」

柊真は京介が殺害された件から時系列に沿って丁寧《ていねい》に説明した。また、捕虜にしたハウザーと一緒に行動していることも付け加えた。

「驚きの一言に尽きる。そんなことが起こっていたのか。そのクロノスという組織は、一体なんなんだ？」

ミュラーは、柊真の説明を聞き終えると、大きく息を吐き出した。真剣に聞いていたため、まさに息を呑んでいたらしい。

「それを今、調べているのです。もっとも、リベンジャーズも本格的に動いているようです。コルビッツ＝レッツリンガー・ハイデの演習場で、クロノスの暗殺部隊と交戦したと聞いています」

柊真は浩志と仲間の働きは友恵を通じて、把握していた。

「リベンジャーズは、四倍以上の敵を殲滅《せんめつ》させたのか。リーダーは、君と同じ日本人で外人部隊の元隊員だと聞く。誇らしいよ。私もドイツ連邦軍の知り合いから、演習場で何か大きな事件が起きたらしいと聞いている。だが、軍の中でも極秘扱いで、詳しい情報は得られないそうだ」

ミュラーは腕を組んで唸った。

「米軍の秘密組織が関わっているようですが、フランス警察や情報機関にまで、モグラがいるようです。世界的に組織化された犯罪集団という可能性もあります」

「とすれば、君が一人で闘う相手ではないということだな」

ミュラーは大きく頷いてみせた。

「そこで、お願いが二つあります。一つ目は、ジレス少佐の車を私の代わりに届けてもらえませんか。これ以上、お借りしていては、少佐にご不便をお掛けするだけですから」

ジレスから借りたプジョー２０７は、フランクフルトの公共駐車場に停めたままになっていた。それが気がかりであったが、ジェフ・ハウザーが一緒なので自由に動くことができないのだ。

ハウザーは彼が所有するフランクフルトのアパートメントにいる。逃げ出さないように手錠と結束バンドで縛り付けてあった。彼を信頼するほど、人間関係はできていない。ハウザー自身も分かっているらしく、おとなしく縛られた。

「何！　少佐のプジョー207を借りているのか？　よく貸してくれたな」

ミュラーは両眼を見開いた。

「背に腹は替えられず、無理にお借りしました」

柊真は頭を掻《か》きながら苦笑した。本当はジレスからもらった一千ユーロの金も返したかったが、ラムシュタイン米空軍基地でバッグごと奪われている。金に関しては、落ち着いたら直接手渡しで返すつもりだ。

「君だからできたのだ。少佐は愛車を、他の誰にも貸したりはしなかっただろう。まあ、捕虜と一緒じゃ、仕方がないな。それじゃ、知り合いに頼んで返しておくよ。それで、二つ目は、なんだね？」

ミュラーは小さな溜息《ためいき》を漏《も》らした。

「捕虜といるため、行動に限界を感じています。南米に行くまで助っ人を誰か紹介してもらえれば、ありがたいのですが」

　ハウザーは逃亡しないとは思うが、自由にするには抵抗がある。今後、交通機関を利用するのに手錠や結束バンドは使えないので、見張り役が欲しいのだ。

「どうして、リベンジャーズに頼らない。ＧＣＰに次ぐ、世界最強の傭兵特殊部隊じゃないか？」

　ミュラーは怪訝《けげん》そうな目を向けてきた。当然のことかもしれないが、外人部隊出身者は身内が最強だと思っているのだろう。

「私の不注意で、仲間を死なせてしまいました。また、演習場の交戦で仲間のほとんどが負傷したようです。リベンジャーズに要請できる立場にありません」

　柊真はゆっくりと首を振った。

「そういうことか。それなら力になれそうだな。少し、待っていてくれ」

　ミュラーはデスクトップＰＣのキーボードを叩《たた》いた。

「結果が出たぞ。本名だと分からないと思うから、レジオネルネーム（偽名）を教えよう。セルジオ・コルデロ、フェルナンド・ベラルタ、それにマット・マギーの三人が登録してある。この三人でどうだ？」

　ミュラーは画面に表示された名前を読み上げた。

　外人部隊では、アノニマ制度という偽名を使うことになっており、柊真は影山明という日本人らしい名前を隊から与えられていた。誰が名前を決めるのか分からないが、出身国に準じた名前を付けられる。

「えっ! どういうことですか? 三人とも最初に配属された第三連隊から第二外人落下傘連隊まで一緒だった同期です。彼らのことがどうして分かったのですか?」

両眼を見開いた柊真は、思わず腰を浮かせた。三人の男たちは訓練だけでなく、一緒に紛争地にも派遣された無二の親友であった。だが、柊真がGCPへ転属してから、訓練地も違うため疎遠になっていたのだ。

「私がこの店を持った理由は、二つある。一つは、もちろん自分の夢だ。もう一つは、外人部隊版の傭兵代理店を裏稼業とすることなんだよ」

「外人部隊版の傭兵代理店?」

柊真は小首を傾《かし》げて、ミュラーの言葉を繰り返した。

「〝七つの炎〟という名の、互助会のようなものだ。私が国に帰ると言ったら、白羽《しらは》の矢が立ってね。知っての通り、外人部隊は薄給だ。長年勤めても大して貯金はできない。だから私はこの店を開業するにあたって、〝七つの炎〟に金を借りたのだ。そしたら、利子は免除するからと、〝七つの炎〟のドイツ支局を任されたのだ。前任者が、病気で三年前に亡くなっていてね。その後任に選ばれたんだよ」

外人部隊のシンボルマークは〝七つの炎の手榴弾《しゅりゅうだん》〟である。そこから名前を取ったのだろう。

「僕は七年ほど部隊にいましたが、〝七つの炎〟のことは知りませんでした」

「今はましだが、昔は外人部隊には犯罪者が紛《まぎ》れ込んでいたものだ。だから部隊で公《おおやけ》にはしていない。そんな連中に利用されることを目的としていないからな。だから、〝七つの炎〟に所属している指揮官が、密《ひそ》かに隊員に声を掛けて仲間入りさせるのだ。もっとも互助会の性質もあるから、入会金はとるがね。その代わり、低金利で金を借りたり、退役後の仕事を紹介されたりといいことずくめだ。フランスの本部では、歴史があるだけに政財界とも繫《つな》がりがあり、軍事ミッションを受けることもあるようだ。そのため、会員以外に活動を口外できない規則になっている」

　ミュラーは得意げに言った。

「まるで秘密結社のようですね」

　柊真は頷いた。外人部隊は世界的に見てもレベルの高い優秀な軍隊である。だが、退役して、自国に帰ってから職に就《つ》けないこともあると聞いたことがあった。

「機密性の高い秘密結社だよ。この話をしたからには、君は今から入社したことになる。覚悟はいいな」

　ミュラーは鋭い目つきで見た。

「もちろんです」

　柊真は快諾した。

3

フランクフルト、ヘーヒスト、十二月八日、午前七時。

第二次世界大戦においてフランクフルトは相次ぐ空爆で焦土《しょうど》と化したと言われるが、ザクセンハウゼンのように戦禍《せんか》を免《まぬが》れたエリアもいくつかある。

フランクフルトの中央駅から六キロほど西に位置するヘーヒストもそうである。その裏通りには昔ながらの木組みのドイツ家屋が並び、古い街並みを見学するためのドイツ人向けの観光ツアーもあるほどだ。

柊真はふと目覚めると、ベッドがわりのソファーから飛び起きた。ソファーは通りに面した窓際に置かれており、外が何やら騒がしいのだ。

窓にそっと近付き、閉じられている鎧戸《よろいど》の隙間《すきま》から外を見た。ジーンズに長袖《ながそで》のトレーナーを着て、毛布も掛けずに寝ていた。外気は知らないが、室内温度は十八度ほどに設定してあるので寒くはない。

柊真がいるアパートメントの前のメルヒオール通りの向かい側は、駐車場になっている。少なくとも、昨夜は車がたくさん停められていた。だが今は車はなく、いくつものタープやテントが張られ、さまざまな露店になっているのだ。

「ヘーヒストの名物、ボッヘンマルクトだよ。今日が土曜日だということを忘れていた。火、金、土曜日の午前七時から、午後一時まで営業している」

部屋の奥にあるベッドルームから、ハウザーが欠伸《あくび》をしながら出てきた。

「マルクトか」

柊真は小さく頷いた。

マルクトとは、マーケットのことで青空市場を指す。野菜、果物などの食材や花を取り扱う店が多いが、ワイン専門の露店が出るマルクトもある。扱う商品が安く、しかも新鮮ということで地元民に人気がある。

「子供のころ、このアパートメントの近くで育った。だから、フランクフルトの隠れ家は、マルクトが開かれる広場のすぐ近くにしたんだよ」

ハウザーは柊真の前を通り抜けて、リビングの反対側にあるキッチンでお湯を沸《わ》かし始めた。

「土地勘があるのはいいが、育った場所ならクロノスに狙《ねら》われやすいんじゃないのか？」

柊真は市場を見ながら尋ねた。始まったばかりだが、すでに客で賑《にぎ》わっている。朝一番で良い品を買おうとする客が集まっているのだろう。

「隠れ家は、人里離れた山奥か、さもなければ主要都市のターミナルや空港の近く、人込みに紛れやすい場所に作るものだ。ここにまだ実家があるのなら疑われるだろうが、両親は他界しているし、今はまったく関係のない土地だ。フランクフルトの中心部から外れているし、ビジネス街でもなく、古くからあるただの住宅街だ。ある意味、中途半端な場所だけに目をつけられることはないだろう。私はこれまで何人もの裏切り者を捜し出し、処刑してきた。追われる人間の行動パターンは研究しつくしている。むろん追う立場ならなおさらだ。それに私の個人情報は、この世から消えたのだろう？」

ハウザーは自信ありげに答えた。

「だが、クロノスの目が怖くて外に出られないのなら、いつまでもここにいてもしかたがないだろう」

柊真は友恵が世界中のコンピュータから二人の情報を消去したことで、すくなくとも自分は安全だと思っている。ハウザーはクロノスに顔見知りの仲間が十数人いるらしいので、彼らが追手に加わった場合は、欧米における危険度はまだ高いようだ。

また、柊真は昨夜、髪を栗色に近いブロンドに染めた。もともと彫りが深いので、サングラスを掛ければ東洋人には見えない。柊真に関して言えば、人目を忍ぶ必要はないだろう。

「それはこっちのセリフだ。新しい身分を作り、偽造パスポートと現金もある。いつでもベネズエラに向かうことはできるんだぞ」

ウィーンにある地下の隠れ家で、二人分の新しい偽造パスポートをとりあえず三冊ずつ用意した。ハウザーはこの手の作業に長《た》けており、米国、ドイツ、オーストリアの三カ国の戸籍を偽造し、それを元に自分のパスポートを作成している。

　また、ハウザーは柊真には日本、米国、フランスの三カ国分のパスポートを作った。それぞれの国の戸籍から用意してあるので、照合されても問題ない。偽造ではあるが、本物とまったく同じなのだ。

「俺は自分の身は守れる。だが、俺一人じゃ、あんたの安全を保証できない。助っ人が来るまで待つんだ。それとも、不自由な手で銃撃戦を生き抜く自信でもあるのか？」

　昨夜、ミュラーと会って助っ人を頼んである。彼は〝七つの炎〟と呼ばれる外人部隊の互助会の役割もする秘密結社に所属しており、ドイツにおける幹事をしていた。そのため、〝七つの炎〟に所属する何千もの外人部隊関係者のデータを扱うことができるらしい。

　ミュラーは柊真の外人部隊での情報をインプットし、三人の同期を選び出した。彼らは一年前に外人部隊を退役し、フリーの傭兵になっていたらしい。一人とはその場ですぐに電話が通じたが、あとの二人は連絡が取れないのでメールを送った。彼らとも今日中に話ができるだろう。

　柊真を含めて四人になれば、倍の敵に包囲されても突破できるだろう。それに、彼らは敵に顔を知られていない。何かと都合がいいのだ。

　ミュラーから三人の契約金は事情が事情なので〝七つの炎〟から提供しても良いと提案

されたが、柊真は自腹で払うと断っている。とはいえ、ハウザーからはせしめるつもりであった。

「いっ、いや、それは……」

ハウザーは肩を竦《すく》めた。彼は自分の状況を的確に判断できる。だからこそ、柊真に頼っているのだ。昨夜は出かける際に、手錠と結束バンドで拘束《こうそく》しておいたのだが、彼は自力で解《と》いたが、逃げなかった。拘束《こうそく》は意味がないと、証明したかったらしい。

「見回りに行ってくる」

柊真はズボンの後ろにサプレッサーを装着したグロック17Cを差し込むと、防寒ジャケットを着込んで部屋を出た。

アパートメントは戦前に建てられた屋根裏部屋も含む四階建てで、ハウザーは屋根裏部屋を買い取って改築したそうだ。内部は真新しいが、ベッドルームやシャワーがあるトイレは、天井高が一メートル八十センチほどしかない。エレベーターはなく、四階から三階までは幅が狭い木の階段だが、三階から一階までの階段はコンクリート製でしっかりと作り込んである。

一階玄関の木製のドアを開けて歩道に出ると、日差しが眩《まぶ》しく、思わず右手を翳《かざ》した。マルクトから威勢のいい売り子の掛け声が聞こえてくる。

ふと、柊真は、子供の頃に母親と一緒に行った中目黒《なかめぐろ》の商店街を思い出した。母の典子《のりこ》は彼が八歳の時に亡くなっているため、あまり記憶はない。だが、商店街で母に手を引かれ、八百屋のおばさんが野菜を母に勧めている光景が脳裏に浮かんだのだ。

道を渡ってマルクトに入り、八百屋を覗《のぞ》いた。二つのテントの下に野菜が盛られたプラスチックのケースが並んでいる。ドイツに限らず、冬は野菜の種類が減るものだが、あまり見かけない野菜も沢山《たくさん》あった。値札はほとんど付いていないので、時価ということなのだろう。

「とれたての野菜だよ、買って行きなよ、お兄さん。奥さんの腹が大きいなら、フェルドザラートを食べて鉄分を摂《と》るといいよ。それともチコリはどうだい？　食べると血が綺麗《きれい》になるからね」

中年女性はドイツ語でまくし立てる。

「ああ、それじゃ、これと、これ」

彼女の威勢に負けて、勧められた野菜を買った。フェルドザラートというサラダ菜に似た菜っぱとチコリ、それにビルジングという名の、葉が縮《ちぢ》れたキャベツで紙袋は一杯になったのだが、四ユーロと驚くほど安い。久しくサラダを食べていないので、無性《むしょう》に生野菜が恋しい。ハウザーがこの場所が好きで、隠れ家用に部屋を購入した気持ちが分かるような気がする。

紙袋を抱えた柊真は、マルクトを出て広場の西側のアントニーター通り沿いにあるカフェに入った。この店は定休日がマルクトとほぼ同じで、営業時間も同じく午前七時から開店するため、マルクトの客向けに商売しているのだろう。

正面に注文カウンターがあり、バックヤードには、イタリアの業務用エスプレッソマシンが置かれている。休日が多い割には本格的なカフェらしい。また近くの棚には、手作りのクッキーを詰めた袋が並んでいた。

カウンターの上に小さなメニューが立てられている。コーヒーとエスプレッソ、紅茶、フレッシュジュース、それにクッキーが記載されているが、食事らしきものはない。カウンターの上にあるガラスケースに入ったパイが、唯一腹に溜《た》まりそうなものである。

「チェリーパイ、美味《おい》しいわよ」

カウンターの女性が柊真の視線の先を読んだ。

「ラテ・マキアートにチェリーパイ」

仕方なく勧めに従った。

溜息混じりにラテ・マキアートのカップとチェリーパイの皿を載せたトレイを持ち、窓際の席に座った。せっかくドイツにいるので、朝食にはジャーマンソーセージにジャガイモ料理が食べたかったのだ。

足元に野菜の袋を置くと、ラテ・マキアートを一口飲み、フォークでチェリーパイの端を切り分けた。

「うん？」

柊真は右眉《まゆ》を吊《つ》り上げた。

メルヒオール通りとアントニーター通りとの交差点近くに停められた車から、二人の男が降りてきた。一人はメルヒオール通りへ、もう一人はアントニーター通りへと分かれて行動している。二人とも黒っぽいジャケットを着ており、服装に問題はないのだが、鍛え上げられた体はただの民間人には見えない。

フォークを皿の上に置いた柊真はサングラスを掛け、紙袋を抱えて店を出た。

4

柊真は、交差点を渡ってアントニーター通りを進んだ。

アパートメントの自転車置き場と裏口に通じる門の前に、さきほどの男が立っている。一方、メルヒオール通りに向かった男は、広場の木陰《こかげ》からハウザーのアパートメントを窺《うかが》っていた。

裏門前の男は周囲を鋭い視線で警戒しているが、紙袋を抱えた柊真が目の前を通り過ぎても気にすることはなかった。ただの買い物客だと思っているのだろう。

柊真はポケットから使い捨てのプリペイド携帯電話機を出してハウザーに電話を掛け

た。フランクフルト中央駅近くにある量販店で購入したものだ。

七回コールしたが、電話に出る気配はない。

「くそっ」

舌打ちをした柊真は次の交差点を右へ曲がり、足元に袋を置くと交差点角からアパートメントの脇の道を覗いた。

見張りと思われる男は、まだ立っている。

——どうしたものか。

自問した柊真は、首を捻った。

怪しげな二人の男はクロノスのメンバーか断定できないが、彼らが友好的な存在でないことは確かだ。だが、殺害目的ならこんな朝早くにやってくるだろうかと疑問に思う。ただ、このまま放っておけば、ハウザーは殺されるか拘束されるかの二択だろう。

荷物を路上に置いたままアントニーター通りを戻り、裏門で警戒している男の前で立ち止まった。

「どいてくれ。自転車を出したいんだ」

柊真は流暢《りゅうちょう》なフランス語で言った後に、下手くそではあるがドイツ語でも文句を言ってみた。男の身長は一七八センチほど、柊真の方が一回り大きい。

「あっ、ああ」

男は門の脇に一歩移動した。男は門のセキュリティーのテンキーパッドの前に立っていたのだ。

「ありがとう」

笑顔になった柊真はキーパッドに四桁の暗証番号を入れて門を開けると、男の脇を抜けると見せかけ、その首を背後から左腕で引っ掛けて敷地内に引きずり込んだ。

門を蹴って閉めながら男の首を絞めて気絶させると、塀際に男を転がした。周囲を窺った柊真は鉄製の非常階段を三階まで上がり、室外機が置いてある四畳半ほどの屋上に通じる梯子《はしご》を上った。屋上から四階の屋根裏部屋のベッドルームに通じるドアがあるのだ。

ドアはハウザーが数年前に改築工事を行った時、屋上に出られるように作ったそうで、ドアノブの上にあるアナログのキーパッドで、三桁の暗証番号を打ち込むだけで解除できる。このアパートメントの仕様は、詳しく聞いていたのだ。

グロックを抜いた柊真はドアロックを解除し、ベッドルームに音もなく入った。

「どっ、どうしたんだ？」

首にバスタオルを巻いたハウザーが、リビングの入口に立ち、柊真の銃を見て目を丸くしている。シャワーを浴びていたらしい。

「ここから出るぞ！」

柊真は苛立《いらだ》ち気味にリビングの窓から外を覗いた。先ほど見た男がまだマルクトの広場にいるのが見える。

「連中に見つかったのか？」

顔色を変えたハウザーは、柊真と入れ替わるように寝室に入り、小さなバッグに荷物を詰め始めた。

「必要なものだけにしろ。行くぞ！」

柊真はソファーの下に隠してあった小さなショルダーバッグを肩に掛けると、椅子を出入口のドアノブに斜《なな》めに立てかけた。裏口の男は気絶させただけだが、異変に気が付けば別の男も動くだろう。それに目視できたのは二人だけだが、チームで動いているとしたら他にも大勢いるはずだ。

出入口のドアノブが激しく、揺さぶられた。早くも敵が押しかけてきたらしい。

苦笑した柊真は、寝室を通り抜けて非常口から屋上に出た。

「待ってくれ」

ハウザーがバッグを手に提《さ》げ、慌てて出てきた。

「まずい」

梯子を下りようとした柊真は、立ち止まった。

裏口から数人の男が侵入してきたのだ。

「こっちだ」

柊真は屋根続きの北側にあるアパートメントの屋根に上った。

足元の瓦《かわら》に銃弾が跳《は》ねた。

振り返ると、アントニーター通りを挟んで反対側にある建物の屋根の上に、男が銃を構えて立っている。柊真は間髪《かんはつ》を容《い》れずに即応し、三十メートル先の男の太腿《ふともも》に銃弾を当てた。男は崩れて屋根の上でもがいている。敵もサプレッサーを装着していた。今のところ、住民に銃撃は気付かれていないだろう。

それにしても敵の攻撃は中途半端である。柊真なら周囲の建物の屋上や屋根に人員を配備し、周囲の道路を封鎖した上で、突入するだろう。柊真に気付かれたため、包囲網を構築できずに慌てて動いているに違いない。

数メートル北に移動し、西側の二階建ての家の屋根に飛び降りる。

後ろから付いてきたハウザーは三メートルほど落差があるせいか、飛び降りるのを躊《ちゅう》躇《ちょ》している。

「早くしろ！」

柊真は怒鳴《どな》った。

「うっ！」

呻《うめ》き声を上げたハウザーが、柊真の目の前に落ちてきた。屋根を転がり落ちるハウザーを道路に落下する寸前で押さえつけた。

「大丈夫か！」

「撃たれた」

ハウザーは右手で左肩を押さえた。右手の指の間から血が滲《にじ》んでいる。

「死にたくなかったら立て！」

柊真はハウザーの右腕を摑《つか》んで引っ張った。傷口を見ないと判断はできないが、大したことはなさそうだ。

「……分かっている」

ハウザーは柊真の肩に摑まりながら立ち上がった。

「先に行け！」

柊真は傍にある天窓を蹴り破り、ハウザーに先に飛び降りるように銃を突き付けた。

「勘弁してくれ」

ハウザーは溜息を漏らしたが、柊真が銃口で胸を押すと首を左右に振りながらも天窓から飛び降りた。

「それでいいんだ」

にやりとした柊真は、背後に迫った敵に撃ち返しながらハウザーに続いた。

5

柊真は周囲を窺いながら民家の玄関から出ると、メルヒオール通りの一本北側を通るエメリッヒ＝ヨーゼフ通りを東に進んだ。

ハウザーは足を引き摺《ず》りながらも付いてくる。天窓から二階建ての家のベッドルームに飛び降りた際に足を挫《くじ》いたらしい。ベッドルームには老夫婦が眠っていたが、屋根の修理をしていて誤って落ちてしまったと、ドイツ語で説明した。通じたかどうかは知らない。

通りに敵の姿はないが、すぐに現れるだろう。

数台先の駐車帯にハウザーのベンツが停めてある。

「助手席に乗れ」

柊真は通りを渡り、ベンツの助手席のドアを開けると、銃を目立たないように下に向けて構えた。

マルクトから一本離れた通りではあるが、買い物に向かう住民の姿がちらほらと見える。銃を見せるわけにはいかないのだ。

「急げ！」

急《せ》かすと、ハウザーが片足で飛びながら、助手席に乗り込んだ。

アントニーター通りとの交差点から銃を持った男が現れた。柊真は助手席のドアを勢いよく閉めると、ボンネットを飛び越えて運転席に乗り込み、車を出した。

「くそっ！　どうしてここがバレたんだ！」

ハウザーは、左肩を押さえながら叫んだ。

「絶対、ということはあり得ない」

柊真はバックミラーを見ながら、自分に言い聞かせるように言った。

さきほどの男は懐に銃を隠し、通りから消えた。車に乗るつもりなのだろう。

「この先、どうするんだ？」

ハウザーが悲痛な表情で尋ねてきた。メルヒオール通り沿いのアパートメントは、見つからないという自信があったのだろう。

「予定変更だ」

柊真は1ブロック先の交差点で左に急ハンドルを切ってユスティーヌスキルヒ通りに出ると、2ブロック抜けてヘーヒスト駅のロータリーに乗り入れ、駅前の駐車場に車を突っ込んだ。

「鉄道で移動するつもりか？」

ハウザーは泣きそうな顔になっている。銃で撃たれ、足も引き摺っている状態では逃げ切れないと言いたいのだろう。

「追手は来ないようだな」

柊真はバックミラーで駅前の通りを確認すると、車を降りた。

「冗談じゃない。私は車を降りないぞ！」

ハウザーは首を振った。

「どうして、見つかったと思う？」

助手席のドアを開けた柊真は、苦笑を浮かべて聞いた。

「……？」

ハウザーは首を傾《かし》げるばかりである。

「この車は組織の物だろう。ナンバープレートを取り替えても意味がないんだよ」

柊真は周囲を見渡しながらポケットからバンダナを出すと、ハウザーに渡した。

「ひょっとして……そうか、発信機が取り付けてあるのか？」

ハウザーは舌打ちをすると、バンダナを受け取り、ジャケットの下に手を入れて傷口を押さえた。

「組織がメンバーを信じていないということだ。連中がまだここに姿を見せないのは、発信機のシグナルで追えるからだろう。だが、ぐずぐずしていると列車に乗るかどうか確認しにくるはずだ」

柊真はハウザーの右腕を摑んで車から降ろした。駅前まで追ってこないのは、連中も人通りが多い場所でトラブルを起こしたくないからに違いない。あるいは、駅周辺の道路を封鎖するためにあえて襲ってこないということも考えられる。

「ここで捕まらなくても、列車で移動すれば、先回りされて次の駅で殺されるぞ」

ハウザーは暗い表情で言った。もはや逃走を諦《あきら》めているようだ。

「俺もそう思う」

頷いた柊真は、駐車場に入ってきたフォルクスワーゲン・ゴルフに近寄った。十年以上前の型でバンパーやボディに擦《す》り傷がある、かなり年季の入った車だ。

ゴルフから中年の男が降りてきた。

「あなたは車に愛着がありますか？」

柊真はドイツ語で聞いてみた。

「妙なことを聞くな。愛着はあるが、車は所詮《しょせん》道具だ。乗れればいい」

男はドイツ人らしい答えを言った。

「それじゃ、あのベンツと交換してくれますか？」

柊真は乗っていたベンツを指差した。

「冗談だろう。Sクラスの新型じゃないか。盗んできたのか？」

鼻先で笑った男は、右手を左右に振った。

「あの車に乗って警察署に行ってください。盗難車でないことは、すぐに分かります。どうしますか？」

柊真はベンツの鍵に百ユーロ紙幣を添えて男に握らせた。クロノスはトラブルを避けるために警察に盗難届を出さないと、ハウザーから聞いている。また、車から足がつかないようにすべての記録は抹消《まっしょう》されており、車の所有者も分からないようになっているのだ。そのため、新しいナンバーで登録することも可能らしい。

「本当にいいのか？」

キーを受け取った男は首を捻りながらも、自分の車のキーを渡してきた。

「ダンケシェン」

柊真は様子を窺っていたハウザーに目配せをすると、ゴルフの運転席に乗り込んだ。

「この先、どうするんだ？　この分じゃ、空港や駅に近寄ることもできないだろう」

後部座席に座ったハウザーは、シートに横になった。顔が見えないようにしたようだ。

「少々、回り道になるが、ベネズエラに行く方法を思いついた」

柊真は悪戯《いたずら》っぽい顔で、鼻から息を漏らした。

「まさか、飛行機を使わず、船で大西洋を横断するつもりじゃないだろうな」

ハウザーは肩を竦め、しかめっ面《つら》になった。肩の傷に触ったのだろう。

「半分は当たっている」

柊真は屈託なく笑った。

6

イタリア・リグーリア州、サヴォナ、午後十時四十分。

フランクフルトのヘーヒストを脱出した柊真たちは、ひたすら南下してスイスとイタリアを縦断し、途中で一時間ほど仮眠したものの、十二時間かけてサヴォナまでの八百三十キロを走破した。

体力に問題はなかったが、見知らぬ男から譲り受けたゴルフが途中でパンクし、タイヤ交換をしたために余計な時間が取られた。ゴルフは見た目通りかなりくたびれており、タイヤも磨《す》り減っていたのだ。距離計を見ると、四十万キロも走っていた。男が気前よく手放した理由が分かるというものである。

埠頭《ふとう》に停泊している二十三時発コルス島バスティア行きのコルシカ・ヴィクトリア号のデッキに、柊真の姿はあった。ハウザーは個室のベッドで眠っている。移動中もほとんど眠っていたが、負傷しているために体が睡眠を欲しているのだろう。傷は銃弾が骨や神経を傷《いた》めることなく貫通していたため、自然に治癒《ちゆ》するのを待てばいい。経験上、三、四日で普通に生活することができるようになるはずだ。

出航の準備をするために桟橋《さんばし》に架けられていたランプウェイが折り畳まれて格納され、

上部に持ち上がっていた船首部分のハッチがゆっくりと閉じられている。

「探したぞ。キャビンにいないと思ったら、こんなところにいたのか」

背後からフランス語で声を掛けられた。

「船が岸壁を離れるまで安心はできない。見張りをしているんだ」

柊真は振り返ってフランス語で返した。

「相変わらず、完璧主義者だな」

口髭《ひげ》を伸ばした肌の浅黒い男が、にやりと笑った。セルジオ・コルデロ、スペイン人で三十一歳、第二外人落下傘連隊の同じ部隊で訓練を受けた仲間である。サヴォナで待ち合わせをしていたが、彼の方が数時間早く到着していたため、船の切符を頼んであったのだ。これまでの経緯は乗船する前に話してある。フランス語で話すのは、外人部隊時代は共通言語だったからだ。

他の第二外人落下傘連隊時代の仲間にもコルシカ・ヴィクトリア号に乗船するとメールで伝えてあったが、間に合わなかったらしい。だが、コルス島での待ち合わせ場所も指定してあるので、明日には合流できるだろう。

「敵は異常にしつこいやつらで、油断できないんだ。俺を探していたのか？」

柊真は視線を岸壁に戻した。

一時間ほど前に接岸されたコルシカ・ヴィクトリア号に、柊真は、セルジオとともに一番に乗り込んでいる。後続の車に怪しい連中が乗っていないか監視するためで、柊真は乗船後すぐにデッキに上がっているので、客室には入っていない。

フランクフルトで襲ってきた連中がイタリアまで追跡してくるとは思えないが、絶対にないとは言い切れない以上、自ら見張りに立つほかないのだ。

「おまえを探していたのは、いい知らせを持ってきたからだ」

「いい知らせ？」

柊真が首を捻ると、セルジオが口笛を吹いた。

すると、キャビンのドアから二人の屈強《くっきょう》な男たちが現れた。

「フェルナンド！　マット！　二人とも間に合ったのか！」

柊真は両手を広げて男たちを交互に抱きしめ、互いに右手でハイタッチをした。

彼らが第二外人落下傘連隊の同期である、イタリア人のフェルナンド・ベラルタとメキシコ系米国人のマット・マギーである。彼らとは未だにレジオネルネームで、呼び合っている。そのため、本名は意味をなさないのだ。

船体を固定していた舫《もやい》ロープが巻き取られると、汽笛が鳴った。

船尾のエンジン音が高鳴り、船はゆっくりと後ろに進み、離岸する。

「実を言うと、三十分前に到着していた」

セルジオが離れゆく桟橋を見ながら言った。

「俺を三十分も探していたのか？」

柊真は肩を竦めた。コルシカ・ヴィクトリア号はフェリーとしては大型であるが、迷子になるほど巨大ではない。

「まさか。おまえに会う前に打ち合わせをしていたのだ」

セルジオが答えると、フェルナンドとマットが頷いてみせた。

「打ち合わせ？」

柊真は小首を傾げた。

「まず、俺からフェルナンドとマットにおまえの置かれている状況と目的をざっと話した。それに関しては、おまえからまた直接説明してくれ」

セルジオは腕を組んで柊真と他の二人を交互に見た。

「もちろんだ。複雑なことだし、外部に漏らすことができない内容だからな」

柊真は相槌《あいづち》を打ち、セルジオを促した。

「一つ聞きたいことがある。おまえは、今回の活動に関して誰かから報酬を貰《もら》っているのか？」

セルジオは唐突に質問してきた。

「報酬はない。もっとも、軍資金は個人的に貰ったが、使うつもりはない」

浩志と外人部隊の上官だったマキシム・ジレスから軍資金を貰っているが、機会をみて返すつもりである。

「やはりそうか。〝七つの炎〟からの資金援助も断ったと聞いたが、どうなんだ？」

セルジオは責めるような口調で聞いてきた。

「元はと言えば、私怨《しえん》だ。他人から金を貰う方がどうかしている」

柊真は首を振った。

「おまえらしいが、いまどき正義の味方がボランティア、なんて流行《はや》らないんだよ。そもそも俺たちへの報酬まで、支払うつもりなのか？　日本人はそれを美徳とするのかもしれないが、プロとしては失格だぞ」

セルジオはわざとらしく大きな溜息を吐《つ》いた。

「失格と言われてもな」

苦笑いをした柊真は、三人の顔を順に見た。

「俺もそう思う。おまえの欠点はお人好《ひとよ》しなところだ」

フェルナンドは右手の人差し指を立てて、柊真を指した。

「もっとも、俺たちはそこが好きなんだけどな」

マットがセルジオとフェルナンドの間に割り込んで、二人と肩を組むと大声で笑った。

「俺たちの報酬は、〝七つの炎〟から貰うことにした。おまえの命令は聞くが、報酬に関しては文句を言わせない。それに、俺たちを雇える金額を支払えると思うのは、驕《おご》りだぞ。それほど金持ちなのか？」

セルジオはしかめっ面でなおも責め立てた。半分冗談だと分かっているが、髭面《ひげづら》で鋭い眼光で迫られると、迫力がある。

「いや、しかし」

彼の強い口調に圧倒された柊真は、口ごもった。報酬に関しては、彼らと相談して金額を決めるつもりだったのだ。

「おまえは、俺の知っている限り、外人部隊最強の兵士だった。だが、足りないところがあるのは、事実だ。俺たちなら、それを補うことができる。四人でまたチームを組もうぜ。おまえもそのつもりで召集したんだろう？」

セルジオが言うと、他の二人も真剣な眼差《まなざ》しになった。彼らとは同じ部隊だったため、四人で一緒に訓練を受け、アフガニスタンとイラクにも派遣されている。生死を共にしたこともあるだけに彼らは信頼できた。

「もちろんだ」

柊真が右拳《こぶし》を出すと、セルジオらが拳をぶつけた。

作戦責任者

1

十二月八日、午後七時四十五分、ワシントン・ダレス国際空港。

眼鏡《めがね》を掛けた浩志は、メインターミナルを出てカーブサイド（ランドサイド）に出ると、さりげなく周囲を見渡した。

入国手続きも問題なくでき、尾行されている気配もない。今回はトラブルを避けるために、レンズに特殊な加工がしてある顔認証妨害眼鏡を掛けていた。パスポートの写真ももちろん眼鏡付きである。特殊眼鏡は美香から貰《もら》ったものだが、元をただすとＣＩＡの装備品らしい。

タクシー乗り場の係員が、浩志を見て右手を軽く伸ばしたが、それだけで動く気配はない。小さなバックパックは担《かつ》いでいるが、手荷物を持たない浩志をサポートする必要はないと判断したようだ。勝手に乗ってくれということである。

「ザ・ウォーターゲートホテルに行ってくれ」

タクシーに乗り込んだ浩志は行き先を伝えると、前屈《かが》みに座った。長時間のフライトで腰を痛めたようだ。

ペガサス航空機でバグダッドを発《た》ち、イスタンブールで八時間半ほどのトランジットを経て、ターキッシュ・エアラインズ機で三十分前にワシントンD.C.に到着していた。海外での移動ではよくあることだが、フライトに掛かった時間はおよそ十五時間、移動に費やした時間はトランジットも含めて二十三時間にも及んだ。

イスタンブールのトランジットでは別の空港に移動する必要があったので、新市街のスポーツクラブで汗を流したが、それでも長時間座った姿勢を続ければ、腰痛になる。長年軍人として働けるように体は鍛えているが、運動できない状態が続くと体を痛めるものだ。

四十分後、タクシーはセオドア・ルーズベルト橋を渡ってD.C.の中心部を流れるポトマック川を渡り、ザ・ウォーターゲートホテルに到着した。

「ミスター・長澤《ながさわ》、ミスター・立川《たちかわ》からメッセージを預かっております」

チェックインを済ませると、フロントマンがメッセージカードを入れた封筒を渡してきた。入国に際し、日本の傭兵代理店が用意した長澤裕司《ゆうじ》という偽造パスポートを使用している。国際紛争に長く関わっているだけに、米国ではＦＢＩに目を付けられていた。本名のパスポートを使って入国するつもりはないのだ。

カードを受け取った浩志はバックパックだけのため、ベルボーイも断り、五階の自室に入ると、メッセージカードに目を通した。

〝午後九時、〇七一二。ｂｙ　ドラゴン〟と、たった一行の簡単な文章が記されている。

浩志はメッセージカードをジッポーで燃やしてゴミ箱に捨てると、シャワーを浴びて長旅の疲れを癒《いや》した。部屋は一番下のランクで約二十五平米の１ベッドルームだが、さすがに五つ星だけあってシャワールームやトイレも充分過ぎるほど広い。

新しいジーンズとＴシャツに着替え、腕時計を見た。午後八時五十五分になっている。部屋を出ると、エレベーターを使わずに七階まで上がり、〇七一二号室のドアをノックした。

「よく来た」

初老の東洋系の男がドアを開けた。フロントに立川の名でメッセージを残した人物である。

「ドラゴンか？」

浩志は男をしげしげと見ると、部屋に入った。

「今回は少々顔をいじっている。声で私だと判断してくれ。長旅で疲れただろう。まあ、掛けてくれたまえ」

ドラゴンと名乗った男は、リビングの革張りのソファーを勧めた。巧《たく》みに変装しているということだ。

「それじゃ、前回会ったときは素顔だったのか？」

苦笑を浮かべた浩志は、ソファーに腰を下ろした。

男は梁《りょう》羽《う》、中華人民共和国、中央軍事委員会連合参謀部の幹部である。彼は共産党の幹部でもあるが、自国の不正すら許さないという断固たる姿勢で、国家の暴走を防いでいる。

今回は日本人に成りすまし、ドラゴンというコードネームを使っているが、西側諸国では〝紅《あか》い古狐《ふるぎつね》〟と呼ばれる、中国が生み出した最強最悪の諜報《ちょうほう》員として知られている。梁羽を知るきっかけは、共産党の陰の組織であるレッドドラゴンの馬用林《マーヨンリン》と名乗る米国人、トレバー・ウェインライトを介してだ。

ウェインライトはＡＬに支配された米国の大手軍需会社であるサウスロップ・グランド社の重役だったが、自社の陰謀に気付いたがために命を狙《ねら》われる羽目《はめ》に陥《おちい》った。米国を脱出せざるを得なくなり、出国直前に殺されかけたところを梁羽に助けられ、彼の手引きで中国に亡命したのである。また、ウェインライトは米国の重要機密情報と引き換えに、レッドドラゴンの幹部に収まっている。

浩志はレッドドラゴンの陰謀に巻き込まれてウェインライトと知り合うこととなり、梁羽を紹介されたのだ。

梁羽は自ら〝世界の守護者〟と称し、所属している国や組織にとらわれず、普遍的な正義を信じて行動する者と連携をとって、大国の陰謀を防いでいるという。また、彼の紹介で、夏樹とも知り合っている。浩志は当初、梁羽を胡散臭《うさんくさ》いと思っていたが、彼から得られた情報でALの陰謀を暴《あば》くことができた。

浩志は、ワットが米国で独自に捜査するにあたってCIAの誠治に協力を打診したところ、彼から夏樹を使うことを提案されたのだ。というのも、誠治はクロノスの捜査を、独自に夏樹に依頼していたからである。また、誠治に夏樹を紹介したのも梁羽のようだ。

夏樹は公安調査庁に入庁するにあたって、一年間、研修生としてCIAに出向し、そのアカデミーで様々な訓練を受けている。そのため、誠治は公安調査庁の特別調査官だった夏樹のことを記録上は知っていたと浩志は聞いている。というのも、夏樹はアカデミーで、トップクラスの成績を収めていたからだ。

当時、誠治は唯一の日系のCIA幹部候補だったため、上司から夏樹を引き抜くべきか相談を受けたらしい。実際に公安調査庁に打診したそうだが、体良《てい》く断られたという。だが、まさか、数年後に中国や北朝鮮を震撼《しんかん》させるような働きをし、〝冷たい狂犬〟と呼ばれるほどの諜報員に成長していたとは夢にも思わなかったと、笑い話のように話してくれた。

「いつも変装しているわけではないが、米国で素顔を晒《さら》すほど、私の肝っ玉は据《す》わっていないのだ。君の酒はターキーだったな」

梁羽は、窓際のカウンターの上に置かれていた、ターキーの八年もののボトルから二つのショットグラスに注いだ。

彼は表には出ない人間だが、中国の高級幹部であることは間違いない。リビングにはポトマック川の夜景を見下ろせるバルコニーがあり、2ベッドルームで百九十平米もある。こんな豪華な部屋に泊まれる官僚は、金満な中国でもそうざらにはいないだろう。

「クロノスのことは、いつから知っていた？」

浩志は差し出されたショットグラスを受け取りながら尋ねた。イラクで京介の事件を調査したその足で米国に来たのは、仕事で米国にいるという梁羽から連絡を受けたからである。スクランブルを掛けられた衛星携帯電話機で話した時、「お互いの懸案事項について直接会って情報交換しないか？」と言われたが、それがクロノスのことだと、浩志はピンときたのだ。

クロノスは巨大な国際犯罪組織だけに、有利に事を進めるには味方を増やし、敵の情報を得ることである。梁羽は敵に回せば恐るべき人間だが、味方にすればこれほど心強い存在はない。どのみち、ワットの捜査に合流するつもりだったので、米国に来るのは都合もよかったのだ。

「ALの存在は早くから知っていたが、正直言って、その背後にさらなる犯罪組織があるとは、この私でも知らなかった。それだけ、クロノスは巧妙《こうみよう》だったというわけだ。リベンジャーズが派手に立ち回ったおかげで、クロノスの存在は世界中の情報機関に知れ渡った。だが、大半の国の政府機関は、身内にモグラが存在する可能性が出てきたので、戦々《せんせん》恐々《きようきよう》としているのが現状だ。捜査に踏み込める状態にはないだろう」

梁羽は息を漏《も》らすように笑った。ドイツ軍の演習場で、リベンジャーズがクロノスの部隊と交戦したことを知っているらしい。

フランスでは情報機関であるDGSE（対外治安総局）とDGSI（国内治安総局）だけでなく、警察当局にまでクロノスの内通者がいることが分かり、大変な騒ぎになっているという。

「こちらは仲間が米国での捜査を本格化させているので、合流するつもりだ。そっちは、どうするんだ？」

ショットグラスのターキーを口にした。この酒とは、長い付き合いである。だが、一昔前は、喉《のど》を焼くような刺激があったが、今は香りも味もまろやかになっている。人間も酒も年をとると、丸くなるということか。

ワットからの捜査報告は逐次《ちくじ》されており、柊真の状況も友恵を通じて入っていた。それぞれまったく違う方向性で活動しているようでも、やがて一つにまとまりそうな気がするのだ。

「まだ我が国の脅威とはなっていないので、連合参謀部では静観することになった。だが、私は嫌な予感がする。必ず、中国にも災難はやってくるだろう。彼らの真の目的が何か一刻も早く知りたい。だから陰ながら私の持てる力を使って、協力するつもりだよ」

梁羽は浩志の向かいのソファーに座ると、ターキーを飲んだ。

「それなら、これを見てくれ」

頷《うなず》いた浩志はポケットから小さな鍵を取り出し、テーブルの上に置いた。

2

ザ・ウォーターゲートホテル、午後九時半。

浩志がガラステーブルの上に載せた小さな鍵は、ＣＩＡの潜入捜査官としてクロノスを調べていたリンジー・ムーアが身に付けていたものである。

彼女はパリの郊外でギャラガーに射殺された。彼女は息を引き取る前に「８・４・３・７、クロノス」という言葉を遺《のこ》している。

浩志は彼女の死体を調べ、太腿《ふともも》に特殊なシートで覆《おお》い隠されていた鍵を発見した。リンジーは鍵を託し、無念を晴らしてほしかったのだと解した浩志は、これまで仲間以外には鍵の存在を隠してきた。日本に戻った浩志は友恵に鍵を調べさせたのだが、製品番号の刻印等はされておらず、マグネット式の電子キーという以外に分からなかった。

同時に、警視庁の知り合いを通じて科学捜査研究所に所属する専門家にも、極秘に調べさせている。サイズが日本の規格にないものらしく、欧米の貸金庫の鍵に似ているということだけは分かった。

「貸金庫の鍵かな？　だが、貸金庫なら金属か樹脂《じゅし》製のタグが付けられている。何も付けられていないのであれば、出所《でどころ》を探り当てるのは難しいぞ。これを、どこで手に入れた？」

鍵を手に取った梁羽は、浩志をじろりと見た。

「これは、ＣＩＡのエージェントが死に際に、俺に託したものだ」

浩志は正直に話した。

「命を懸けて、そのエージェントが守っていたのなら、よほど重要な物なのだろう。もし、貸金庫の鍵なら、極秘書類か、データを保存したメディアを預けてあるのかもしれないな」

首を捻《ひね》った梁羽はテーブルに鍵を置いて立ち上がり、寝室から大型のスーツケースを持ってきた。

「日本の専門家に調べさせたが、結局分からなかった」

浩志も立ち上がり、カウンターのターキーを、空《から》になった自分のグラスに注いだ。

「まず、この鍵を解析してみようか」

梁羽はスーツケースからノートPCと二十センチ四方の機械を出した。ノートPCを立ち上げ、USBケーブルを機械に繋《つな》いで電源を入れると、機械の中央にある透明な台座に鍵を載せた。

「3Dスキャナーだ。これで鍵のデジタル情報が得られる」

説明しながら梁羽は、ノートPCのキーボードを叩《たた》き、スキャナーを稼働させた。スキャニングは二十秒ほどで終了し、ノートPC上に鍵の三次元モデルが出来上がった。

「便利なものだ。このスキャナーで得られたデジタルデータで、どんなものでも複製できる。今時の諜報員の腕が鈍《にぶ》るわけだ」

梁羽は画面上に現れた鍵の三次元モデルを動かして笑った。おそらく携帯できる3Dプリンターも持っているのだろう。

「そのデータをどうするつもりだ？」

ここまできたら、彼に任せるほかないのだが、情報の一方通行では困るのだ。

「連合参謀部の研究機関には送らない。送れば、出所を問われるからな。こう見えても、私は共産党では、優等生なんだよ。上層部から睨《にら》まれるようなことは一切したくない。そこで、知り合いの英国の私設研究機関に送ってみるつもりだ。極秘で分析してもらえる。それと、もう一箇所、ミスター・Kのところにも送るべきだと思うが、どうかな？」

ミスター・Kとは、誠治のことである。盗聴盗撮はもちろん防止策をとっているはずだが、習慣的に梁羽は関係者の名前を口に出さないようにしているのだろう。

「俺は反対だ。彼はともかく、あの組織は信頼できない。職員が一万人以上いるのに裏切り者がいない方が逆におかしいだろう」

浩志は腕を組んで、首を横に振った。ＣＩＡにはつい最近まで、ＡＬに買収されて二重スパイとなっていた職員が複数いたのだ。信用できるはずがない。

「確かにそうだな。だが、判断はミスター・Kに委《ゆだ》ねるべきだ。彼のことだ、絶対信頼できる部下だけで行動するだろう。この件に関して、彼の知らないところで動けば、あとあと面倒になる。殺されたエージェントは、君ではなく、ミスター・Kに託したかったのかもしれないじゃないか」

梁羽は浩志の顔を覗き込むように、顔を突き出して言った。

「……分かった。任せよう。だが、下手にメールでデータを送れば、組織に感づかれるぞ」

溜息《ためいき》を漏らした浩志は、渋々認めた。

「大丈夫だ。私がそんなヘマをするわけがなかろう。彼とは暗号化された専用回線があるのだ」

梁羽はノートPCのキーボードを叩きながら言った。キーボードタッチが、まるでピアノを演奏するように軽《かろ》やかである。変装しているので年齢は不詳だが、六十代以上であることは間違いないだろう。その割にはパソコンに強いらしい。

「ほお、さっそく、返事が来たぞ。3Dデータを送ってほしいらしい。極秘に調査するつもりのようだ。データを送るが、構わないな？」

梁羽はパソコンの画面から目を離して尋ねてきた。

「勝手にしてくれ」

浩志はベランダに出るとポトマック川沿いの夜景を見ながら、ショットグラスのバーボンを呷《あお》った。気温は六度ほどか。寒さが顔に染《し》みる。こんな時は、バーボンを口に放り込むように飲むに限るのだ。

「明日から、あの二人と合流するのか？」

梁羽がリビングから出てくると、手にしていたターキーのボトルを傾《かたむ》け、浩志のグラスを満たした。この男はくつろいでいるように見えても、一瞬の隙《すき》さえ見せない。中国拳法の八卦掌《はっけしょう》の達人で、夏樹の師匠だったと聞いたことがある。普段の身のこなしから、彼の格闘家としての腕前が分かるというものだ。

「そのつもりだ」

素《そ》っ気《け》なく答えた。長らく傭兵として生活してきた浩志にとって、諜報の世界で生きている人間はどこか信用がおけないのだ。

「何か困ったことがあれば、中国の情報網を使うといいだろう。この国には何十万人という諜報員がいる。役にたつはずだ。あの男なら、その使い方を知っている。利用するがいい。この鍵は君が持っていろ。今の段階ではそれが一番いいはずだ。というか、私も安心できる」

梁羽も浩志の隣りに立ち、夜景を見ながら言った。ライトアップされたフランシス・スコット・キー橋が、夜景に彩《いろど》りを添えている。派手さはないが、それがかえって物悲しく美しい。あの男とは、夏樹のことなのだろう。

「ご馳走《ちそう》になった」

鍵を受け取った浩志はバーボンを飲み干し、空になったショットグラスをベランダの縁に置くと部屋を後にした。

3

午前一時、荷物を手にした浩志は自室を出てフロントに立ち、呼び出しベルを小さく鳴らした。

梁羽と打ち合わせた後に、三時間ほど睡眠をとっている。五つ星のホテルだけに、空調の音さえ気にならず熟睡できた。

「こんばんは」

係が奥から現れた。

「チェックアウトをしてくれ」

浩志は部屋の鍵をカウンターに載せた。

鍵を受け取ったフロント係は、パソコンの画面を見ながら尋ねてきた。

「急用ですか？」

「急な仕事が入った」

浩志は表情もなく答えると、係から渡された領収書を受け取った。

「ミスター・立川から車をお預かりしています。お車はすぐ出せるようにロータリーの駐車場に停めてあります」

フロント係は、車のキーを渡してきた。

「……サンキュー」

小首を傾げつつも浩志はキーを受け取り、エントランスを出た。

冷たい風が顔に突き刺さる。ホテル内が快適だっただけに冷気が痛く感じるのだ。浩志はロータリーの向こうにある駐車場に向け、車のキーのロック解除ボタンを押した。

フォードのＳＵＶ、エクスプローラーがライトを点滅させ、電子音を立てて反応する。運転席に乗り込むと、ポケットのスマートフォンが振動した。画面には番号非通知と表示されている。鼻先で笑った浩志は、電話に出た。

——随分と早いチェックアウトだな。もっとも、私も日付が変わる前に済ませたが。

予測した通り、梁羽であった。彼は二日続けて同じ場所にいないようにしていると、以前聞いたことがある。敵地とも言える米国にいるため、身の安全を考慮して真夜中に移動したのだろう。

「この車を監視できるのか？」

浩志は不機嫌な声で尋ねた。車内を映す車載カメラを梁羽は見ているに違いない。車のロックが解除されたことで、梁羽に通知が行き、彼はカメラの映像で浩志を確認したのだろう。梁羽は車を無償で貸すことで、浩志を監視するつもりに違いない。

「悪く思うな。私も捜査に加わりたいが、君のような有名人と一緒のところを部下に見られたくない。その代わり、私の目となり、耳となる車を同行させるというわけだ。車内のカメラとマイクは、あくまでも君とコミュニケーションを取るためで監視するつもりはない。車は自由に使ってくれ。不要になったら、連絡してくれ。こちらで処分する。また、ラゲッジは二重底になっている。武器を適当に見繕《みつくろ》って積んでおいた。傭兵代理店と違って、私は無償で協力できる。他にも必要なものがあれば、遠慮なく言ってくれ」

この車は盗聴盗撮されているらしい。それを知った上で梁羽は、使えと言っているのだ。

「いいだろう」

通話を切った浩志はエンジンをスタートさせ、ホテルの駐車場を出発した。とりあえず空港に行って一番早い便に乗ろうと思っていたが、武器と車があるのなら、たとえ時間の短縮ができても飛行機には乗らない。

目的地は、八百六十キロ離れたバージニア州レキシントンである。ワットと待ち合わせをしているのだ。

ポトマック川沿いの道路を西に向かって走った。今のところ尾行はないようだ。スマートフォンでワットに電話を掛けた。

「俺だ。今、出たところだ。車で向かう」

――俺は後二時間ほどで到着できるだろう。

ワットはカンザスシティから、約千五百キロの移動である。休みなく運転しても十四時間ほど掛かるはずだ。昼前後に出発したらしい。〝冷たい狂犬〟と呼ばれる影山夏樹と一緒らしいので、多少は楽ができるだろう。彼らも、武器を携帯しているために飛行機では移動できないのだ。

「何か、成果はあったか?」

浩志はバックミラーで背後を窺いながら、川沿いの道を進んだ。すぐにハイウェイに乗ることもできたが、まずは尾行の有無を確認してからである。

——俺は大変なミスを犯したらしい。

珍しくワットは暗い声で返事をしてきた。

「どうした?」

——オマハの友人宅を訪ねたことは話した通りだが、昨夜、その家が火事で焼けた。焼け跡から女性と思われる死体が発見されている。夫人かどうかは分からないが、素人《しろうと》の俺が嗅《か》ぎまわったので、敵が先手を打ったに違いない。

「口封じをしたのか」

浩志は思わず舌打ちをした。

——おそらく、そうだろう。彼女には申し訳ないことをしたよ。結果は最悪だが、俺の行動が敵を苛立《いらだ》たせたことは間違いない。捜査の方向性は、間違っていないのだろう。今後は細心の注意を払って行動するつもりだ。

「そうだな。ボニートは元気か?」

ボニートとは夏樹が好《この》んで使うコードネームの一つである。

——おまえと同じで無口だ。

ワットの押し殺した笑い声が聞こえる。運転しているのは、夏樹なのだろう。彼は人前では笑わないどころか、表情も変えない。諜報の世界で生きる人間にとって、感情表現は弱みを見せることになりかねないからだろう。

「どうやら、仲は悪くなさそうだな」

――まあな。だが、反応がないから、冗談を言うのも飽きてしまったよ。

ワットのブラックジョークはたまに笑えるが、聞いている方も疲れてしまう。夏樹も相手にしないようにしているのだろう。

「七、八時間で合流できるだろう。朝飯がてら打ち合わせをしよう」

浩志はハイウェイに入り、アクセルを踏み込んだ。

4

午前九時十分、浩志はレキシントンの環状道路を抜けて、街の西に向かうハロズバーグ・ロードに入った。

周囲には空がやたらと広く感じる田舎《いなか》の風景が広がる。もっとも、レキシントンは市の中心部でさえ、高層ビルがなくのんびりとした風情の街なのだ。

午前一時過ぎにワシントンD.C.のホテルを出て、途中で給油しただけで休憩も取らずに八時間運転している。

「おっと」

浩志は電信柱に付いている緑色の道路標識を見て、慌《あわ》てて右にハンドルを切った。小さな標識に白文字で〝オールド・ハロズバーグ〟と記されてあったのだ。看板が異常に小さかったこともあるが、注意力が低下しているらしい。長時間の運転による疲労と空腹で体力も限界に達しているようだ。

綺麗《きれい》に整えられた芝生《しばふ》の上に立つ小さな教会の前を通り過ぎ、〝サウス・エレクホーン・ビレッジ〟という看板が立つエリアに入った。レストランやブティックや美容室などがある複合商業施設らしい。

浩志は西側にある駐車場に車を停め、ダッシュボードに載せてあったスマートフォンをポケットに収めた。ここまで来るのに地図アプリを見て来たのだ。車にはカーナビが付いているが、なぜか米国製のカーナビは誤動作が多いので信用できない。そのためスマートフォンの地図アプリを使っている。

顔認証妨害眼鏡を掛けた浩志は、駐車場から芝生を抜ける小道を進み、〝タック・ハウス・パブ〟という看板を出している石組みの洒落《しやれ》た店に入った。

煉瓦《れんが》の壁に板張りの床、フロアには木製のテーブルと椅子《いす》が並び、奥にバーカウンターがある、どことなく懐かしさを覚える店だ。バックヤードには酒瓶が並べられており、朝よりも夜に来た方がよさそうな雰囲気である。

「仕事でこの街に来たの？」

刺繡《ししゅう》が入った白いカントリーシャツを着た中年の女性に声を掛けられた。年齢からしてオーナーに違いない。

「ああ、そうだ。友人と待ち合わせをしている」

浩志は答えながら、店内を見回した。テーブル席は半分が埋まっており、カウンター席もほぼ客が座っていた。場所柄、客は地元民がほとんどらしく、誰しもくつろいだ格好《かっこう》である。見知らぬ顔があれば、住民じゃないとすぐに判断できるのだろう。

一時間ほど前にワットからこの店で待つという連絡が入っていた。それまで、どこかで時間を潰《つぶ》していたのだろう。

「それなら、トムじゃないのかな。待ち人だって言っていたわ。ほら、手を振っているじゃない」

女性はカウンターの客に手を上げ、屈託《くったく》なく笑った。

「ほっ、ほんとうだ」

右眉《まゆ》をぴくりと上げた浩志は、手を振っていた男の右隣りの席に腰を下ろした。

「まいったか。俺だと分からなかっただろう」

金髪を肩まで伸ばし、口髭《ひげ》を蓄えた男が、馴《な》れ馴れしく浩志の肩を叩いた。格好からして、中年の暴走族かトラック野郎である。ワットが変装しているのだが、よく見ないと分からなかった。

「ボニートにしてもらったのか?」

浩志は小声で尋ねた。右隣りの席には、中年の白人が座っているからだ。

「そういうことだ。俺が持っているカツラと違って意外性があるだろう。ちなみにボニートは、おまえの隣りに座っているがな」

ワットはコーヒーカップを手に答えた。

「なっ!」

驚いた浩志は慌てて右隣りを見たが、どうみても白人の中年男である。しかも寝癖のような髪型で風采《ふうさい》が上がらない。

「他人の振りをしてくれ」

夏樹はイングリッシュマフィンを食べながら、そっけなく言った。ワットとは別々に店に入ったのかもしれない。

「何にしますか?」

先ほどの女性が、カウンターに入り注文を聞いて来た。

ワットはタコス、夏樹はスパニッシュオムレツを食べている。

「エッグベネディクトに、コーヒー」

カウンターに立てかけてあるメニューを見て、腹に溜《た》まりそうな物を選んだ。夜通し運転し、血糖値が下がりまくっている。メニューにステーキがあれば、頼むところだ。

「待っていてね」

女性は奥の厨房にオーダーを伝えると、カウンターを出て行った。広い店だがスタッフは少ないらしい。

「この近くに、例の作戦が敢行された時の統合参謀本部の副議長だったクレイグ・アンブリットが住んでいることを突き止めたんだ。作戦の実質的な責任者だった可能性がある。今はこの近くの農場を購入して、一人で悠々自適に暮らしていると国防総省の友人から聞いた。ちなみにこの店の常連で、よく朝飯を食いに来るらしいが、今日はまだ顔を見せていないようだ」

ワットは小声で言った。例の作戦とは、クロノスのことである。

「会ったことはないのか？」

浩志は夏樹に背を向けて話した。彼は地元の新聞を読みながら食事をしている。あくまでも他人として振る舞いながら、浩志とワットの会話を聞いているのだろう。

「まさか、雲の上の存在だったんだぞ。数年前の顔写真なら見たことはあるがな」

ワットは苦笑し、タコスを摘《つま》んで口に入れると、自分のスマートフォンを浩志の目の前に置いた。画面には軍服姿のアンブリットと彼の情報が表示されている。

「データを俺にも送ってくれ。トップの議長は作戦と関係なかったのか？　重大な作戦なら議長が知らないはずがないだろう」

情報にさっと目を通した浩志は、スマートフォンをワットに返した。

「当時の議長は持病の不整脈の手術のために入院中で、副議長が実質的なトップだった。それに、議長はその年に退官して、二年後に心筋梗塞《しんきんこうそく》で亡くなっている。聞くこともできないのだ」

「なるほど。だが、この店の常連だと、どうして分かったんだ？」

「ボニートがこの辺りの店で、彼の知人だと言って、聞き取り捜査をしたんだ。俺じゃ、怪しまれるからな。老人の独り住まいだから、行きつけの店があると仮定してのことだが、当たったよ。ここは田舎だと思っていたが、意外に早朝からやっている店が何軒かあったんだ」

地域住民の食卓代わりになっている店は、米国ではよく見かける。この店もそうなのだろう。夏樹は公安調査庁の現役時代は、特別調査官だったと聞いている。捜査の基本も心得ているらしい。

「はい、お待ちどおさま、エッグベネディクトにコーヒー。エッグベネディクトは、ジョナサンの得意料理よ、よーく味わってね。それからコーヒーはうちの店自慢のブレンドよ」

ワットの話にオーナーらしき女性が割り込んできた。話好き、世話好きがこの手の店の売りである。ジョナサンは、コックのことだろう。

「ありがとう。……それで、どうするつもりだ？」

浩志は女性がカウンターから出て行くと、話を再開した。

「食後に散歩がてら、会いに行くつもりだ。今はただの民間人というか、ただの老人だが、認知症を患《わずら》っていなかったら質問に答えられるだろう。態度によっては、手荒い真似をしても構わないと思っている」

ワットは口髭を触りながら答えた。

「いいだろう」

浩志はさっそくフォークとナイフを握りしめた。

5

午前九時四十分、食事を終えた浩志とワットは、店を出て駐車場に停めてあるエクスプローラーに乗り込んだ。

ハンドルはワットが握っている。

オールド・ハロズバーグ・ロードを抜けて、住宅街を抜けるキーン・ロードを西に向かうと、今の季節は緑ではないが広大な田園風景が広がる。

ワットは農地を抜ける一本道で車を停めると、双眼鏡で南西の方角を見た。

「六百メートル先にある農家だ」

総合参謀本部副議長であったアンブリットの家である。

「了解」

頷いた浩志は車を降りてハッチバックを開け、ラゲッジの床を持ち上げた。収納されている工具箱を取り出し、さらにその下の床も持ち上げると、武器がぎっしりと詰め込まれている。

サプレッサーと暗視スコープが取り付けられたアサルトカービンのM4、ショットガンのモスバーグM500、ハンドガンは連射ができるグロック18Cに小型のグロック26、手榴弾《しゅりゅうだん》、催涙弾《さいるいだん》、M84スタングレネード（閃光弾《せんこうだん》）、SMAWロケットランチャー、それにボディアーマーにガスマスクまである。もちろんそれぞれの予備弾丸は、箱ごと用意されていた。

梁羽は適当に見繕ったと言っていたが、特殊部隊の装備と変わらない武器が積まれているのだ。気前がいいを通り越している。それだけクロノスに危機感を覚え、浩志を信頼していると解釈していいのだろう。

「なっ、なんだ！　戦争でも始めるのか？」

運転席から降りてきたワットが呆《あき》れている。浩志が傭兵代理店で手に入れてきたと思っているのだろう。

「何があるか分からないからな」

苦笑いをした浩志は、左の足首にサポーターを巻いて内側にグロック26を隠すと、ズボンの後ろにグロック18Cを差し込んだ。ワットにはまだ梁羽のことを話していない。事情が複雑ということもあるが、梁羽の許可なく他言《たごん》できないからだ。

「行くか」

ポケットから顔認証妨害眼鏡を出して掛けると、浩志は助手席に収まった。

「無線機を使ってくれ」

運転席に戻ったワットが、グローブボックスを開けて二つの小型無線機を出し、一つを渡してきた。

「二人なのに、いるか？」

浩志は無線機のイヤホンを耳に差し込みながら尋ねた。相手は老人一人である。

「こちら、ピッカリ、ボニートどうぞ」

ワットも無線機のイヤホンを耳に差し込むと、自分の無線機の電源を入れて通話した。

夏樹は二百メートル後方から車で付いてきている。無線機を使って連携を取っているらしい。彼が待機しているというのなら無線機は有用だ。

——こちらボニート。感度良好。

夏樹からすぐに返答があった。

「これから、ターゲットの家に入る」

ワットがウィンクをしてみせた。浩志が知らない間に、夏樹と綿密な打ち合わせがされていたらしい。

――了解。距離を取って待機する。

「頼んだ」

ワットは車を進め、五百メートルほど走ると植え込みがある農道を曲がり、百メートル先にある家の前で車を停めた。

クレイグ・アンブリットの家である。平家《ひらや》で建坪《たてつぼ》は八十坪ほどか、質素な造りの玄関は北向きで、西側にピックアップトラックのGMCのキャニオンが停められている。

「挨拶《あいさつ》はおまえがしてくれ、俺はサポートする」

助手席から先に降りた浩志は周囲を窺うと、ワットに先に行くように合図した。窓のカーテンの隙間から誰かが覗いている。アンブリットなのだろう。

頷いたワットは、玄関のインターホンのボタンを押した。チャイムが二回鳴り、玄関ドアが細く開けられ、黒人男性がワットの様子を窺っている。

「すみません。私は元陸軍中佐でヘンリー・ワットという者です。退役軍人会からの使者として来ました。お話をさせてもらえませんか？」

　ワットは丁寧《ていねい》に伺《うかが》いを立てた。

「退役軍人会が、何の用だ？」

　ドアが開き、白髪《しらが》頭の背の高い老人が顔を覗かせた。アンブリットに違いない。ワットが手に入れた写真とは若干《じゃっかん》違うが、軍人は軍服を脱ぐと雰囲気が変わるものだ。

「失礼します」

　ワットは、ドアを広げてアンブリットを押しのけるように、脇をすり抜けた。

「きっ、貴様、無礼だろう！」

　アンブリットは拳《こぶし》を振り上げて怒鳴《どな》ると、玄関の壁に掛けてあるショットガンのレミントンＭ８７０に手を掛けた。

　浩志は素早くアンブリットからＭ８７０を奪った。

「なっ！」

　銃を奪われたアンブリットは、両眼を見開いたまま微動だにしない。

「まあ、そんなところで突っ立っていないで、お掛けください」

　ワットはリビングのソファーに腰掛けて手招きをした。

　浩志はＭ８７０のフォアエンドを引いて初弾を込めると、銃を構えてリビングを通り抜けてダイニングキッチンに入る。アンブリットが一人でいるとは限らない。確認行動は必須である。キッチンを確認した浩志は、二つの寝室とバスルームも無人であることを確認し、M870からソフトシェル（散弾）を取り出した。

「おまえたちは、何者だ？」

さすがに統合参謀本部の副議長を務めた男である。覚悟を決めたのか、浩志とワットを睨みつけながら尋ねてきた。

「そんなことはどうでもいいじゃないですか。我々はあなたが、統合参謀本部の副議長だったことを知った上で訪ねてきたのです。真実を知りたいだけです。質問に正直に答えてくれれば、我々は素直に帰ります」

ワットは、アンブリットに座るように自分の前にあるソファーを指差した。

「何を知りたい？　私はただの老いぼれで、金目《かねめ》の物は持っていないぞ。銃で脅《おど》したところで、得られるものはない」

アンブリットは自嘲《じちょう》すると、大義そうにソファーに座った。今年で六十九歳になるはずだ。見た目はそんなに老け込んでいないが、気怠《けだる》そうに振る舞っている。浩志らを油断させるためかもしれない。

浩志はソフトシェルを抜き取ったM870を壁に戻すと、外が見える玄関脇の窓際に立った。

「我々は泥棒じゃない。あなたが在職中だった頃の作戦について聞きたいだけですよ」

ワットは落ち着いた声で尋ねた。

「作戦？」

アンブリットは右眉をぴくりと吊《つ》り上げた。

「九年前にデルタフォースのジム・クイゼンベリー大尉率いる部隊に、あなたは極秘作戦を命じられましたよね？」

「はて？　デルタフォースのクイゼンベリー大尉？　記憶にないな。米軍には陸軍だけで四十六万人もいるんだぞ。大尉ごときの階級の兵士の名前を一々《いちいち》覚えていると思うか？」

アンブリットは首をゆっくりと左右に振った。

「それじゃ、アフガニスタンで行われたクロノス８４３７作戦については、ご存じですよね？」

ワットは質問を続けた。

「どっ、どこで、それを？」

息を吞んだアンブリットは、ワットを上目遣《うわめづか》いで見た。

「やはり、ご存じのようですね。作戦の内容を聞かせてください」

「馬鹿なことを言うな！　軍事機密を口にできると思っているのか？」

アンブリットは激しく首を振った。

「先日、クイゼンベリーの未亡人に会いに行きました。私のミスですが、それがために彼女は殺されました。敵は作戦に関わった兵士だけでなく、まったく無関係な家族まで殺害したのです。あなたにも危険が及んでいるんですよ。正直に話してくれれば、私は政府の高官に頼んであなたを保護することも可能です」

ワットは険《けわ》しい表情で言った。ネディナの死は、自分のせいだと思っているのだ。

「……あの作戦が、今になってそんな事件を引き起こすとは思えない」

しばらく口を閉ざしていたアンブリッドが、首を振った。

「どうして、そう思われるのですか？　私自身殺されかけたんですよ。作戦に何か秘密があったんじゃないですか？」

「……８４３７作戦は、タリバン幹部の暗殺指令だった。だが、命じられたチームは、敵の待ち伏せ攻撃を受けて全滅したのだ。政府は遺族に極秘の慰謝料を払うことで、世間に知られないように揉《も》み消した。実に不愉快な出来事だったよ。タリバンに逆恨《さかうら》みされた可能性は捨て切れないが、夫人が殺害されたのは別の問題じゃないのか？」

一拍おいてアンブリットは、俯《うつむ》き加減に答えた。

「彼らの遺体は、どうしたのですか？」

舌打ちをしたワットは、不機嫌そうに聞いた。

「タリバン支配下の村で数日間にわたってさらされたあと、燃やされたそうだ。我々の手元には遺灰さえ返還されなかったよ。私は責任者として、激しい怒りと同時に深い悲しみに打ちのめされた。作戦の詳細は教えなくてもいいだろう。話したところで、彼らは戻ってこないのだ。これ以上、話すことはない。もう、帰ってくれ」

アンブリットは大きな溜息を漏らした。

「ああ」

ワットは呻《うめ》くように返事をすると、肩を落として立ち上がった。

6

アンブリットの家を出た浩志とワットは、車に戻った。

浩志が運転席に乗り込むと、ワットは気落ちした様子で助手席に座った。アンブリットの回答は、彼が予測した通りだったのだが、それは最悪の想定だったからだろう。

無言で車を走らせ、キーン・ロードに出たところで車を停めた。

「どうした？」

ワットが首を傾《かし》げている。

浩志はワットを無視して、無線機に呼びかけた。

「こちら、リベンジャーだ。ボニート、応答せよ」

——こちらボニート。ターゲットが見える穀物倉庫に潜入した。監視カメラを設置し、しばらくここで待機する。

夏樹がすぐさま答えた。

「了解」

浩志は無線連絡を終えた。

「どうなっている？　説明してくれ」

ワットが怪訝《けげん》な表情で見ている。

「俺はあの家で他の部屋を確認している間に、監視カメラを仕掛けるようにボニートに頼んだのだ。おかしいと思わなかったか？　陸軍の参謀本部にいた男が、怪しげな男を不用意に家に入れたんだぞ」

「俺は少なくとも名乗ったし、退役軍人会の名前も出した。元軍人なら耳を傾けてもおかしくはないぞ。そもそも、招き入れたというよりも、俺たちは押し入ったんだ」

ワットは苦笑した。

「あの男は隠遁《いんとん》生活を送っていたはずだ。軍人だと知って訪ねてきたのなら、もっと身構えるはずだ」

彼は軍人だったことを隠しているようだった。その証拠に、彼の家には陸軍時代のころの写真は、一枚も飾られてはいなかったのだ。参謀本部の副議長にまで上り詰めた男なら、軍服姿の写真を飾ってあってもおかしくない。

「そう言えば、ドアチェーンは外してあったな」

「俺なら、ドアチェーンを掛けた状態で応対する。まして、おまえのような風貌《ふうぼう》の男が訪ねてきたら、最初からショットガンで脅していたさ」

「アンブリットは、俺たちに嘘《うそ》の情報を教えるために芝居をしていたのか？」

ワットが眉間《みけん》に皺《しわ》を寄せた。

「そう考えれば、納得できる。そもそも、こっちの素性《すじょう》も分からないまま極秘作戦のことを聞かれて、すんなりと教えるのもおかしいだろう。俺たちが訪ねてくることを予測していたんだ」

浩志は肩を竦《すく》めた。

「まんまと騙《だま》されたぜ、くそっ！」

鋭い舌打ちをしたワットは、ダッシュボードを拳で叩いた。

「相手が軍の大物だったという意識があったため、おまえは疑えなかったのだろう。俺にはそれがなかった」

確かにアンブリットの演技は上手《うま》かった。だが、偽の情報を伝えるという意識が強かったのだろう、結局はすんなりと情報を口に出したことに、浩志は違和感を覚えたのだ。

――こちらボニート。ターゲットが家から出て行く。尾行する。

「頼んだ」

浩志は通話を終えると、車をUターンさせた。

「アンブリットは、家を出たんだ。調べるチャンスだろう」

浩志は涼しい顔で言うと次の交差点で右に曲がって車を停め、バックミラーを見つめた。

二分ほど待っていると、GMCのキャニオンと少し間隔をおいて夏樹のシボレーのシルバラードが通り過ぎるのをバックミラーで確認できた。街の中心部か空港に向かうにしてもキーン・ロードを通るので、やり過ごしたのだ。

再び車を走らせた浩志は、数分後にアンブリットの家の玄関前に車を停めた。

浩志はピッキングツールを出すと、玄関の鍵穴に差し込んだ。

「うん？」

右眉を吊り上げた浩志は、ノブを回してドアを開けた。玄関に鍵が掛かっていなかったのだ。

「よほど慌てて出て行ったんだな」

後ろに立っていたワットが、苦笑した。

浩志らが出て行ってから五、六分後にアンブリットは家を後にしている。その間に何かあったのかもしれない。

念のためにグロックを抜いて、各部屋を確認した。特に変わった様子はない。

「どうするんだ？」

「アンブリットはどこに行ったと思う？」

ワットはリビングの棚の引き出しを探りながら、独り言のように言った。

「さあな」

気のない返事をした浩志はグロックをズボンに差し込むと、スマートフォンでアンブリットの情報を改めて見た。ワットに送信してもらったものだ。さきほど会った男と、軍服姿の写真のアンブリットが、今さらながら頭の中で一致しないのだ。黒人男性ということもあるのだが、よく似ているとしか言いようがない。

スマートフォンをポケットに入れた浩志は、玄関近くの壁を見てはっとした。壁紙の横一・五メートル、縦二メートルの範囲が、周りと色が違うのだ。というより、周囲が日に焼けて変色しているらしい。このサイズに見覚えがあるのだ。

ダイニングキッチンの脇の壁を見た。ペルシャ絨毯《じゆうたん》が飾られているのだが、玄関近くの壁の、日に焼けていない部分とほぼ同じ大きさである。

ペルシャ絨毯に駆け寄り、壁から剝《は》ぎ取った。するとノブがない木製のドアが現れた。

ノブは力任せに抜き取られたらしい。

「どういうことだ？」

浩志の様子を見ていたワットが声を上げた。

「ノブがあると、絨毯で隠せないので、取り外したのだろう」

ペルシャ絨毯の上部をよく見ると、壁に釘で打ち付けてあった。この程度の作業なら、一、二分でできるだろう。周囲は障害物がない田園地帯で、数百メートル先からでも走ってくる車が分かる。浩志らの車に気が付いてから作業したのかもしれない。

浩志はノブがあった穴に手をかけてドアを開けた。

「ボイラー室かもしれないな」

ワットは銃を抜き、左手にハンドライトを握って浩志の脇から地下に通じる階段を照らした。

浩志もグロックを抜くと、入口近くにあったスイッチを押して照明を点《つ》け、階段を下りていく。

「そういうことか」

十数段下り、薄暗い階段下を覗いた浩志は呟《つぶや》くように言った。階段下に初老の黒人男性が額《ひたい》に銃弾を撃ち込まれて倒れていたのだ。しかも、軍服姿のアンブリットに酷似《こくじ》している。

「なんてことだ！」

後ろから付いてきたワットが、死体の顔をハンドライトで照らして舌打ちをした。

「この男が本物のようだな。うん？」

浩志は眉間に皺を寄せた。死体の足元に黒い箱が置かれ、その脇にデジタルタイマーがセットしてあるのだ。しかも、三十秒を切っている。

「時限装置だ。逃げろ！」

浩志はワットを階段に押しやった。

「なっ！」

ワットはつまずきながらも階段を駆け上る。

二人は団子《だんご》状態になって、玄関から飛び出した。

直後、爆発が起き、ドアと窓から炎が噴き出す。

二人は爆風でなぎ倒された。

「危うく、死ぬところだったな」

先に起き上がったワットは、膝《ひざ》を抱えて座った。

家はすでに大きな炎に包まれている。この勢いでは、地下室のアンブリットの死体は、死因どころか性別さえ特定できないほど燃え尽きてしまうだろう。

「まったくだ」

浩志はワットの隣りに胡座《あぐら》をかいて、溜息を漏らした。

南米紀行

1

青く澄んだ空の下、鈍色《にびいろ》のエアバスA４００Mアトラスが、爆音を立てながら降下している。

「着陸態勢に入ったらしいな」

セルジオは両手を大きく上げて背筋を伸ばした。

「何年振りかな？」

フェルナンドが欠伸《あくび》しながら答える。

「八年前じゃないかな？」

マットもつられて欠伸をし、右手で口を押さえた。

「七年前だ。おまえたち、気を緩《ゆる》めすぎだ」

柊真は仲間を見て首を左右に振った。

四人はアトラスの貨物室の折り畳み椅子《いす》に座っている。柊真の隣りでは、ハウザーが舟を漕《こ》いでいた。彼らはモスグリーンの外人部隊の戦闘服を着て後部ハッチの近くに座っており、コックピットに近い前方の席には、外人部隊の若い兵士たちが固まっている。空軍の輸送機だけに私服で乗ることはできないのだ。

「気を緩めているわけじゃない。移動に疲れただけだ」

セルジオが肩を竦《すく》めてみせた。

「まさか、コルス島に着いたら、すぐに出発だとは思わなかったからな」

フェルナンドが相槌《あいづち》を打つと、他の二人も頷《うなず》いてみせた。

イタリアのサヴォナからフェリーに乗って七時間かけてコルス島に移動した五人は、出迎えてくれた外人部隊に島の東岸にある第１２６ソレンツァラ空軍基地に連れて行かれ、その足で輸送機に乗せられたのだ。

柊真はミュラーを通じ、移動の手配を〝七つの炎〟に依頼していた。外人部隊の兵員移送ルートを利用し、ベネズエラに行くためである。

ハウザーが負傷していることもあり、コルス島に二日ほど滞在する予定だった。だが、たまたま南米ギアナ行きの輸送機が、早朝に離陸するため、それに同乗することになったのだ。

フランス領ギアナにはフランスの陸海空の三軍の将兵が約二千人駐屯《ちゅうとん》しており、陸軍に所属する外人部隊はクールーに駐屯地がある。彼らは輪番で警備にも就《つ》くが、手付かずのジャングルで数ヶ月にも及ぶ訓練を受けるために派遣されるのだ。同乗している若い兵士たちの表情が暗いのは、ジャングルでの過酷な行軍とサバイバル訓練を受けることに臆《おく》しているからなのかもしれない。

柊真らが乗った輸送機は給油のためモロッコを経由し、コルス島から出発しておよそ十四時間、イタリアのサヴォナからは待機時間も入れて二十二時間が経過している。だが、コルス島とギアナでは五時間の時差があるため、現地時刻は午後三時を過ぎたばかりで、セルジオらが眠そうな顔をしているのは、すでに時差ボケしているためだろう。

数分後、カイエンヌ＝フェリックス・エブエ空港に着陸した輸送機は、空港ビルがある滑走路中央ではなく、西の端にある空軍の格納庫の前で停止した。

後部ハッチが開き、滑走路のアスファルトから熱せられた空気が埃《ほこり》とともに機内に吹き込み、体中にまとわりつく。

「真夏の国にようこそ」

セルジオは、一気に噴き出した汗をシャツで拭《ぬぐ》いながら笑った。彼はスペイン人でフェルナンドはイタリア人、マットはメキシコ系米国人と、そろってラテン系のため、皆陽気である。

気温は三十度近くあるのだろう。経由地のモロッコも暑かったが、真冬のフランスから赤道直下の南米に来たのだ。心構えはあっても、体が素直に驚いているらしい。汗腺がすでに全開である。

柊真が降りると、セルジオとフェルナンドがハウザーを両脇から抱えて降ろした。外人部隊の小隊が後ろでつかえているので、ぐずぐずできないのだ。

彼らはハッチから小走りに降りると、上官の号令で格納庫の前に停車していた軍用トラックTRM4000に次々と乗り込んでいく。すでに訓練は始まっている。柊真も経験したことではあるが、これから生まれてこの方味わったこともない苦痛と疲労に耐えなければならないのだ。

仲間と格納庫の前で立っていると、軍用車である迷彩柄のプジョーP4と小型軽量トラックであるTRM2000が停まった。〝七つの炎〟から連絡を受けた現地の部隊である。柊真らを世話してくれることになっていた。

予定ではギアナに一泊し、民間機でベネズエラに行くことになっている。

「ムッシュ・影山、第三歩兵連隊のオラフ・イルクナーです。お迎えに参りました」

P4の助手席から降りてきた兵士が、迷うことなく柊真の前に立って敬礼をした。曹長の階級章を付けている。レジオネルネームからすると、ドイツ人かもしれない。

「ありがとう、曹長」

柊真も切れのいい敬礼を返した。

「ホテルにご案内します。車にお乗りください。ムッシュはP4にお乗りください。他の方はすみませんが、トラックの荷台で我慢してください」

イルクナーは柊真の背後に立っていた仲間にトラックを指差した。

フランス軍では軍用四駆を一回り大型のPVPへ移行することが決定しているが、二〇一八年現在でもP4はフランス陸軍の主力である。輸送力に乏《とぼ》しく、人員は荷台に無理をすれば四人、運転席と助手席を含めても六人乗れればいいところである。

柊真はP4の荷台に飛び乗って助手席側の硬いシートに座り、前のシートの下に足を伸ばして体を固定した。

遅れてイルクナーが助手席に乗り込むと、二台の軍用車両はギアナの首都であるカイエンヌに向かった。

「我々のことは何か聞いているか？」

柊真はイルクナーに尋ねた。

「いえ、質問も禁じられております。ただ、皆さんが我々の先輩だと聞かされています」

イルクナーは振り返って答えた。

それとなく、〝七つの炎〟に彼も所属しているのか聞こうとしたが、会話はそれで終わった。〝七つの炎〟には所属会員二名以上の推薦がなければ入社できないと聞いている。

現役の兵士が入社しているのか興味があったのだが、相手が会員でなければ、質問さえも秘密を漏《も》らしたことになるので慎重にならざるを得ない。〝七つの炎〟は互助会の性格を持っているが、結社の秘密を漏洩《ろうえい》した場合や著《いちじる》しく風紀を乱した場合は、死をもって贖《あがな》うとされている。迂闊《うかつ》な行動はできないのだ。

二十数分後、二台の車は海岸に近いジェネラル・ド・ゴール通り沿いにあるホテル・アマゾニア・カイエンヌに到着した。三つ星ホテルの割にプール付きでリゾート気分が味えると聞いたことがあるが、こぢんまりとした造りである。

だが、隣りの建物が警察署であることに気付き、柊真は〝七つの炎〟がこのホテルを手配した理由を理解した。柊真とハウザーが命を狙《ねら》われているため、安全性を考慮して選んだに違いない。

「ムッシュ・影山」

P4を降りた柊真は、助手席から降りてきたイルクナーに呼び止められた。

「世話になったね」

柊真はイルクナーと握手を交わした。

「先ほどは部下の前だったので、お話しすることができませんでした。活躍されていることを聞いておりましたので、お会いできて光栄です」

イルクナーは握手をしている手に力を込めてきた。

「活躍？」

柊真は首を捻《ひね》った。

「私は〝七つの炎〟の社員ですから、あなたの情報を得ています。パリの爆弾テロを命がけで防いだことや、現在は国際的な犯罪組織と闘っていることも聞いております。来年度に私は退役するつもりです。是非、チームに仲間入りさせてください。お願いします」

イルクナーは真剣な眼差《まなざ》しで言った。

「俺はたいしたことはしていない。それにチームはできたばかりだ。期待のしすぎだ」

自嘲《じちよう》した柊真は、イルクナーの手を放した。

「私の方から、またご連絡します」

イルクナーは敬礼すると、P４に乗り込んだ。

「随分と、もてるようだな」

二人を傍《はた》から見ていたセルジオが苦笑を浮かべた。

「買いかぶりすぎなんだよ」

柊真は右手を大きく振った。

「おまえは自分を過小評価している。兵士としてリスペクトされるべき存在だ。もっと、自信を持てよ」

セルジオは柊真の肩を叩《たた》いた。

「優《すぐ》れた兵士なら、仲間を無駄死にさせない」

柊真はむっとした表情になり、一人でエントランスに入って行った。

2

午後七時五十分、柊真らは、ホテルから一キロほど離れた南米料理の〝レ・グリラドス〟で食事をしていた。

カイエンヌは小さな街だが、個人経営のレストランは沢山《たくさん》ある。フレンチ、イタリアン、中華、ブラジル料理、それに和食の店もあるが、海沿いの街だけに海の幸を使った料理を出す店が多いようだ。

〝レ・グリラドス〟もシャケや赤魚のフライなど魚料理が美味《うま》い。しかも料金も良心的で、家族連れの旅行者の客も見受けられる。

当初、ハウザーもいるためにホテルで食事を済ませるつもりだったが、長旅というか逃避行の疲れを癒《いや》すために外食したいというハウザーからの提案に誰も反対しなかった。仲間も気晴らしがしたかったのだろう。

「さて、そろそろ行くか」

柊真は腕時計で時間を確認した。

「まだ、十分前だぞ」

フェルナンドは揚げバナナを頰張《ほおば》りながら肩を竦めてみせた。

「みんなはゆっくりしてくれ。打ち合わせは俺一人で充分だ」

明日のベネズエラに行く方法について、外人部隊のイルクナーから午後八時にバーで飲みながら打ち合わせをしたいと連絡を受けていたのだ。

「それなら、私も行く」

それまで黙々と食事をしていたハウザーが、口元をナプキンで拭《ふ》いた。

「ホテルに戻ってくれ。その足で付いてこられても、邪魔になるだけだ」

柊真はフェルナンドとマットに目配《めくば》せをした。人の手を借りずに歩けるようになったが、ハウザーの歩くスピードに合わせるのが面倒なのだ。

「詳しい行き先を知っているのは、私だけだ。それにベネズエラにも行ったことがある。君らは行ったことがあるのか？」

ハウザーは、柊真らの顔を順に見た。

「ない」

柊真は肩を竦めた。仲間も南米は、訓練でギアナに来ただけである。

「あの国の恐ろしさを知らないということだ。もっとも、それだけに犯罪者にとって安心できる場所でもあるのだがな」

ハウザーは鼻先で笑った。

「仕方がない。全員で出かけるか」

セルジオが柊真に頷いてみせた。

「分かった」

柊真は渋々立ち上がった。

店を出た五人の男たちは次の交差点を左に曲がり、ロンジョン通りに入った。日が暮れて三時間ほど経つが、夏服を着た軽装の人々とすれ違う。南米はどこの国も治安が悪いが、フランス軍が駐留するギアナは比較的安全であるため、アマゾン川の大自然を探検するエコツアーの人気が高い。観光客も安心してそぞろ歩いているのだろう。

だが、貧富の差が激しく、失業者数はフランス本土の二倍で、麻薬にかかわる犯罪も頻《ひん》発《ぱつ》している。日が暮れてからは安全とは言い切れないのだ。

3ブロック先の交差点で右に曲がり、バルテレミ通りに入る。

「ギアナを観光気分で歩く日が来るなんて、想像したことあるか？」

マットが両手を広げてステップを踏み、先頭を歩く柊真の前に出た。

「俺たちは、いつも泥と糞《クソ》にまみれていたからな」

フェルナンドがわざと肩を落として言った。

「大げさなやつだ。俺たちは糞にまみれたことはない」

セルジオが苦笑してみせた。

ギアナの訓練では外人部隊恒例のジャングル行軍《こうぐん》がある。何日もぬかるんだジャングルを行軍するのだが、濡れたタクティカルブーツは乾くことはなく、泥に足を取られながら道無き道をただひたすら進むのだ。厳しい訓練に耐え抜いてきた部隊でも、脱落者が必ず出るという過酷な訓練である。

「君の仲間が陽気なことは分かったが、腕は確かなのか？」

彼らの様子を見て首を捻ったハウザーが、柊真の耳元で尋ねてきた。

「落下傘連隊の訓練で、彼らは常に成績上位者だった。それに実戦も経験している」

柊真はハウザーをちらりと見て、笑った。

「ラテン系の三馬鹿トリオかと思ったが、大丈夫なんだな」

ハウザーは足を引き摺《ず》りながらも、懸命に歩いている。彼は彼で生き延びるのに必死らしい。もっとも、生への執着がない者は、戦場に限らず一番先に死ぬ。柊真らは、だからこそ今も生きているのだ。

３ブロック先のラウンドアバウトを左に折れ、ガルモ通りに出た。道路の脇に椰子《やし》の木が植えられた広場があるため、やたら広い通りに見える。

「ここか」

広場の向こうに〝ヒット・ボックス〟という看板を見つけた柊真は、通りを渡った。

屋根付きのオープンテラスがあるバーだ。店内から生の歌声が聞こえる。カラオケバーらしい。

「ムッシュ！」

入口近くのテラス席に座っていた男が、立ち上がった。イルクナーである。

「騒々《そうぞう》しい店だな」

柊真がイルクナーの向かいの席に座った。

「面白そうな店じゃないか」

隣りのテーブル席にセルジオらが腰を下ろした。だが、ハウザーは当然とばかりに柊真の横に座った。

「すみません。私もよく知らなくて、実は民間機のパイロットから指定された店なんです。キリアン・エバートンという名の元空軍のパイロットだったフランス人だそうです」

イルクナーはハウザーを気にしつつも、恐縮している。外人部隊は四十五キロ西に位置するクールーに駐屯しているため、カイエンヌについて詳しくなくても仕方がないのだ。

「なるほど」

相槌を打った柊真は、話を続けるように促《うなが》した。彼からの電話では、民間機をチャーターするのに手こずっているとだけ、聞いていたからだ。

「ご存じのように、ギアナからベネズエラ行きの直行便はありません。そこで、民間のチヤーター機専門の航空会社に問い合わせたのですが、コロンビアならともかくベネズエラには飛ばないと言われてしまいました」

イルクナーは渋い表情で首を振った。

「私の知りうる限り、ベネズエラは世界で最も危険な国の一つだ。紛争地であるシリアやアフガニスタンの方が、まだ秩序があって安全だと思う。ベネズエラに飛行機を飛ばすというのなら、よほどの命知らずだろう。だが、私なら安全な飛行場に案内できる」

ハウザーは自慢げに言った。

「そういうことなら、パイロットに直接お話しください。私もとある筋からの紹介で、パイロットとは初対面ですので」

とある筋とは、〝七つの炎〟のことだろう。イルクナーには、ハウザーが部外者であるとだけ伝えてある。これまでの経緯は話すには、あまりにも複雑だからだ。

「うん？」

柊真は眉《まゆ》を寄せた。一九〇センチ前後ある大男が、足元もおぼつかない様子でバーに入ってきたのだ。男の目は据《す》わっており、客を睨《にら》みつけながらオープンテラスを抜けて店に入って行く。目が合えば、殴りかかってきそうな雰囲気である。

店内から怒声が聞こえてきた。先ほどの大男が店のスタッフと揉《も》めているらしい。

「馬鹿野郎。俺は客だぞ！」

大男は怒鳴《どな》りながら店から出てくると足をもつれさせ、柊真の目の前で倒れてごろりと大の字になった。

「アル中は、とっとと帰れ！」

他の客から罵声《ばせい》が浴びせられる。

「俺は、パイロットなんだ。……馬鹿にするな」

男は酒臭い息を吐きながら、両手を突いて立ち上がろうとするが、亀のように緩慢な動きになっている。かなり酔っているらしい。

「どうやら、この男がキリアン・エバートンのようです」

舌打ちをしたイルクナーが、何度も首を横に振った。

「そうらしいな」

柊真は大きな溜息《ためいき》を漏《も》らした。

3

翌日の午前六時、柊真らを乗せたプジョーP4と仲間とハウザーが乗り込んだTRM2000が、カイエンヌ＝フェリックス・エブエ空港の格納庫前で停まった。

柊真らは車を降り、日差しを避けて格納庫の日陰に入った。気温は二十四度、まだ暑いというほどではないが、朝日が眩《まぶ》しいのだ。

先に車から離れたイルクナーは、無線機で管制塔と何か連絡をしている。

「フランス軍の輸送機をチャーターできるのか？」

セルジオが欠伸をしながら尋ねた。昨夜行ったバーで飲み過ぎたようだ。

「ヘリじゃないよな」

格納庫の中を覗《のぞ》いたマットが首を傾《かし》げている。格納庫には、ユーロコプター社の軽量ヘリコプターであるＨ１２５Ｍがあり、空軍の整備士がメンテナンスをしていた。

無線連絡を終えたイルクナーが、柊真を手招きして呼んだ。仲間には聞かせたくないことでもあるのだろう。

「たった今、管制塔から滑走路の使用許可が下りました。実は……言いにくいのですが、キリアン・エバートンはパイロットの資格を二年前に剝奪《はくだつ》されていたようです」

イルクナーは口ごもりながら言った。

「何！」

柊真は頰《ほお》をピクリと痙攣《けいれん》させた。

「すっ、すみません。昨夜、エバートンの行動を見て心配になり、本国の民間航空総局に問い合わせて彼の記録を調べて判明したのです。度重《たびかさ》なる飲酒操縦と飲酒による暴力が原因らしいのですが、〝七つの炎〟は、それを承知で彼を雇ったらしいのです」

　イルクナーが頭を掻《か》きながら説明してきた。今朝、柊真らをホテルまで迎えにきた彼が妙に無口だと思っていたが、理由があったのだ。

「無免許ということか？」

　柊真は額《ひたい》に手をやり、首を振った。

「腕は確かなようですが、彼は民間の飛行場を使えません。そのため、軍用のチャーター機として彼の飛行機を登録し、パイロットも別人の名前で管制塔に許可を得ました」

「ベネズエラに行くような命知らずのパイロットは、奴のようなアルコール依存者しかいないということなんだな」

　柊真は大きな溜息を漏らした。

　昨夜、泥酔《でいすい》しているエバートンを柊真らは介抱《かいほう》し、酒ではなくソフトドリンクを飲ませて酔いを醒《さ》まさせ、なんとか打ち合わせをしている。彼は空軍の輸送機のパイロットとしてアフガニスタンやアフリカのチャドで危険な任務に就いており、ベネズエラに限らず、紛争地帯でも着陸する自信があると豪語していた。

「来ましたよ」

　イルクナーが北東の方角に手を上げ、青空の黒い点を示した。

　車輪付きのフロートを付けた単発のプロペラ機が海岸線から近付き、ふわりと滑走路に降り立つと、柊真らの方に向かってゆっくりと近付いてくる。

「ドルニエDo27か」

マットが渋い表情で絶句した。彼はヘリコプターの操縦ライセンスを持っている。もともと航空機オタクで退役後にフランス国籍を取得し、ライセンスを取ったそうだ。昨年、三ヶ月間だが軍事会社に雇われてアフガニスタンで輸送ヘリのパイロットとして働いた経験もある。そのため、航空機には詳しいようだ。

「問題でもあるのか？」

機体を見つめながら、柊真は尋ねた。少々古いのは見て取れるが、問題があるようには思えない。

「あの機体は西ドイツ製で、すでに生産は終了している。おそらく製造から四十年以上経っているだろう。メンテナンスはいいようだがな」

マットは苦笑を浮かべて答えた。一九九〇年十月に東西ドイツが再統一される前ということなら、かなり年季が入っているようだ。

「機体自体に欠陥はあったのか？」

長年使っているということは、機体の消耗《しょうもう》や部品の摩耗《まもう》も心配されるが、それだけ丈夫ということだろう。だが、基本性能に欠陥があり、製造終了した可能性も考えられる。

「第二次世界大戦後、西ドイツではじめて量産された飛行機だが、戦前から培《つちか》われてきたドイツの航空機技術が活《い》かされた傑作だと思う。心配なのは、長年飛ぶことで部品の摩耗を招き、それが何かのはずみで時限爆弾のように作用することもあることだ。古い機種だが、最速二百三十キロ前後のスピードを出せ、七十四キロ以下で失速する。車と違って故障したら墜落するしかない。しかも、事故れば速度がある分、必ず命に関わる結果になる」

マットの話に、目を見開いたセルジオとフェルナンドが顔を見合わせている。

Ｄｏ27が柊真らの前で停止した。

「みんな揃《そろ》っているな」

操縦席から飛び降りたエバートンは、柊真らの心配をよそに上機嫌で手を振ってきた。一晩眠って、酔いは完全に醒めたようだ。

彼はカイエンヌ＝フェリックス・エブエ空港から六キロ東のマウリー川の川岸に住んでいるらしいが、飛行機を川に係留するためだろう。どこにでも着陸させる自信があると言っていたが、車輪付きのフロートで水陸両用になっているということもあるに違いない。

「頼んだものは揃えておいてくれたか？」

柊真は傍のイルクナーに尋ねた。

「もちろんです。〝七つの炎〟の最大の利点ですから」

イルクナーは声を潜《ひそ》めて答えると、柊真を格納庫の中に案内した。

柊真は仲間の分も含めて、四人分の武器弾薬を揃えるように頼んでおいたのだ。外人部隊のどこの基地でも〝七つの炎〟の指示で武器を揃えることができるそうだ。おそらく、書類を誤魔化《ごまか》して武器庫から調達するのだろう。もっとも、誰にでも許されるわけではなく、武器を使う正当な理由があってのことである。

「こちらです」

イルクナーは、格納庫の入口近くに置かれていた荷物のシートを取り払った。

木箱にM4カービンとグロック17、それにタクティカルナイフが四丁ずつ、それと四つのタクティカルバッグが詰め込まれている。

バッグの中を確認すると、銃の予備マガジンと予備弾丸、起爆装置とプラスチック爆弾のC4、それに無線機と衛星携帯電話機が入れてあった。注文したのは、武器と無線機であったが、爆薬と衛星携帯電話機はイルクナーの方で余分に手配してくれたようだ。

「素晴らしい」

感嘆した柊真は、仲間を呼んで装備を分け与えた。

ハウザーが装備を整える四人をうらやましげに見ている。自由にさせているが、仲間になったわけではない。あくまでも捕虜なのだ。

「いいおもちゃをもらったな。装備が整ったら乗ってくれ」

格納庫を覗《のぞ》いたエバートンはそう言うと、コックピットに乗り込んだ。

「行こうか」

タクティカルバッグとＭ４を担《かつ》いだ柊真は、仲間の肩を叩き倉庫を後にした。

4

午前十時半、柊真らを乗せたドルニエＤｏ27は、ガイアナ共和国の沿岸を飛んでいた。

座席は曲がりなりにも二座三列の六座式になっているが、三列目は着席した体勢でも天井に頭がぶつかるほど狭い。柊真と仲間はいずれも一八〇センチ以上あるため、最後尾に荷物を置き、柊真が副操縦席に座ることでなんとか五人収まった。

四時間半ほど飛んでいるが、エンジンは快調で、今のところなんのトラブルもない。最終目的地はベネズエラであるが、給油の関係でベネズエラの北に位置するトリニダード・トバゴ共和国を目指している。エバートンは南米で個人輸送を主な仕事としているため、各地に給油ができるポイントを確保しているようだ。もっとも、彼はパイロットの資格を剝奪されているため、正規の空港ではないのだろう。

操縦桿《そうじゅうかん》を握るエバートンが副操縦席に座る柊真に、ヘッドセットをするように手で合図を送ってきた。コックピットは肩を寄せあうように座らなければいけないほど狭いため、ヘッドセットを使わなくても話すことはできる。ただし、レシプロエンジンの騒音のため大声で話す必要があった。後部にあるキャビンと壁で仕切られているわけではないので、大声で話せば、すぐ後ろの席に聞こえてしまうだろう。

「聞いていいか？　ハウザーは何者なんだ？」

柊真がヘッドセットを装着すると、エバートンが尋ねてきた。ハウザーは情報提供者であり、ベネズエラに送り届けることを条件として重要な情報を得られるとだけ教えてある。

「俺の仲間を殺した犯人の居所《いどころ》を知っているらしい。それを聞き出すためにやつの条件を呑んだんだ」

柊真は詳しくは語らなかった。教える必要がないこともあるが、柊真の行動には様々な人間が関わっているため、話すことで彼らに迷惑を掛けるからである。

「見てくれはともかく、悪人には違いないだろう。そもそも、やつの指定した場所は、麻薬カルテルが所有する土地だ。生きて帰れる保証はないぞ」

エバートンは右手で顎《あご》の無精髭《ぶしょうひげ》を摩《さす》りながら表情を曇らせた。

「ベネズエラのことをよく知っているようだが、カルテルに関わりがあるのか？」

柊真はちらりとエバートンを見て質問で返した。

「……俺がライセンスを剝奪されたことは、知っているんだろう？　そんな俺が食っていくには、時には法に触れるような仕事もしなければいけない。だから、俺は積荷が何か聞かずに運ぶ仕事も時として請《う》ける。仕事さえ選ばなければ、南米で失業することはないからな」

戸惑いつつもエバートンは答えた。おそらく麻薬の密輸や売人の移送などもしているのだろう。

「俺はあんたの仕事にケチをつけるつもりはない。ベネズエラに行ってくれるだけでもありがたいと思っている。きっかりと目的を果たし、俺たちを無事に戻してくれるのなら文句はない」

昨夜、柊真はネットでベネズエラの現状について調べてみた。

ベネズエラは過去三十年間で治安は悪化の一途を辿《たど》り、二〇〇〇年以降は経済状況とともに急激に悪くなった。また、二〇一五年には首都カラカスが「世界でもっとも危ない都市」に認定され、その世界上位二十のうち五都市もベネズエラが占めるという不名誉な結果に陥《おちい》っている。

二〇一三年に前大統領であるチャベスの死去により誕生したマドゥーロは、チャベスの政治を引き継ぎ、石油依存・反米政策をとった。だが、石油価格の下落で経済は後退を続け、二〇一七年には百三十万パーセントにも及ぶハイパーインフレを引き起こし、実質的に国家経済は破綻《はたん》した。また、マドゥーロは親族を起用する政治を行っており、彼らはその権力を利用し、麻薬の売買を行うなど腐敗しきっている。

二〇一九年にマドゥーロは二期目の就任式を行ったが、前年の選挙で不正が行われたとし、国民議会議長のファン・グアイドがマドゥーロを否認し、自ら暫定《ざんてい》大統領として名乗りをあげ、新政権を立ち上げた。すかさず米国をはじめとした先進国は、彼が正式な大統領だと認めている。

二つの政権が対立することで政情不安は増し、二〇一九年、国連難民高等弁務官事務所では、政情不安が続くベネズエラからの難民が四百万人を超えたと発表した。だが、マドゥーロは「人道危機は存在しない」と言い張っている。彼を支えているのは、ロシア、中国、北朝鮮、イラン、キューバなどの反米国家である。

無法地帯に陥ったベネズエラは、もはや紛争地と同じであり、〝七つの炎〟がエバートンを雇ったのは仕方がないことなのだ。

ドルニエＤｏ27は、カイエンヌ＝フェリックス・エブエ空港を離陸して五時間後の午前十一時十分、トリニダード島の南東にあるグアヤグアヤル湾に着水し、湾に突き出したガレオタ港の桟橋《さんばし》に接岸された。

客室側のハッチからマットが桟橋に飛び降り、ドルニエＤｏ27のフロートを桟橋の係留金具であるボラードにロープで固定した。

桟橋近くにあるプレハブ小屋から、水色の作業服を着た黒人男性が顔を覗かせた。

「ジョージ、元気にしていたか！」

コックピットから桟橋に降りたエバートンは英語で黒人男性に話しかけて抱き合うと、男に謝礼金と煙草《たばこ》を渡した。

トリニダード・トバゴ共和国は、トリニダード島とその北にあるトバゴ島と属領からなる国家で、国民はアフリカ系とインド系が多く、一九六二年に英国の植民地から独立し、現在は英国連邦加盟国である。

「おい、手伝ってくれ！　日が暮れるぞ！」

エバートンが、プレハブ小屋から台車に載せられたドラム缶を運び出してきた。目的地まではまだ五時間以上飛ぶ必要があり、夜間飛行を避けるため急いでいるのだ。ジョージは燃料を売るだけで、手伝ってはくれないらしい。

「俺が行く」

桟橋から湾に向かって立小便をしていたセルジオとフェルナンドとマットの三人が、ズボンを直しながら駆けて行く。

ドルニエＤｏ27にトイレなどない。ギアナから千百二十キロはＤｏ27の航続距離の限界に近いが、狭い座席に座っていた乗客にとっても限界であった。足の悪いハウザーでさえ、率先して飛行機から降りてきて小便をしている。

セルジオがドラム缶の台車を飛行機に横付けさせると、マットが給油ポンプのパイプをフロートに足を掛けているフェルナンドに渡し、飛行機の給油口に差し込んだ。

「助かったぜ」

三人の連携プレーに頷いたエバートンは台車に載せてある発電機を回すと、給油ポンプのスイッチを押した。給油ポンプがぶるっと振動し、燃料を勢いよく送り出す。ドラム缶から離れたエバートンは、ポケットから煙草を出してジッポーで火を点《つ》けた。

「ここで、いつも給油するのか？」

柊真は作業を見守りながら尋ねた。

「利用するのは大抵は漁船だが、俺みたいな変わり者もたまにいる。ジョージは岬にあるコンビナートから燃料をタダ同然で仕入れてくるんだ。まあ、横流しだけどな。それで、日がな一日ここで客を待っているんだ。帰りもここに寄ることになるだろう」

エバートンは煙草の煙を燻《くゆ》らせながら言った。煙草を挟んだ指が微妙に震えている。重度のアルコール依存なのだろう。

数分後給油を終えると、エバートンはすぐにドルニエDo27を離陸させた。まるで軽自動車でも運転するがごとく、飛行機を飛ばす。評判通り腕はいいようだ。

「日が暮れる前に頼んだぞ」

柊真は水上から機体が浮かび上がると、呟《つぶや》くように言った。

5

午後五時十分、ドルニエＤｏ27は、沈みゆく夕日に向かって飛んでいた。

「あと三十分で、燃料切れだな」

エバートンは、コックピットの燃料計を指先で弾《はじ》いて舌打ちをした。

「大丈夫なのか？」

眉を吊《つ》り上げた柊真が尋ねた。

「心配するな。あらかじめ高度を上げておけば、滑空飛行でも数キロは飛べる。その間に着陸地点を探せばいい」

エバートンはそう言うと、ポケットから煙草を出して咥《くわ》えた。

「分かった。不時着するときは言ってくれ」

軽く息を吐いた柊真は、笑みを浮かべた。死ぬ前にジタバタしても仕方がないのだ。

「冗談だよ。驚いてくれたら、面白かったのにな。左前方に見える山がボリバル山だ。もうすぐ着く」

エバートンは無線機のスイッチを切り替えると、スペイン語で話し始めた。管制塔とやりとりを始めたらしい。

「着陸するのか。やったぜ」

コックピットのすぐ後ろのシートに座っているセルジオが歓声を上げた。エバートンと管制塔との会話を聞き取ったようだ。

「グラシャス」

着陸許可が下りたらしく、エバートンは操縦桿を前にゆっくりと倒して高度を下げた。

夕闇迫る中、Do27はボリバル山の麓《ふもと》であるメリダのアルベルト・カルネバリ空港に着陸した。

メリダはメリダ州の州都で、ベネズエラの首都カラカスから南西五百十五キロに位置する山間《やまあい》の街である。

エバートンがエプロンにDo27を停止させると、空港ビル前の陰から三台のシボレーのSUV、キャプティバが走り寄ってきた。

「出迎えらしいな」

エバートンは鼻先で笑うと、エンジンを停止させた。

ここから車で三百キロ移動することになっており、ハウザーを彼の友人宅まで送り届ければ柊真らの任務は完了する。エバートンは、空港に飛行機を預けて街で一泊し、翌日に柊真らと合流する予定だ。

三台の黒のキャプティバが機体を取り囲むように停止した。

「降りるぞ」

柊真の号令とともに仲間も次々とエプロンのアスファルトに飛び降り、最後にハウザーが客室のハッチから緩慢な動作で降りてきた。

キャプティバから二人の男が、マシンピストルであるイングラムM11の改良版であるコブライM11を左手に現れた。

二人とも黒髪を後ろで束ねてオールバックにし、半袖《そで》のTシャツから覗く両腕は、長袖の柄《がら》シャツを着ているかと思えるほどびっしりとタトゥーが彫られている。一人は身長一八〇センチほど、もう一人は一七〇センチほどだが、胸板が厚い。

柊真はM４の銃口を下に向けたままハンドシグナルで、三台の車を警戒するように仲間に合図をした。

「セニョール・ハウザーはいるか？」

背の高い方が、スペイン語混じりの英語で尋ねてきた。

「私だ」

柊真の後ろにいたハウザーが前に出た。

「迎えに来た。車に乗れ」

男は右手を振ってみせた。

「お迎えが来たんだ。ここでギャラガーのことを話してもいいだろう」

柊真はハウザーの肩を摑《つか》んだ。予測されたことだが、男たちは危険な香りがする。残りの二台の車に乗っている連中も、悪党面《あくとうづら》をしていた。今さらだが、こんな連中がいるアジトに仲間を引き連れて行くのは、気がひけるのだ。

「冷たいことを言うな。一晩付き合えよ。それに立ち話で秘密を漏らすと思うか?」

ハウザーは柊真の手を払いのけると、笑顔でキャプティバの後部座席に乗り込む。

「俺一人で充分だ」

柊真は仲間を集めてフランス語で言った。仲間との共通言語ということもあるが、部外者に会話の内容を聞かれたくないからだ。

「馬鹿な、俺たちにこの街で待っていろというのか?」

セルジオは激しく首を振った。

「おまえたちがここに残らなければならない理由が、二つある」

柊真は指を二本立てた。

「二つ?」

セルジオたちは首を傾げた。

「一つは、エバートンの見張りだ。前金は払ってある。ここから逃げ出さないようにして欲しい」

「確かにな。明日の朝、目が覚めたら、いなくなっていたなんてことは避けたいな」

セルジオが腕組みをし、渋い表情になった。

「全員でハウザーの仲間のところに行き、拘束《こうそく》されたらどうする？　誰が助けてくれるんだ？」

柊真は仲間一人一人の顔を見た。

「そこまでは、考えなかったな。ハウザーは信用できない。それに奴の仲間は、麻薬カルテルだろう。何があってもおかしくはないな」

マットの言葉に仲間は頷いた。

「来ないのなら、ここで別れてもいいんだぞ」

ハウザーが車のウィンドウを下げて催促してきた。

「仲間は、この街のバーで酒を飲むそうだ。俺一人で充分だろう」

柊真はセルジオらの肩を叩き、キャプティバに近付いた。

背の高いオールバックが、立ち塞《ふさ》がり、スペイン語で捲《まく》し立てた。

「セルジオ、なんて言ったんだ？」

柊真は振り返ってセルジオを見た。

「〝揉め事は、困る。銃は置いていくか、俺たちが没収するかのどちらかだ〟、だそうだ」

セルジオは肩を竦めて訳した。

「分かった」

柊真がM4とグロック17を地面に置くと、背の低い黒髪の男が、ボディーチェックをしてきた。銃はセルジオが回収した。

「それじゃ、行こうか」

柊真は二人の迎えの男たちに声を掛け、ハウザーの乗った車に乗り込んだ。

6

午後七時、柊真とハウザーを乗せたキャプティバは、7号線からボリバル通りに入って北上し、途中で北東に向かう道路に進入した。

あたりは漆黒《しっこく》の闇が支配する世界が広がっている。幹線でも街灯はほとんどないため、脇道はひたすらヘッドライトを頼りに走らなければならない。

「この道を進むと、マラカイボ湖畔に出る。そこに麻薬カルテルのボス、マルドナードの敷地が五エーカー（約六千百二十坪）もある別荘があるんだが、それを友人のタイラー・マダックスが借りて住んでいるのだ」

ハウザーは自慢げに言った。

「そんな馬鹿でかい別荘をよく借りられるな」

五エーカーと聞いて柊真は目を見開いた。想像もできない広さである。

「クロノスは、様々な裏事業で資金を稼いでいる。その一つにアフガンルートの麻薬があった。タリバンが作ったヘロインを米軍内の組織を使って調達し、それを輸送機で本土に持ち込むんだ。南米の麻薬カルテルにとって、アフガニスタンの上質なヘロインが北米に大量に出回れば、存在を危うくされてしまう大問題だった。それをマダックスは、奇策を講じて潰《つぶ》すことに成功したんだよ。もっとも、その情報を流したのは私だがね」

「それで、麻薬カルテルは、マダックスに恩義を感じているというわけか。確かに米軍の麻薬組織が摘発されたという話は聞いたことがある。それが本当なら、カルテルは彼を手厚く保護してもおかしくはないな」

　柊真は小さく頷いた。

「マダックスは昨年までNCISの特別捜査官だった。彼は沖縄にいるクロノスの麻薬部門の関係者を次々と殺害し、それをメキシコの麻薬カルテルの仕業《しわざ》に見せかけたそうだ。カルテルのヒットマンが犯人なら、捜査が迷宮入りになっても怪しまれないからだが、クロノスの報復を警戒してのことなんだ。だが、日本の捜査官に裏工作をしたことがばれてしまった。そこで、慌《あわ》てて日本を脱出して、ベネズエラまで逃げてきたんだよ」

「犯罪者にとって、危険地帯であるベネズエラが別天地というのは、皮肉な話だな」

　柊真は肩を竦めて、ハウザーの話を促した。

「まあ、そう皮肉を言うな。マダックスの活躍により、米軍内の麻薬組織は壊滅したんだ。もっともそれで、彼は表の顔を失ってしまった。この捨て身の行動を、カルテルのボスが賞賛し、マダックスを手厚く保護しているというわけだ。大損害を与えられたクロノスは、必死に彼を捜しているがな。だが、さすがにここまでは追ってこないだろう」

ハウザーはこれまでベネズエラの友人としか言わなかったが、目的地が近くなったせいか饒舌《じょうぜつ》に話し始めた。やっと安心できる環境になったと思っているのだろう。

「それにしても、どうしてクロノスの敵だった男に情報を流したんだ？」

柊真は首を傾げた。

「事情は、複雑でね。実は私もクロノスに入る前は、ＮＣＩＳの特別捜査官で、マダックスは友人であり、同僚だったんだよ。彼はＮＣＩＳ那覇《なは》支局長にまでなっていたんだが、実は本部で働いている時から、私たちはベネズエラの麻薬カルテルと繋《つな》がりがあってね。米国の機密情報をカルテルに流していたんだ。ＮＣＩＳの安月給じゃあ贅沢《ぜいたく》ができないから、謝礼を貰《もら》っていたというわけさ。ところが、それをクロノスに嗅《か》ぎつけられて、私は無理矢理一員にされたというわけだ。私はクロノスに入った後も、マダックスのことは一切話さなかったよ。まあ、互いに情報交換することもできたし、彼に恩を売ることで、先々助けてもらうことができると思っていたからね」

ハウザーはもともと脅《おど》されてクロノスに入ったため、組織を裏切ることに抵抗はなかったようだ。

「組織の報復を恐れて抜け出せなかったが、皮肉にも俺に捕まってそれができたというわけか」

柊真は鼻先で笑った。結局は、いいように使われたらしい。

「痛い目に遭《あ》わされたが、感謝はしている。だから、ギャラガーの秘密を教えるんだ」

ハウザーも軽く笑った。

「勿体《もったい》つけないで、今教えたらどうなんだ。ここまで付き合ってやったんだぞ」

とにかく、一刻も早くギャラガーの情報が欲しい。居場所が分かれば、ここからすぐに引き返してでもギャラガーを殺し、京介の仇《かたき》を討ちたいのだ。

「勿体つけているわけじゃない。やつは組織から与えられた特有のＩＤを持っている。それを使って探り出すのだが、ネットワーク環境が整った場所でなければ、やつの居場所は分からないのだ。しかも、居場所を探り出した途端に嗅ぎつけられて、暗殺部隊が送り込まれる。その点、ベネズエラなら安心できる。わざわざカルテルの縄張りに来るのは、誰であろうと自殺行為だ。私が友人のところに行きたいと言っていたのは、あくまでも安全を図るためなんだ。それから整形外科の話も本当だ。カルテルのお抱《かか》えで腕のいい外科医がいるらしい」

ハウザーはポケットから煙草を出すと、後部座席のウィンドウを下げた。

車が急ブレーキを掛けて止まった。

「どうした？」

ハウザーは煙草を咥えたまま尋ねた。

「空が、光った」

運転手が、妙な英語で答えた。

「〝カタトゥンボの雷〟だろう。珍しくもなんともない。ここに住んでいるくせに何を言っている」

ハウザーはジッポーで煙草に火を点けた。

マラカイボ湖に流れ込むカタトゥンボ川の河口は、上空で稲妻《いなずま》が頻繁に発生する雷多発地帯として有名である。

雷は年に百四十夜から百六十夜発生し、平均で一分間に二十八回発生するといわれ、一時間に三千六百本もの稲妻が発生したという世界的な記録もある。そのため、雷見学ツアーも組まれるほどだ。

「別荘までの距離は？」

柊真は窓から身を乗り出して尋ねた。

「五、六百メートル先だ」

ハウザーは首を捻りながら、煙草の煙を吐き出した。

柊真は車から降りて前方の闇を見つめた。

「違う。閃光《せんこう》だ。銃撃戦が行われているぞ」

雷かと思えるほど、激しい閃光が前方に展開しているのだ。銃だけでなく、手榴弾《しゅりゅうだん》などの武器も使われている可能性もある。

「馬鹿な。別荘が攻撃を受けているというのか！」

ハウザーの声が裏返った。

「うん？」

柊真はポケットで振動する衛星携帯電話機を手に取った。

——俺だ。前方で銃撃戦があるようだが、巻き込まれたのか？

セルジオからの電話である。

「大丈夫だが、どうして分かった？」

柊真は振り返って、車の背後を見ながら尋ねた。

——俺たちが、素直におまえを一人で行かせると思ったのか？　空港で作業車を借りておまえを追跡しているんだ。

「俺をどうやって、……そうか、衛星携帯のＧＰＳか」

柊真は〝七つの炎〟から支給された衛星携帯電話機のＧＰＳ機能を使って、互いの位置を特定できることを思い出した。

——数分で合流できるが、どうする？

「すぐに来てくれ。ハウザーの仲間が攻撃を受けているに違いない」

ハウザーの受け入れ先が攻撃されているのなら、状況を確認する必要がある。

車から降りて待っていると、二分後に航空機を牽引《けんいん》するトーイングカーに乗り込んだセルジオらが現れ、柊真の目の前で停まった。借りたと言っているが、勝手に持ち出したのだろう。

「待たせたな。先導してくれ」

セルジオが運転席から手を振ってみせた。

「出発だ！」

柊真はキャプティバに乗り込み、運転手の肩を叩いた。

7

四百メートルほど進んだところで、柊真は車を停めさせた。

別荘の正門に到着したのだ。屋敷はここから二百メートル先にあるというが、敷地内の雑木林《ぞうきばやし》で建物が見えない。だが、屋敷内は常夜灯《じょうやとう》が周囲に設置されているため、まるで別世界のように闇夜から浮かび上がって見える。

車から降りた柊真は、M４のマガジンを確認した。セルジオから武器と無線機を受け取っていたのだ。

「行くぞ」

右手を振った柊真は、セルジオ、フェルナンド、マットの三人を引き連れて正門から進入した。道はカーブしており、すぐに道路を外れて敷地内の雑木林に分け入る。

柊真は百メートルほど進んだところで拳《こぶし》を握って立ち止まった。数十メートル先に屋敷が見える。平屋だが三百坪はありそうな大きな建物の前に芝生《しばふ》の庭が広がり、玄関の左手にはガラス張りのテラスがある。その前にはライトアップされたプールがあった。

銃撃戦はすでに終わったらしく、屋敷の周囲は森閑《しんかん》としているが、玄関口とテラスに死体が転がっており、M4で武装した戦闘服の男が玄関脇で見張りに立っている。他にも仲間がいるに違いない。

柊真はセルジオとフェルナンドに屋敷の西側を迂回《うかい》して裏に回るようにハンドシグナルで合図すると、マットの肩を叩いて雑木林を出て引き込み道路を渡り、反対側の東にある雑木林を進んだ。

「こちら、バルムンク、ブレット、応答せよ」

柊真は無線でセルジオをコードネームで呼び出した。バルムンクはドイツの叙事詩〝ニーベルンゲンの歌〟に出てくる名剣で、友恵が命名したものを気に入って使っている。また、セルジオのブレットは、フランス語でイタチを意味する言葉だ。

——こちらブレット、裏口を見つけた。見張りが立っている。

「そこで待機してくれ。表から突入する」

——裏口から逃走する敵兵はどうする？

「放っておけ、俺たちの目的は、戦闘じゃない。ターゲットの安否確認と保護だ」

ターゲットとは、タイラー・マダックスのことである。別荘内に残っていたのは現地で雇った使用人とカルテルから派遣されているベネズエラ人の護衛だけらしい。人数はマダックスも入れて五人、ハウザーを出迎えるために四人も護衛が寄越《よこ》されたので、屋敷内の警備は手薄だったようだ。マダックスの顔は知らないが、中年の白人男性というのならすぐに分かるだろう。

——了解。敵が抵抗するようなら、対処する。

セルジオは闘いたくてうずうずしているのだろう。もっとも、フェルナンドもマットも同じで、柊真の任務が危険だと分かって付いてきた連中なのだ。戦闘が三度の飯よりも好きという困った連中である。

「判断に任せる」

連絡を終えた柊真とマットは雑木林から抜け出し、玄関の右手にある植え込みに走り込んだ。ライトアップされたプールがあるテラス側と違って、玄関右手の東側はガレージがあり、建物の壁には窓もない。

植え込みから玄関までは十二、三メートルの距離はある。

柊真はタクティカルナイフの刃先を摑むと、植え込みから右腕だけ出して勢いよく投げた。ナイフは高速で回転し、見張りの首に深々と刺さる。首から勢いよく血飛沫《ちしぶき》が飛び、男は玄関の階段を転げ落ちた。子供の頃から祖父の妙仁《みょうじん》に、古武道の小柄《こづか》と棒手裏剣《ぼうしゅりけん》の技を厳しく教わっている。外人部隊でナイフ投げの達人と言われていたが、柊真にとってはごく当たり前のことなのだ。

植え込みから抜け出した柊真は男の首からナイフを抜くと、マットとともにM4を構えて玄関から突入した。

二人はリビングに入った。百平米ほどの広さがあり、ソファーやテーブルが優雅に配置され、ガラス張りの窓からテラスのプールが見える。

「ちっ！」

マットが舌打ちをした。

使用人と思われるベネズエラ人が、眉間《みけん》を撃たれてソファーの下に横たわっていたのだ。武器を携帯していない人間も容赦《ようしゃ》なく撃ち殺す手口は、残忍そのものである。

——こちらブレット、ターゲットが五人の兵士に連れられて裏口から出てきた。

セルジオからの無線連絡だ。

「急行する。気付かれないように尾行してくれ」

――分かっている。

人質がいる以上、下手に手出しはできない。セルジオも充分理解しているはずだ。

柊真とマットは銃を構えたままの姿勢でリビングを駆け抜け、廊下の奥へと進む。屋敷が大きいだけに中を抜けた方が早いと判断したのだ。

廊下の突き当たりの両開きのドアを開け、体育館のような板張りの部屋に出た。

「むっ！」

柊真はＭ４のトリガーを引きながら右に飛んだ。

遅れてマットは銃撃しながら、左に転がる。

二人がいた空間に前方から飛んできた銃弾が、突き抜けた。

部屋の奥にいた二人の戦闘服姿の男が、銃撃してきたのだ。

男たちはドアを開けた柊真らにいち早く反応したのだろうが、それよりも早く柊真らの銃弾が男たちの体に命中している。

「まだ敵兵が残っているとは思わなかったな」

起き上がったマットが額の汗を右手で拭った。敵との反応の違いは、コンマ数秒の差だったのだろう。

柊真は倒した男たちを確認しようと近寄った。

死体の傍に黒い箱が置かれている。

「まずいぞ！　時限爆弾が設置されている」

マットが叫んだ。

箱の上にタイマーがセットしてあったのだ。しかも、周囲にはガソリンを入れた携行缶がいくつも置かれている。

二人は近くにあるドアから廊下に出て奥へと進み、キッチンのドアから屋外に出た。

瞬間、爆発が起こった。

柊真とマットは、思わず頭を抱えて蹲《うずくま》った。

銃声。

——こちらブレット、ターゲットが撃たれた。攻撃する。

「何！　急行する」

立ち上がった柊真とマットは、銃撃音に向かって雑木林に分け入った。

爆音が夜空に響く。

——ブラックホークだ！

セルジオが叫びながら銃撃している。

柊真とマットは懸命に走り、雑木林を抜けた。

二百メートルほど先の野原に軍用ヘリコプターＵＨ60、通称ブラックホークが、地上一メートルの高さでホバリングし、戦闘服を着た男たちが乗り込んでいる。

「まずい！」

　柊真はマットを押し倒すように雑木林に戻った。途端に周囲の木々が、銃弾で粉々に破壊される。ブラックホークにはＭ２３０機関砲が搭載されており、柊真たちに気が付いたらしく、銃口を向けてきたのだ。

　ブラックホークが上昇していく。

　柊真とマットは雑木林から出てＭ４で銃撃した。

　銃弾を受けた機体は火花を散らしたが、そのまま西の方角に飛び去った。百キロ西のコロンビアの国境を越えるつもりに違いない。

「くそっ！」

　銃弾を撃ち尽くした柊真は、鋭い舌打ちをした。

「間に合わなかったな」

　数メートル離れた暗闇からセルジオとフェルナンドが出てきた。

「俺たちの銃声を聞かれたせいで、殺されたのか？」

　柊真はヘリが飛び去った場所に転がっている白人の死体を見て尋ねた。マダックスに違いない。

「どのみち、拉致《らち》された先で殺されたんだろう」

　セルジオは溜息を漏らした。

「敵に先回りされているとは思わなかったな」

フェルナンドが悔《くや》しそうな顔をしているが、セルジオ同様負傷はしていないようだ。

「マダックスは、クロノスに相当な恨みを買っていたらしい。ハウザーとは関係なく命を狙われたのだろう。ハウザーを送り届ける前でよかったと考えるべきだな」

柊真はマダックスの死体をスマートフォンで撮影した。ハウザーに見せて確認させるためである。

「そうだ。これを見てくれ。屋敷の裏口でリーダーらしき男の顔を撮影したんだ」

セルジオが自分のスマートフォンを出した。柊真が死体を撮影しているのを見て、思い出したようだ。

「こっ、これは……」

柊真は声を失った。

暗いため解像度は悪いが、先頭を歩く男の顔に火傷《やけど》の痕《あと》らしきものがある。

浩志の捜査で、京介の殺害犯であるギャラガーの右頬《ほお》には火傷の痕があると分かっている。また、ハウザーからそれを裏付ける証言も得ていた。

「やはり、そうか。逃《のが》した魚は大きかったようだな」

セルジオは歯ぎしりをした。

ワシントンの闇

1

ワシントンD.C.、ジョージタウン、午後十時。

ジョージタウンはポトマック川に面した古い街であるが、ファッションで有名なM・ストリートやウィスコンシン・アヴェニューなどの商業地区を例に挙げるまでもなく、近年目覚ましい発展を遂げている。

また、洒落《しゃれ》たレストランやバーが集まる川岸のK・ストリートは、観光客に人気のスポットである。そんな中でも、七〇年代の車が似合うようなブルース・アリーという通りは、昔から変わらない風景を味わうことができた。

いつものように顔認証妨害眼鏡《めがね》を掛けた浩志は、ウィスコンシン・アヴェニューでワットが運転するエクスプローラーから降りると、通りを渡って裏路地であるブルース・アリーに入った。

交差点から十数メートル先の右手に懐かしさを覚える古い煉瓦《れんが》の建物があり、浩志はブルース・アリー・ジャズと記されている煤《すす》けた看板が掲《かか》げられた店の前で立ち止まった。少し先に木製の両開きの扉がある。元は十八世紀の馬車置き場で、一九六五年にジャズサパークラブに改築された。以来、営業を続けている老舗《しにせ》である。

浩志は塗装が剝《は》がれた木枠のガラス窓を見て、首を傾《かし》げながらも出入口のドアを開けた。一歩中に入ると、奥のステージで演奏されているジャズの音色に圧倒される。

「予約はされていますか？」

出入口近くのウェイターに聞かれた。

「友人との約束がある。……あそこの席だ。ターキーのストレート、トリプル」

浩志はその場で飲み物の注文をすると、ラテン系の男が座る壁際の丸テーブルの席に座った。

「長距離ドライブは疲れただろう。極上のジャズを聴いて疲れを癒《いや》すといい」

向かいの席に座る夏樹は、ウィスキーのオンザロックを飲みながらラテン系の訛《なま》りのある英語で言った。前回と違い、黒髪をオールバックにした四十歳前後の男に変装しているが、いつもながらその変貌《へんぼう》ぶりに驚かされる。夏樹が手を振って合図をしてくれなければ、見つけられなかった。

この店に来たのは、彼が打ち合わせをするための待ち合わせ場所に指定したからである。クロノスの目に留まらないように、互いに宿泊しているホテルでは会わないようにした。また、リスクを回避するために、ワットと三人でいるところを見られたくないという夏樹の要望に従ったのだ。

ワットは店の近くで待機している。というのもワシントンはクロノスの関係者が多いと夏樹が推測したためで、店の見張りを頼んだのだ。もし、浩志の存在が知られているようなら、店の外で待ち伏せされる可能性もあるだろう。

一昨日《おとつい》、浩志とワットは、レキシントンに住んでいる米軍統合参謀本部の副議長だったクレイグ・アンブリットの自宅を訪ねたのだが、応対した男はアンブリットの偽者で、本人は撃ち殺されていた。しかも、地下室に転がっていた死体の傍にあった時限爆弾により、家は爆発炎上している。

爆発の直前に逃亡した偽者を、別行動をとっていた夏樹が尾行した。偽者はジャレル・オルソンという男で、レキシントンのブルーグラス空港から十時十五分発ワシントン・ダレス国際空港行きのユナイテッド航空便に乗っている。

夏樹はオルソンを尾行しながら彼の名前だけでなく搭乗記録など、飛行機の待ち時間を利用して航空会社のサーバーを調べたようだ。

ジャレル・オルソンというのは本名で、七年前に米陸軍上級曹長として退役した元軍人らしい。現在は軍人恩給で暮らしているそうだ。夏樹は米陸軍のサーバーにも侵入して確かめたのだろう。仲間に友恵クラスの高度なハッカーがいることは間違いないようだ。米軍では一般的に、従軍してから二十年間勤務して退役し、条件を満たせば恩給が得られる。オルソンは四十六歳で退役し、現在五十三歳だが、無職らしい。通常は退役後に職を得て、第二の人生を送るものだ。米国社会では退役軍人の就職は優遇されているので、無職というのは何か事情があると見た方がいいだろう。

昨日まで浩志とワットは、爆破された家の地下室にあった死体がアンブリット本人だったか調べるべく、地元の警察の情報を確認しながら、クロノスの関係者が事件現場に現れるのではないかと周囲を監視していた。

結局地下室から警察が見つけたのは、人骨とおぼしき焼け焦げた骨の一部だけだった。警察では爆発を事件事故の両面で捜査しているが、起爆装置がありふれた材料で作ってあったらしく、担当刑事は爆弾ではなくガス漏《も》れが起きたところに、家電か照明器具から出た火花が引火して爆発し、地下に保管されていた灯油が火災をさらに大きくしたという所見を出している。

銃殺されたことがはっきりしているのなら別だが、火災が原因で死亡したと考えられている時点で、捜査は間違った方向に向かっているようだ。もっとも、下手に目撃者がいようものなら、浩志とワットが疑われていた可能性もあるので、結果的には良かったとも言える。

夏樹の調べでオルソンは、ワシントン・ダレス国際空港とブルーグラス空港の往復の便をその日の早朝に予約していたことが分かっている。

殺人は計画的に行われたのだが、ワットは偶然にもオルソンがアンブリットを殺害した直後に訪問したようだ。もっとも、浩志とワットが捜査していることを敵が嗅《か》ぎつけたからこそ、関係者の口封じをしたのだろうが、二人の行動が早すぎたに違いない。

「ところで、なんでこの店を選んだのだ？」

レキシントンで朝食を食べた店は、アンブリットの行きつけの店だった。オルソンはこの店の常連なのかもしれない。

「昨夜は来ていた。店のスタッフに聞いたところ、週に一度顔を見せるようだ。続けて来店することはないそうだから、今日は来ないだろう。俺が今日も来たのは、常連客に思われるようにするためだ。もっとも、この店なら毎日来ても飽きないだろうがな。そっちは何か新しいネタはないのか？」

夏樹は口元をわずかに緩《ゆる》めながら尋ねてきた。常連客になることで、スタッフから情報を得るつもりなのだろう。情報源と親しくするのは捜査の基本であり、それが店なら頻繁に顔を見せるのが早道である。

「数時間前、ギャラガーがベネズエラにいたようだ。多分、今はコロンビアを経由して別の場所にいるのだろう」

　浩志は友恵からの情報を話した。むろん情報源は柊真であるが、彼も友恵に報告することで浩志を含めて仲間に伝わることを期待している。また、浩志の捜査活動も友恵を介して柊真に伝わっているはずだ。

「敵も機動力があるな。地球の裏側にまで逃げて殺されたんじゃ、たまったもんじゃない。それにしても、あの若者は見所《みどころ》があると思ったが、素晴らしい活躍をしているな」

　夏樹は何度も頷《うなず》いた。彼は柊真とはイラクで顔を合わせている。彼らは武道家としてお互いをリスペクトしていた。また、夏樹の本名である影山が柊真のレジオネルネームと偶然同じということもあり、二人は親近感を覚えているらしい。

「ターキーのトリプルは、お客様ですか?」

　ウェイターが、ターキーがなみなみと注《つ》がれたショットグラスを持ってきた。

「ありがとう」

　浩志はグラスを受け取り、チップを払った。

「この二日間で結論を出すのは早いが、オルソンの年齢と生活ぶりからして、彼は〝スリーパー・セル〟だと思う」

　夏樹はステージの演奏に合わせて肩を揺すりながら言った。外見がラテン系だけに違和感がない。

「潜在工作員のことか」

日本には中国や北朝鮮の〝スリーパー・セル〟が沢山《たくさん》いることを、浩志は思い出して頷いた。普段は普通の社会人として過ごし、本国から連絡がなければ何事もなく一生を終えるのだが、ひとたび命令が下れば、それが暗殺や破壊活動だろうと実行するという。

「たまたまオルソンは、アンブリットに似ていたために命令を出されたのだろう。アンブリットを殺害し、家を焼失させたことで彼の任務は終わったはずだ。だから、彼を見張ったところで、新たな動きはないだろう」

夏樹は自信ありげに言った。諜報《ちようほう》員として長年活動している経験から判断しているのだろう。

「そうかもしれない。それなら、やつを動かせばいいんじゃないのか？」

浩志はにやりと笑った。

2

ワシントンD.C.、ミシガンパーク、午後十一時。

ホワイトハウスから北東に七キロほどの住宅街であるが、不動産が高騰《こうとう》するワシントンにおいて土地代が格安だと近年注目されている。

この辺りの住宅のタイプは色々あるが、平均的な家は、幅が十三メートル、奥行き三十六メートルの敷地に、建坪《たてつぼ》四十坪の二階建て、というものである。この様式ならワシントンでもかなり高額となるが、一見一つに見える家は、敷地を二分割してあり、日本で言うところの二世帯住宅のように玄関ドアが二つあり、居住空間は真ん中で左右に分かれている。

つまり幅六・五メートルで、奥行き三十六メートルのうなぎの寝床《ねどこ》のような細長い敷地に、中身が半分だけの家ゆえに格安物件なのだが、D.C.の中心部に近いことから、若者に人気があるという。そのため、狭小住宅でも最近はじわじわと価格が上がっているようだ。

ミシガンパークの中央部を通るブキャナン・ストリート・ノースイーストにエクスプローラが停まった。

「行くか」

浩志はバラクラバで顔を隠すと、ショットガンのモスバーグM500を手に運転席から降りた。

「おう」

気合いを入れたワットもバラクラバを被《かぶ》ってM4を担《かつ》ぎ、左手に黒いビニール袋を提《さ》げて助手席から降りる。

寝静まるほど早い時間帯ではないが、通りに人影はない。

浩志は路地に入ると十数メートル先にある家の前で立ち止まり、衛星携帯電話機で友恵に電話をした。

「奴は、どこにいる？」

目の前の四角い二階建ての家を見ながら尋ねた。右半分がオルソンの家で、左半分は隣人の家である。

――二階の東側の部屋で、横になっています。すぐ隣りに別の人影がありますので、夫婦の寝室のようです。

友恵に軍事衛星の熱センサーを使ってオルソンの家を調べさせているのだ。

「一階は無人なのか？」

――衛星のセンサーでは、一階まで調べることはできません。

「分かった」

通話を終えた浩志は、今度は無線機を出した。

「こちら、リベンジャー、ボニート、どうぞ」

浩志は夏樹を呼び出した。彼はオルソンの家から三百メートルほど離れた駐車場に停めてあるバンの荷台にパソコンデスクと椅子《いす》をセットし、パソコンに映った監視映像で見張りをしている。

――ボニートだ。

「ターゲットの家族はどうなっている？」

――独り住まいだが、四十分前に若い女を連れ込んだ。娘には見えなかったから、コールガールか愛人だろう。

この辺りは、ワシントンには珍しい、昔ながらの木製の電柱で電線が張り巡らされており、夏樹は一昨日電気工事を装《よそお》ってオルソンの家が監視できるように電柱に数台のカメラを設置していた。

「それじゃ、家にいるのは、二人だけで間違いないな」

――そうだ。

「遠慮はいらないらしい。ただし、右半分だけだぞ」

そう言うと、浩志はショットガンのフォアエンドを引いて初弾を装塡《そうてん》した。

「分かっている。任せろ」

ワットはＭ４を構え、銃口を家に向けた。

「撃て！」

浩志の号令で二人は、オルソンの家の一階に銃弾が尽きるまで十秒ほど撃ち続けた。

「引き揚げるぞ」

ワットは左手にぶら下げていたビニール袋から鶏《にわとり》の死骸《しがい》を出し、玄関先に投げつけると車まで走った。

「急げ！」

先に運転席に戻っていた浩志は、ワットが車に乗り込むとアクセルを踏み込んだ。

ブキャナン・ストリート・ノースイーストから数百メートル先の交差点でサージェント・ロード・ノースイーストに左折した。この通りに出れば、車の通りも多い。

「もういいだろう」

車のスピードを緩めた浩志は、バラクラバを剝ぎ取った。

バックミラーにパトカーの警告灯が映ったが、すぐに視界から消えた。ブキャナン・ストリート・ノースイーストに曲がっていったのだ。付近をパトロールしていたのだろう。

「今頃、パトカーが急行してきたぞ。まったく、米国の治安はどうなっているんだ」

バックミラーを見ていたワットは、舌打ちをした。

「犯人は俺たちなんだぞ、警察と銃撃戦をしたかったのか？」

浩志は鼻先で笑った。

「俺は一般論を言ったまでだ。俺たちが銃を乱射して、現場を離れるまで一分ほど掛かっている。パトカーが現場に駆けつけるのに、三分だぞ。待てよ、五分以内に駆けつけるのなら、D.C.の警察はそうとう優秀だな」

今度は真剣な表情で頷いている。この男はどこまで冗談なのか分からない。

　ポケットのスマートフォンが反応した。

「俺だ。スピーカーにする」

　浩志はワットにも聞かせるように、スマートフォンをダッシュボードの上に載せた。

「——なかなか面白かった。パトカーが五台も駆けつけてきて大騒ぎだ。この分だと、すぐにメディアも駆けつけてくるだろう。

「これで、隠遁《いんとん》生活を続けるはずだったオルソンは、麻薬カルテルに襲撃された有名人だ。ざまあみろだ」

　ワットは口笛を吹いた。鶏の死骸を玄関先に置いてきたのは、麻薬カルテルのヒットマンの手口を真似《まね》たのだ。柊真からベネズエラの麻薬カルテルのボスの別荘が襲撃されたと聞いて、彼らの仕業《しわざ》と見せかけたのである。

　カルテルはオルソンがクロノスの一員であることを知っており、ベネズエラでの報復をしたと、クロノスが勝手に思ってくれればいいのだ。

「——落ち着いたら、交代してくれ。

「分かっている。犯人はすでに逃走したと思われているから、付近の警戒は一、二時間で緩むはずだ。とりあえず、二時間後に差し入れを持っていく」

　複数のカメラを使っているとはいえ、監視活動は一人でできるものではない。

「——よろしく。

通話は切れた。

「なんだか、わくわくしてきたぞ！　どうなるか楽しみだな」

ワットは、両の拳《こぶし》を上げ下げして喜んでいる。ギャングの真似をした興奮がまだ残っているのだろう。カルテルのヒットマンの警告と見せかける小道具として鶏の死骸を思いついたのは彼で、鶏を手に入れるためにペンシルベニア州の養鶏場まで車を飛ばしている。怪しまれないように十羽も購入し、不要になった九羽を途中のメリーランド州で放すという念の入れようだ。

「喜びすぎだぞ」

浩志は首を振りながらも、にやりとした。

3

翌日の朝、ミシガンパークの中心部にある病院や学校などの公共施設が共有する巨大な駐車場に、フォードのフルサイズバンであるトランジットが停められていた。

米国ではキャンピングカーとして改造される車だけに、広い後部荷台にはパソコンデスクと椅子、その反対側には仮眠ができる折り畳みの簡易ベッドまで設置されている。警察機関の張り込み用の仕様だが、夏樹が用意した車である。

パソコンデスクの椅子に腰をかけている浩志は、冷めたマクドナルドのコーヒーを飲みながら、ノートＰＣのモニターに映るオルソンの家の監視映像を見ていた。オルソンの自宅近くに停めたいところだが、住宅街だけに怪しまれてしまうだろう。

その代わり、すぐに動けるように車のすぐ傍に、アメリカンタイプのバイクであるヤマハのドラッグスター４００が置かれていた。トランジットでは、小回りが利《き》かないからである。

ワットはベッドに腰掛けて自分のタブレットＰＣを見ている。二人ともオルソンの逃走に備えて無線機とリンクさせてあるブルートゥースイヤホンを耳に装着させ、いつでも行動できるようにしていた。

昨夜、オルソンの家を銃撃した二人は、一旦五十キロ離れたボルチモアまで逃走し、警察の警戒網が緩んだ二時間後にバンで見張りを続けていた夏樹と交代したのだ。ワシントンＤ.Ｃ.に入る際に検問を受けたが、免許証を見せるだけで荷台まで調べられることもなかった。

夏樹は浩志らが使っていたエクスプローラーに乗って、宿泊先のホテルに戻っている。

「やっと、ニュースに載ったぞ」

ワットがタブレットＰＣの画面を見せてきた。時刻は午前八時半だが、昨夜の事件を起こした時間から考えると、朝刊には間に合わなかったのかもしれない。

〝ミシガンパーク、ギャング襲撃！〟という見出しで地元の新聞のネットニュースに掲載された。死傷者はいなかったが、なぜ南米のギャングが平和な住宅街を突如襲ったのかを疑問視している。手口から素人《しろうと》の仕業とは考えにくく、また鶏の死骸を残す手口からして南米の麻薬カルテルに間違いないと執筆した記者は解説している。

また、襲撃されたオルソンが間違って襲われた可能性もあるが、警察は麻薬絡みの犯罪に関係しているか慎重に調べを進めていると記載されていた。

「妥当なニュースだ」

ニュースを読んだ浩志は、頷きながらカップに残ったコーヒーを飲み干した。ミシガンパークは静かな住宅街だが、欠点はレストランと呼べるのが、マクドナルドとフルヤム2という中華のデリバリーの二店しかないことだろう。

「もっと、大きな扱いになるかと思ったがな」

ワットは不満げである。事件直後こそ報道機関が現場に押し寄せたものの、現在はパトカーの姿もなく、オルソンの自宅周辺は普段と変わらぬ様子である。浩志らは彼の家の一階を十数秒で使い物にならないほどに破壊しているが、死傷者が出ていないために今ひとつ注目されていないようだ。

オルソンは自宅で二時間ほど警察から事情聴取を受けたらしいが、麻薬とは関わりがないという結果が出ているようだ。オルソンが麻薬に絡んでいるのではというマスコミの情報は、すでに警察では否定している。

「俺たちのメッセージは、クロノスに宛てたものだ。一般人がどう受け止めようと関係はない」

浩志は空《から》になったカップを握り潰《つぶ》すと、足元のゴミ袋に投げ捨てた。

「そうだといいがな」

ワットは欠伸《あくび》をすると、ベッドに横になった。交代で仮眠を取っているが、この数日間二人とも寝不足なのだ。

浩志のスマートフォンが鳴った。

「………」

無言で通話ボタンを押した。

――派手な演出をしたな。だが、いいアイデアだ。

男の掠《かす》れた笑い声が響いてきた。CIAの誠治である。ニュースを見て電話をしてきたのだろう。電話が掛かってくることは予測していた。

「頼んだことは、準備しておいてくれたか？」

浩志は淡々と尋ねた。今回の作戦は誠治に事前に伝えてあった。事件を起こすことは簡単だが、事件後の処理に関しては、組織力が必要である。

――もちろんだ。今回は、私が直接動くつもりだ。それから犯行後、君らの乗ったエクスプローラーが、サージェント・ロードとリッグス・ロードの交差点角にあるピザ屋の監視カメラに映っていたが、消去しておいた。

彼は浩志らが使っている車のナンバーを知っている。そのため、エシュロンを使って調べたのだろう。

「それは、助かった」

あらかじめ逃走ルート上に交通監視カメラがないことは確認していたが、ピザ屋の監視カメラまで調べることはできなかった。

——勝負は今夜だろう。私の部下を応援に寄越《よこ》そうか？

「必要ない。現段階で情報は限定されるべきだ。俺は仲間しか信用しない」

誠治が信用できるからといって、彼の部下まで味方とは限らない。

「分かった。また連絡をする」

誠治はあっさりと提言を引っ込めると、通話を切った。そもそも局内を信用できないから、彼は浩志や夏樹と組んでいるのだ。それを思い出したのだろう。

「ミスター・Kか？」

ワットは体を起こして耳をそばだてていたようだ。

「そうだ。情報の確認をしてきた。夜までは動きがないだろう」

「俺も、そう思う。今のうちに眠って夜に備えようぜ」

ワットは、再びベッドに横になった。

「……むっ！」

浩志は六分割してある監視映像の一つをクリックして拡大した。夏樹が設置した監視カメラはオルソンの自宅の裏表二箇所、自宅に通じる道路四箇所の合計六台あり、そのうちの一台に裏口から出てくるサングラスを掛けたオルソンが映ったのだ。

「裏口から逃げ出したぞ！」

浩志はヘルメットを手にバンを飛び出し、すぐ近くに置いてあるドラッグスター400に飛び乗った。エンジンを掛けてヘルメットを被ると、駐車場から公道に飛び出し、1ブロック北の交差点で左折した。

——ターゲットは、赤い乗用車に乗り込んだ。8番ストリート・ノースイーストを北に向かっている。車はシボレーのカマロ、クーペだ。

ワットからの無線連絡である。監視映像がカバーできるのは、オルソンの自宅から半径百メートルまでである。そのため、圏外に出れば監視映像は役に立たない。

「了解」

浩志は右折して8番ストリート・ノースイーストに入った。

三百メートル先に赤い車が走っている。

スピードを上げて百メートルまで間隔を狭《せば》めた。

「赤いカマロ、確認」

浩志はスピードを緩め、カマロとの距離を保った。

4

フロリダ州、ポンテ・ベドラ・ビーチ、午後十一時。

ワットが運転するフォードのトランジットが、大西洋を望む海岸線のポンテ・ベドラ・ブールバード通りをゆっくりと走っている。

道の両側に建つ家は、どれも手入れされた芝生《しばふ》に椰子《やし》の木が生《お》い茂る二階建ての豪邸ばかりだ。北に隣接するジャクソンビル・ビーチは新しいデザインの建物が多く、バーやレストランもあるため若者に人気があるが、この街は大人の金持ちの佇《たたず》まいを見せている。

「ここか」

ワットは海に面した豪邸の前に赤いカマロを見つけてナンバーも確認したが、そのまま通り過ぎた。オルソンが逃走に使った車であり、持ち主はケイティ・ジョーンズという三十六歳の女性ということまで分かっている。浩志とワットが、オルソンの家を襲撃した際に彼と一緒にベッドルームにいた女性であった。

夏樹は「コールガールか愛人」だと言っていたが、彼女は現役の米陸軍・軍曹であり、オルソンが現役だった頃の直属の部下であった。友恵にカマロのナンバープレートを教えて調べさせたところ、様々な情報を得られたのだ。

浩志はメールで友恵に豪邸の座標を送った。彼女ならそれだけで、家の持ち主を調べ上げることができるはずだ。

「たいした隠れ家だ」

ミシガンパークの自宅から逃走したオルソンは、街の中心部を避けるためにワシントンD.C.の北側を迂回《うかい》し、95号線に入るとひたすら南に向かった。途中で給油のために二度休憩している。バイクで追った浩志は、ミシガンパークから百二十キロ南に位置する最初のガソリンスタンドで、オルソンと連れの黒人女性がトイレに行っている隙《すき》にカマロにGPS発信機を取り付けた。

トランジットで追ってきたワットにそこで拾ってもらい、バイクはガソリンスタンドに預けてきた。先々バイクがあれば便利なことは分かっていたが、これ以上寒さに震えながら乗る気力がなかったのだ。

外気温は十度を切っており、百キロを越したところで体力の限界を感じた。そもそも米国大陸は広い。年齢的な問題は否定しないが、バイクで横断するにはそれなりの装備が必要なのだ。結果的に、ミシガンパークからポンテ・ベドラ・ビーチまでは、千百八十キロあったので、どのみちバイクは乗り捨てることになっていただろう。

米国人は移動手段として飛行機も使うが、彼らは長距離ドライブを厭《いと》わない。ハイウェイが整備されているせいもあるが、国土が広いことがデフォルトだからだろう。

「それにしても、退役した上級曹長と現役の軍曹が持てるような別荘じゃないな。それにあのカマロだって、七万ドルはするだろう。一体どうなっているんだ！」

ワットは怒鳴《どな》るように言った。軍人として真面目に働き、中佐にまでなった男であるが、これまで贅沢《ぜいたく》とは縁のない生活を送っている。それだけに腹が立つのだろう。

「オルソンは、軍では上級曹長だったのかもしれないが、クロノスでは意外と大物なのかもしれないぞ。あるいは、暗殺の手口からして、スリーパー・セルじゃなくて、腕のいい殺し屋なのかもしれない」

オルソンがアンブリットを殺害した手口は、見事であった。ワットと浩志に遭遇したのが、彼の不運だったと言える。だが、二人もあの場では、彼が偽者だと見破れなかった。

「つまり、裏稼業で儲《もう》けていたということか。それなら、納得できる」

ワットは口を尖《とが》らせて頷いた。

「女も愛人じゃなくて、殺しのパートナーかもしれない。オルソンの脱走を日中堂々と助けたのも、彼女だろう」

浩志は眠気覚ましに助手席側のウィンドウを下げると、スマートフォンで夏樹に電話を掛けた。窓から潮の香りがする風が吹き込んでくる。気温は、二十度ほどか。ワシントン

D.C.の寒さが嘘《うそ》のように爽《さわ》やかである。
「とりあえず、車を停めるぞ」

ワットは数百メートルほど進み、リゾートホテルの前で停めた。沿道は別荘もあるが住居としている住民もいるため、家の前に車を停めれば、通報される可能性もあるのだ。

「ボニート、俺だ。ターゲットを見つけた。現在位置は、ポンテ・ベドラ・ビーチだ」

――分かっている。数分で合流できるだろう。

夏樹は淡々と答えた。

「何！」

浩志は、眉間《みけん》に皺《しわ》を寄せた。ワットとは互いに居場所が分かるようにスマートフォンのアプリで設定してあるが、夏樹とはしていない。彼は浩志のスマートフォンと勝手にペアリングして位置情報を摑《つか》んでいるに違いない。

「俺のスマートフォンをペアリングしているのか？」

オルソンが自宅から逃亡したことはワットから夏樹に連絡を入れてあるのだが、詳しくは教えていない。浩志のスマートフォンの位置情報が分かっているために、追いついてきたのだろう。彼が世界でもトップクラスの諜報員であることを忘れていた。味方といえども、油断ならない男である。

――勘違いするな。ジャズバーでターゲットのスマートフォンとペアリングしたんだ。

プロの殺し屋なら使っているスマートフォンを捨てて逃亡する。よほど慌《あわ》てていたのか、まさか持って逃げるとは思わなかった。だから、話さなかっただけだ。それにペアリングできることを諜報のプロなら他人に話さない。裏技だからな。

夏樹の脱力した笑い声が聞こえた。

「そういうことか」

肩を竦《すく》めた浩志は、通話を切った。

リベンジャーズでも、友恵が作った他人のスマートフォンと強制的にペアリングするアプリを使っている。ペアリングすることで、相手のスマートフォンの情報を抜き出すだけでなく、盗聴盗撮もできるという優《すぐ》れものだ。彼女曰く、「諜報の世界では今や常識的な技術」らしい。

「どうした?」

ワットはいつの間にかチョコバーを頰張《ほおば》りながら尋ねてきた。途中で寄り道することもできず、朝から食事もしていないのだ。

「何でもない。ボニートは数分で合流できるらしい」

浩志は力なく笑った。血糖値が下がって説明する気にならないのだ。

「さすがだな。ここから三キロ戻ることになるが、〝ファースト・ウォッチ〟がある。待ち合わせは、そこにしないか。この時間に開いているのは、他にないぞ」

〝ファースト・ウォッチ〟はハンバーガーやサンドイッチを出す、ファーストフードの店である。必死にスマートフォンをいじって、見つけ出したのだろう。人のことは言えないが、よほど腹が減っているらしい。

「……いや、ボニートとはここで合流する」

空腹のため思わず頷きそうになったが、浩志は首を横に振ると、ジャケットを脱いでTシャツ姿になり、グロックをズボンの後ろに差し込んだ。見張り場所を見つけることが先決で、オルソンの居場所から離れるべきではない。

「相変わらず、厳しい男だなあ」

舌打ちをしたワットは、苛立《いらだ》ち気味に右手で頭を摩《さす》った。この男は昔から腹が減ると、思考能力が落ちる。

「ここで待機していてくれ、俺はさっきの別荘を見てくる」

浩志は無線機のイヤホンを耳に差し込むと、車を降りて来た道を戻った。

5

浩志は、ポンテ・ベドラ・ビーチの白い砂浜を歩いていた。

米国は車社会のため、フリーウェイはあるが、歩道がほとんどない街すらある。治安がいい街だけに、ポンテ・ベドラ・ブールバードを歩いているだけで怪しまれるだろう。そのため、ホテルの敷地を抜けて、海岸を移動しているのだ。

海沿いの別荘は砂浜から十メートル近く高く、別荘の裏口から雑草の生《は》えた坂を下ることで砂浜に出られる。夜中に砂浜を歩いていても怪しまれることはないだろう。散歩中の別荘の住人とすれ違う可能性もあるため、Tシャツ姿になった。

ズボンのポケットに入れたスマートフォンが、着信を知らせた。友恵からのメールが届いたのだ。

〝座標の豪邸は、レンタルの別荘です。持ち主は、フロリダ州に住む富豪で、海岸沿いに同じような物件をいくつか所有しており、オルソンとは関係がないと思われます。賃料は一泊三千ドルから五千ドルと意外と安いです。ただ、オルソンがこの別荘を借りたのは、初めてではないようです。過去十年で、少なくとも十四回は使った記録が残っています。引き続き、調査しますので、またご連絡します〟

一泊二十万円から五十万円の使用料が安いとは思わないが、友恵は期待通り、豪邸の情報を調べ上げてくれた。

「むっ！」

浩志はスマートフォンをズボンのポケットに突っ込み、走り出した。

数百メートル前方の海岸に、二艘《そう》の船外機付きインフレータブルボート（ゴムボート）

が漕《こ》ぎ寄せられ、九名の人影が上陸してきたのだ。海岸は照明もなく真っ暗だが、シルエットから見て、暗視ビジョンのスコープを取り付けたM４で武装しているらしい。

「こちらリベンジャー、ピッカリ、応答せよ」

浩志は走りながら、ワットを無線で呼び出した。

――ピッカリだ。どうした？

「武装兵が海からやって来た。目的は、おそらくターゲット殺害だろう。俺は海岸線から攻撃する。おまえは車で駆けつけてくれ」

――ほっ、本当か！　了解！

ワットの声が強張《こわば》っていた。ここまで追ってくるのかと、驚いているのだろう。これまでも敵は執拗《しつよう》で手強《てごわ》かった。今回も油断はできない。

浩志は砂浜の波打ち際を走った。乾いた砂は足を取られるため、波打ち際の濡れた砂の方がまだ走りやすい。それに訓練された兵士なら前後左右を警戒しながら進む。だが、海から上がってきた彼らは後方を気にすることはないだろう。

九人の男たちは間隔を空けてオルソンのいる別荘に近付いている。別荘の照明は消えていた。長距離の移動でオルソンらは、疲れて寝入ったのかもしれない。移動距離は千二百キロ近くあり、日本で言えば、秋田から宮崎まで走りきったのと同じだ。疲れて当然である。

武装兵が歩みを速めた。砂浜は見通しがいいだけに早く横断したいのだろう。浩志は一気に距離を詰めて、彼らの斜《なな》め後方二十メートルまで迫った。

不意に武装兵の一人が、仰《の》け反《ぞ》って倒れた。銃撃音はなかったが、撃たれたのだ。オルソンがサプレッサーを取り付けたアサルトライフルで、撃ったのだろう。

男たちは即応し、一斉に別荘に向けて銃撃を開始した。彼らの銃もサプレッサーが取り付けてあるらしく、マズルフラッシュは見えるものの、銃弾の独特の風切《かざき》り音《おん》がするだけで銃撃音は聞こえない。

さすがに八人の武装兵から一度に銃撃されれば、鳴りを潜《ひそ》める他ないのだろう。別荘からの銃撃はやんだ。

先頭に立つ男が、右手を上げて前に振った。仲間の死を顧《かえり》みることなく、後続の男たちは無言で坂道を駆け上がる。実戦の経験がある兵士のようだ。

浩志はインフレータブルボートまで走り寄ると、彼らの後を追った。この場から銃撃し、二、三人倒すのは容易《たやす》いことであるが、隠れ場所が全くないため、彼らが振り返った段階で、勝負はついてしまう。

砂浜から雑草が生える緑地の坂を越え、男たちは別荘の裏口から侵入して行く。

浩志は足音も立てずに最後尾の男のすぐ後ろまで迫った。

男が裏口に足を掛けた瞬間に羽交《はが》い締《じ》めにし、頭を両手で摑んで勢いよく捻《ひね》った。頽《くずお》れる男からM4と無線機を奪って別荘の外に転がした。浩志は別荘に音もなく侵入する。

目の前に別の武装兵が現れた。

「……！」

男が慌ててM4を構えたが、浩志は反射的に男の鳩尾《みぞおち》を蹴り抜き、すかさず男の後頭部に踵落《かかとお》としを食らわせて気絶させた。おそらく最後尾の男とタンデムで行動していたのだろう。まさか仲間が襲われたとは思っていなかったに違いない。

今はサプレッサーが取り付けてある銃でも使えない。別荘内は異常に静まり返っているので、僅《わず》かな音や異変もすぐに分かるからだ。

奪った無線機から「クリア」という言葉が聞こえてくる。残った六人の武装兵らは、仲間が二名欠けたことに気付かずに一階を家探《やさが》ししているようだ。

オルソンは隠れているのだろうが、確実に発見されるだろう。

銃撃音。

別荘の外からだ。

——こちらピッカリ、表に武装兵が四名いる。合流したボニートと攻撃中。

ワットからの無線連絡である。敵は本隊を海から派遣し、別荘の表にはオルソンの逃走に備えて、四名のチームを配置していたらしい。

「了解」

浩志は応答しながら、裏口があるダイニングからリビングに入った。

四十平米はある広い部屋の左右の壁に手摺《てすり》がない相似形《そうじけい》の階段がある。

二階で物音がした。

男たちは二名ずつ左右の階段に分かれ、銃を構えながらゆっくりと上がって行く。残りの二名の姿はない。

浩志は左の階段下に急いで入ると、反対側の階段の二人を銃撃した。

途端に階段上から銃弾が雨のように降り注ぐ。

階段下の浩志に気が付いた男たちが、銃撃してきたのだ。

浩志は階段下から駆け出し、反撃しながら床に飛んだ。

階段上から男たちが、転がり落ちてくる。

床に銃弾が撃ち込まれた。

「なっ！」

浩志は慌ててソファーの後ろに隠れた。

すかさずソファーの背もたれを無数の銃弾が貫通する。

玄関脇の部屋から新手の武装兵が二人現れた。

浩志は匍匐《ほふく》前進でソファーの後ろを移動し、M４を連射モードにすると、ソファーの陰から飛び出し、空中で二人の武装兵目掛けてトリガーを引いた。

敵の銃弾が浩志を追ってくる。

「くっ！」

銃弾が太腿《ふともも》を掠《かす》めた。

床に転がった浩志は、別のソファーの後ろに隠れる。武装兵らに銃弾を当てた自信はあるが、それが致命傷か判断することはできなかった。瀕死《ひんし》の重傷でも訓練された兵士なら銃は撃てる。油断はできないのだ。

壁に銃弾が跳《は》ねた。

高い位置から撃たれたようだ。

弾丸を撃ち尽くしたM４を床に置き、浩志はグロックを握るとソファーから一瞬だけ顔を出して確認する。途端に銃弾を撃ち込まれた。

「撃つな！　助けにきた！」

浩志は大声で叫んだ。頭を引っ込める瞬間、視界の片隅に銃を構える女が見えたのだ。

ケイティ・ジョーンズに違いない。

「嘘つかないで！」

ジョーンズは、銃を乱射してきた。

「本当だ。ジョーンズ軍曹。リビングの敵を倒したのは、俺だ。転がっている死体を見ろ！」

「……助けるって、一体誰が助けてくれるというの！」

ジョーンズは名前と階級を言われて、戸惑っているようだ。だが、少なくともリビングには、六人の敵の死体が転がっている。それを見れば、状況は分かるはずだ。

浩志は床にうつ伏せになりながら無線機を口元に当てた。

「こちらリベンジャー。ピッカリ、どうなった？　クリアしたが、問題発生」

小声でワットの状況を尋ねた。

――こっちも終わった。だが、早くずらからないと、警察が来るぞ。応援に行く。

「来るな。女が武装している」

――そういうことか。早く女を武装解除させてくれ。俺たちは死体を隠して外で待っている。

ワットの笑い声が聞こえた。状況を楽しんでいるようだ。

「君らが狙撃した一人を除いて、海から上陸した八人と表の四人の敵は、我々がすべて倒した。俺たちと一緒に来てくれ。君らを保護する」

浩志は大声で呼び掛けた。

「保護って、何よ。ＦＢＩ？　私たちを逮捕しに来たの？」

「違う。俺たちは傭兵特殊部隊だ。政府機関の者ではない。逮捕するつもりも、権限もない。だが、俺たちを信じて行動しなければ、また暗殺部隊を送り込まれるぞ。警察もあと

二、三分で駆けつけてくるだろう」
浩志はグロックをズボンの後ろに差し込むと、彼女から見える位置にＭ４を投げ捨てた。自ら武装解除するほどお人好《ひとよ》しではない。

「だったら、助ける理由は何？」

ジョーンズは首を傾げた。

「俺たちはクロノスと闘っている。仲間を殺されたからだ。仲間の復讐がしたい。協力してくれ」

浩志はソファーの隙間から覗《のぞ》いた。階段の上にある中二階に黒人女性が、サプレッサーを付けたＭ４をだらりと提げて立っている。すでに戦意はないようだ。

「分かったわ。それなら助けて。オルソンが撃たれたの」

ジョーンズは大きく頷いた。今となってはオルソンと彼女にとって、クロノスは敵のはずだ。敵の敵である浩志らが、結果的に味方ということが分かったのだろう。

「立ち上がるから、撃つな」

浩志は両手を上げてゆっくりと立ち上がった。

「銃を床に置け」

両手を上げたまま命じた。

女は頷くと、Ｍ４を手放した。

「こちらリベンジャー。武装解除した。ターゲットが負傷したらしい。手伝ってくれ」

浩志は無線でワットを呼び出した。

6

ノースイースト・フロリダ・リージョナル空港、午前一時十分。

浩志とワットは、滑走路のすぐ脇にある駐車場に停めたトランジットにもたれかかり、星空を見上げていた。銃撃戦で浩志は太腿を負傷したがほんのかすり傷で、包帯をきつく巻いてあるため問題ない。

オルソンは、クロノスが派遣した暗殺部隊との最初の銃撃戦で右胸を撃たれていた。そのため、一緒にいたジョーンズはオルソンとともに二階に避難したようだ。ジョーンズも軍人であるため銃を扱えるが、八人の武装兵を相手に闘えるものではなかっただろう。浩志は一人で倒したが、背後から虚をついて襲撃したからこそ勝てたのであって、まともにやり合えば殺されていた。

ジョーンズを武装解除した浩志は、ワットと二人で負傷したオルソンを別荘から運び出してトランジットに乗せ、すぐさまその場を去っている。通報で駆けつけてきたパトカーとは途中ですれ違っているので、間一髪であった。

浩志らはその足で、ノースイースト・フロリダ・リージョナル空港に向かったのだ。夏樹は浩志がジョーンズを武装解除した時点で、帰ったそうだ。自分の任務は終了したと思っているのだろう。また、浩志らも彼にそれ以上要求するつもりはなかった。

彼が〝冷たい狂犬〟と呼ばれる所以《ゆえん》は非情な男であるからだが、孤独を好み、信じられるのは自分だけだからだろう。またいつか、別の任務で別人になりすまして顔を見せるかもしれない。

全長二千五百メートルの滑走路が一本、国内線が五路線だけという地域空港で、大型の旅客機の就航はできない。にもかかわらずこの空港を選んだのは、プライベートジェットの発着が可能で、ポンテ・ベドラ・ビーチから四十一キロと最寄りの空港であったためである。別荘に停められた赤いカマロを発見した時点で、オルソンを拘束《こうそく》した場合に回収する空港として誠治から指定されていたのだ。

オルソンをアンブリット殺害容疑で逮捕するには証拠がないだけでなく、たとえ逮捕したとしても彼が自供することは望めない。そのため、浩志とワットはクロノスを動かそうと一芝居打ったのだが、オルソンが予想よりも早く動いたのは誤算だった。

誠治にはオルソンを確保した際に、保護プログラムを適用するようにあらかじめ要請していた。そのため彼は信頼できる部下だけでチームを作り、待機していたようだ。オルソンが逃亡することを予測してのことである。

しかも、オルソンがワシントンを離れた時点で、ＣＩＡの保有するビジネスジェット、ボンバルディア・エアロスペース社のリアジェット60ＸＲを、ボルチモア・ワシントン国際空港でいつでも飛ばせるようにスタンバイさせていたらしい。

浩志とワットは負傷したオルソンを車に乗せ、ポンテ・ベドラ・ビーチの別荘を出る直前の午後十一時半に、誠治に連絡した。リアジェット60ＸＲなら時速八百キロで飛行できるので、ワシントンＤ.Ｃ.から千百八十キロの距離を一時間半で到着することも可能である。

「そろそろだな」

浩志は腕時計を見た。午前一時十分。浩志とワットは、別荘からおよそ四十分かけて零時二十五分に空港に到着している。リアジェットの所要時間を考えれば、そろそろ着いてもいい頃だ。

滑走路の誘導灯が点灯した。

管制塔が誠治の乗った飛行機からの連絡を受けたのだろう。

「来たぞ！」

ワットが北の方角を指差した。

夜空に煌《きら》めく星の中で、流星のように高速で動く光が近付いてくる。

空港は閉鎖されている時間帯であったが、誠治はＣＩＡではなく、国防総省職員の肩書きを使って緊急事態であると空港責任者と管制塔職員を呼び出し、最低限の機能で稼働させていた。

リアジェット60ＸＲが、滑走路に降り立つとゆっくりと回転し、滑走路の端で停まった。はやくも離陸態勢にしたのだろう。

浩志がトランジットの助手席に座ると、先に運転席に乗り込んでいたワットが車を発進させた。

後部荷台のベッドにはオルソンが横になっており、傍にジョーンズが付き添っている。止血し、痛み止めと抗生物質を飲ませてあるので、オルソンの容態は安定していた。

ワットはリアジェット60ＸＲに車を横付けし、浩志は助手席から降りた。

リアジェットの前方のハッチが開き、タラップが出される。

「待たせたな」

誠治がタラップを軽快な足取りで降りてきた。年齢は六十歳前後のはずだが、いつも颯《さっ》爽《そう》としている。彼に続いて、体格のいい二人の男が担架を担いで現れると、トランジットのバックドアを開けてオルソンを担架に乗せて飛行機に運び入れた。ジョーンズは、心配そうな顔で浩志を見ながらも飛行機に乗り込んだ。

彼女には、迎えに来るのはＣＩＡだと正直に教えてある。二人を逮捕するつもりはないと言ってあるが、ＣＩＡがオルソンらにどういう態度を取るのか不安なのだろう。彼女はオルソンと年の差はあるが、夫婦のような関係らしい。おそらく軍人でありながらヒットマンだった彼を長年支えてきたのだろう。

「すぐ出発する。二人とも飛行機に乗ってくれ。車は部下にD.C.まで運ばせる」

「頼んだ」

浩志は車のキーを誠治に渡すと、ワットとともに飛行機に乗り込んだ。

誠治の部下がトランジットに乗って滑走路から移動すると、リアジェット60XRはエンジンの出力を上げて、すぐに飛び立った。空港に滞在したのは、わずか数分である。

浩志は前方から二列目の席に、通路を隔《へだ》ててワットが横に座った。誠治は一列目の席で衛星携帯電話機を使って電話を掛けている。また、オルソンは座席後部スペースにあるソファーに横になっており、ジョーンズは最後尾の席に座ってオルソンを見守っていた。

「うん?」

離陸してから海岸線を見ていた浩志は、怪訝《けげん》な表情になった。飛行機はワシントンD.C.ではなく、まったく反対の南に向かっているからだ。

「どこに行くんだ?」

浩志は電話を終えた誠治に尋ねた。

「キューバだ。キューバなら、クロノスの息が掛かっていないはずだ。それに信頼できる人物を何人も知っている。第一フロリダから、一番近いんだ。医療機関の手配もすでにしてある」

誠治は平然と答えた。

「キューバ！　グアンタナモか？」

浩志はジョーンズに聞かれないように声を潜めた。

キューバ東南部のグアンタナモには米軍基地があり、その基地内にテロリストとされるアフガニスタン人やイラク人などを収監する悪名高いグアンタナモ湾収容キャンプがある。裁判なしに長期間拘留《こうりゅう》するだけでなく、被収容者たちに対して拷問《ごうもん》を行っていたことが暴露されて問題になったが、閉鎖されていないところをみると、現在もテロリストに対して法や条約を無視した行為が行われているのだろう。

「馬鹿な。私独自の保護プログラムであって、米軍とは関係ない」

誠治は鼻先で笑った。

「オバマはともかくトランプは、キューバを毛嫌いしている。大丈夫なのか？」

右眉《まゆ》をピクリと上げた浩志は尋ねた。

「オバマ元大統領はキューバのテロ支援国家の指定を解除し、二〇一五年に国交を回復させた。その時、私は裏でキューバ側と折衝《せっしょう》をした責任者だったんだ。だから、キューバの政財界に今でも複数の友人がいる。彼らは米国人と違って裏切らないんだよ」

誠治はにやりと笑ってみせた。

「だが、トランプはキューバとの関係をぶち壊し、冷戦時代に戻しただろう。キューバで何かすれば、咎《とが》められるんじゃないのか?」

「米国政府が冷たくなったからこそ、裏のパイプは太くなっている。キューバも今さら米国に敵対するつもりはないんだ。私は長官と違って現場に近い。あえて言うのなら、現役の諜報員と同じで、私の行動は一切記録に残らないのだ。だから誰も私の行動を咎めることはできない。むろん普段の仕事ぶりが評価されてのことだがね。それに大統領の権力に負けない活動をしてこそ真の情報機関としての価値がある。もっとも、それを嫌うのがトランプなのだがな」

誠治は苦々しい表情で言った。

「なるほど」

浩志は大きく頷いた。

コロンビアの憂鬱《ゆううつ》

1

コロンビアの首都ボゴタ、午前九時半。

サングラスを掛けた柊真は、ボゴタ東部の飲食店が多いビジネス街にあるファン・バルデス・カフェのテラス席でカプチーノを飲みながら、一方通行のカレーラ11a通りを挟んだ向かいにある公園を目の焦点を定めることなく見つめていた。

現在地は、ボゴタで金持ちが住むウサケン地区と、ビジネス街で治安が良いコムナ・チャピネロ地区の中間にあるエリアである。

コロンビアは十数年前まで世界一治安が悪い国と言われ、ボゴタは無法地帯と言っても過言ではなかった。だが、今では嘘《うそ》のように街は綺麗《きれい》で人々の服装も洗練されている。もっとも貧富の差はあり、治安が悪い場所もあるのだが、洒落《しゃれ》たレストランやカフェが多いことに柊真は正直驚いていた。

一昨日《おとつい》、ベネズエラのマラカイボ湖畔の別荘に住むハウザーの友人マダックスが、クロノスの暗殺部隊と思われる武装集団に襲撃されて殺害された。また、彼らが仕掛けた爆弾により、別荘は全焼している。

柊真と三人の仲間は現場に駆けつけたが、マダックスを救い出すこともできず、武装集団を取り逃がした。指揮をしていたのは、柊真らが追跡しているマニュエル・ギャラガーであったようだ。彼はクロノスの敵を殲滅《せんめつ》させる使命を帯びているに違いない。

ギャラガーが軍用ヘリで去って一時間ほどして、別荘の持ち主で麻薬カルテルのボスであるマルドナードの部下が、十数台もの車を連ねて四十人ほど現れた。ハウザーを空港まで迎えに行った護衛の男が、通報したのだ。部下をかき集めて送り込んだらしい。見るからに凶悪な連中が大勢手に武器を持っていたのだ。ある意味壮観であった。

ハウザーはマダックスが殺害されたことがショックだったらしく、逃亡する気も失せ、マルドナードに庇護《ひご》を求めた。そのため、集結した手下に伴われて別荘から二百五十キロ北にあるマラカイボの街に、三時間半ほど掛けて向かうことになった。

柊真らも行きがかり上、ハウザーに同行した。というより、ギャラガーを見つけ出す手段を聞かされていなかったからだ。

マルドナードの自宅はマラカイボの郊外にあり、広大なコーヒー畑の中にある豪邸だった。彼はコーヒー農園の大地主で、地域の農家にコーヒーの栽培を勧め、コカや大麻の栽培を厳しく取り締まっているという。だが、本業はコロンビア産のコカを扱う麻薬カルテルのボスの一人という変わった人物であった。

マルドナードは、男気がある人物で、ハウザーの要請に快く応じた。庇護していたマダックスを、クロノスの暗殺部隊に自分の縄張りで殺害されたことへの反発もあったようだ。

マダックスと部下の葬儀の手前、派手なパーティーこそなかったが、柊真らは暗殺部隊と勇敢に闘ったということで、翌朝ご馳走《ちそう》が振る舞われ、歓迎された。

その席で、マルドナードはマダックスの仇《かたき》を取って欲しいと、テーブルに十万USドルを積んだ。柊真は必要ないと丁重に断った。ギャラガーの殺害は当初からの目的ということもあるし、麻薬が絡んだ金など受け取れるものではないからだ。その代わり、コロンビアでの情報源があるのなら、教えて欲しいと頼んだ。

ギャラガーを乗せた軍用ヘリUH60は、コロンビア方面に消えた。それにUH60は、コロンビアの空軍、陸軍、それに国家警察が保有しているが、ベネズエラには一機も存在しないからである。暗殺部隊がコロンビアに向かったことは間違いないのだ。

おそらくギャラガーは空軍か陸軍のパイロットに賄賂《わいろ》を渡し、暗殺部隊の移送を頼んだのだろう。すでにコロンビアにもいないと思うが、暗殺部隊の逃走経路を知ることで、次の行き先に繋《つな》がると淡い期待を抱いている。

柊真らは昨日の午後にメリダの空港でアルコール依存のパイロットであるエバートンを見送り、国内線で首都カラカスの北、バルガス市にあるシモン・ボリバル国際空港へ行き、国際線でコロンビアのエルドラド国際空港に到着していた。

「柊真、聞いているか？」

右横に座っているセルジオが、話しかけてきた。

「うん？」

物思いに耽《ふけ》っていた柊真は、首を傾《かし》げた。昨日までの出来事を思い浮かべていたのだ。

「さっきから話しかけているんだぞ。このテラスを囲っているガラスは、防弾なのか、おまえは気にならないか？」

セルジオはカフェラテを飲みながら尋ねていたらしい。

「防弾にしては、薄い。単純に風雨避《よ》けなのだろう。そもそも街角のカフェが防弾ガラスを設置するわけがないだろう」

柊真は苦笑した。

ボゴタは赤道に近いが、二千六百四十メートルと標高が高い。高山性気候のため、年間を通じて平均最高気温が十九度前後、最低気温は六度から八度と、穏やかな気候である。また、降水量は多くないが、降水日は多い。ガラスでテラスを囲うのは、理にかなっているはずだ。

「どうも見通しがいい場所というのは、落ち着かないんだ。おまえもそれで気がそぞろになっているんだろう？」

セルジオは周囲を見て、肩を竦《すく》めた。彼に限らず、銃で撃たれた経験がある者なら誰しも見通しがいい場所を嫌う。狙撃される可能性があるからだ。フェルナンドとマットは離れた席にいるが、銃撃された場合のリスクを避けるためである。ある意味臆病《おくびょう》とも言えるが、常に身の危険を考えて行動してきたからこそ、彼らはまだ生きているのだ。

この店でコロンビア空軍の軍用ヘリのパイロットに会うことになっている。

マルドナードがコロンビアの取引先の麻薬カルテルを介して、空軍のパイロット、ガブリエル・ベルケマン少尉に会えるようにセッティングしてくれたのだ。待ち合わせにこの店を選んだのは、ベルケマンである。柊真が店にいるか確認したいので、なるべく道路側に座ってほしいと言われたのだ。麻薬カルテルから半ば強制的に呼び出されたらしく、神経質になっているのだろう。

「俺は例のＵＳＢメモリのことを考えていたんだ」

柊真はギャラガーを見つけ出す道具として、クロノスの組織が使用している検索アプリが入っているＵＳＢメモリをハウザーから貰《もら》っていた。ハウザーは暗殺部隊のリーダーであるため、組織から渡されたらしい。これまでも、組織を抜け出したメンバーをアプリで捜し出し、殺害していたようだ。

クロノスの正式メンバーになると、体内にGPSチップが埋め込まれる。その一つ一つに固有のIDがあるため、検索アプリに捜したい人物のIDを入力すれば世界中どこにいても瞬時に居所《いどころ》が分かるらしい。ただし、検索アプリの使用者も位置を特定されてしまうため、無闇に使えば暗殺部隊が送り込まれる仕組みになっているらしい。

ハウザーはそれを承知でベネズエラに行ったのだが、クロノスがギャングの巣窟《そうくつ》のような場所でも恐れていないことを身を以《もっ》て知ることになった。そのため、せっかく手に入れたUSBメモリをどうやって使ったらいいのか考えていたのだ。

友恵にはUSBメモリの存在を教えてある。彼女ならプログラムを解析して処理できるだろうが、大事な物なので郵送することは考えられない。かといって、彼女を治安が悪い南米に呼び寄せるわけにはいかない。日本に持っていくこともありだとは思うが、傭兵代理店の所在地がクロノスに知られてしまうリスクがあるため、二の足を踏んでいる。

ハウザーによればUSBメモリをパソコンのポートに差し込んだだけでアプリは起動するそうだ。今のところ、USBメモリは宝の持ち腐れになっている。

「セニョール・影山は、いらっしゃいますか？　お電話が入っております」

ウェイターが、テラス席の客に呼びかけている。左手に持ったトレイには、固定電話の子機が載せられていた。

　テラス席には十数人の客がおり、その中で東洋人らしき男が柊真の他に二人ほどいる。ウェイターは声を掛けながら、客の顔を窺《うかが》っていた。誰も手を上げようとしないので、困っているようだ。それにサングラスを掛けているせいで、柊真が東洋人かは分からないはずだ。よく日に焼けて彫りが深く身長も高い柊真は、どちらかというとラテン系であり、コロンビア人だと言っても問題ない。

「呼ばれているぞ」

　セルジオが顎《あご》を突き出した。

「おかしいとは思わないか？」

　柊真はウェイターを無視して、カプチーノを口にした。

「どうしてだ？」

　セルジオは首を捻《ひね》った。

「俺がこの店に来ているのを知っているのは、ベルケマンだけのはずだ」

「そのベルケマンから、都合が悪くなったという電話じゃないのか？　約束の時間は過ぎたが、ラテン系の人間が時間に間に合うはずがない。こういう場合の言い訳は、交通渋滞に決まっているがな」

　鼻先で笑ったセルジオは、怪しんでいる様子はない。

「ベルケマンには、この街で買った使い捨て携帯電話機の番号を教えてある。なんなら、俺の代わりに手を上げてみろ」

柊真は悪戯《いたずら》っぽく答えた。

「スナイパーに狙《ねら》われている可能性があるということか？」

セルジオはカフェラテを噴き出しそうになる。

「そう考えれば、納得できる。可能性の問題だが、俺はそう思う」

柊真はあえて笑ってみせ、談笑しているように装《よそお》った。プロのスナイパーならテラス席の客の様子を、スコープを通して観察しているはずだ。電話に出なくても、ウェイターの呼びかけに反応を示した人間を狙撃する可能性はある。

「どうする？」

「ベルケマンは来ないかもしれない。あるいは、来た時点でベルケマンもろとも狙われる可能性もある。その前にこの店から退散するんだ」

「どうやって？　下手に動けば相手の思う壺《つぼ》だぞ」

セルジオは笑いながら尋ねてきた。会話を楽しんでいるかのように見せているのだ。

「おまえなら席を立っても怪しまれない。トイレに行く振りをして、店の火災報知器を鳴らしてくれ。厨房の出入口の手前にあるのは確認済みだ」

柊真は漫然と店で待っていたわけではなく、非常事態が起きた際の脱出口などをあらかじめ確認しておいた。リベンジャーズの一員になって一年になるが、様々な実戦的な訓練を受けている。また、浩志の日頃の行動には無駄がなく、学ぶべきことが多かった。

「了解」

セルジオは両手を上げて大きな欠伸《あくび》をすると、テラスから店の中に入って行った。スナイパーの気を引くように、わざと目立つようにしたのだろう。

柊真はその間、フェルナンドとマットに簡単に状況を説明したメールをスマートフォンで送っている。

およそ一分後、けたたましい警報音が鳴り響いた。

「火事だ！」

テラスに戻ってきたセルジオが、叫びながら他の客を誘導し始めた。

厨房あたりから本当に煙が流れてくる。

「どうなっているんだ！」

柊真も近くに座っていた客を急《せ》き立てながら、セルジオに尋ねた。

「消防の訓練だと言って、俺がバケツに火の点《つ》いたタオルを投げ込んだのだ。スタッフが消火器を使っている。心配ない。スタッフが優秀な店だよ」

セルジオはスペイン語のネイティブなので、うまく誤魔化《ごまか》したのだろう。

「なるほど。撤収するぞ」

柊真は他の仲間にもさりげなく合図をし、店から脱出した。

「なんてことだ。気付いていたのか！」

狙撃銃M110A1のスコープで、カフェのテラスを覗《のぞ》いていた男は、鋭い舌打ちをした。右頰《ほお》には、火傷《やけど》の痕《あと》がある。柊真の予測に反して、ギャラガーはまだコロンビアにいたのだ。

場所はファン・バルデス・カフェ前の公園を挟んで反対側にある十階建てのビルの屋上で、カフェからの距離は二百十八メートルと近い。

イラクでリベンジャーズのメンバーを狙撃してから、しつこくギャラガーを追ってくる男がいる。本名かどうかは分からないが、影山明という名前で、リベンジャーズの一員らしい。

ドイツではリベンジャーズに仲間の部隊を壊滅させられてしまったが、新たな命令でベネズエラまで来ると、今度は影山に邪魔されるところだった。また追跡してくるのではないかと、コロンビアから出国せずに待っていたら、はたして追いかけてきたという情報を得たのだ。

だが、影山の顔を知らないため、カフェに電話を掛けて呼び出し、応じた男を狙撃するつもりだった。だが、影山は反応を示さないどころか、ボヤ騒ぎでテラス席の客ごといなくなってしまったのだ。これで、コロンビアの麻薬カルテルから得た情報がふいになった。

カルテルの幹部が、影山に情報提供するべく空軍のパイロットを呼び出したという連絡が、クロノスの息が掛かったカルテルのメンバーからギャラガーに入っていたのだ。

「やりますね。約束の時間に合わせて電話を掛けたのに、騙《だま》されなかったばかりか、陽動作戦で脱出するとは驚きです」

傍で双眼鏡を覗いていたラテン系の男が首を横に振った。

「ディエゴ、呑気《のんき》なことを言っているが、別荘を襲撃したチームのリーダーがおまえだということを嗅《か》ぎつけられたら、奴らはおまえを必ず殺しに来るぞ」

「まさか……」

首を振ったディエゴは、笑ってみせた。

「リベンジャーズはたった八人で、クロノスの三十五人の暗殺部隊を殲滅したんだぞ。甘く見るな。撤収だ！」

ギャラガーは吐き捨てるように言うと、M110A1の銃身を摑《つか》んだ。

2

ハバナ、コンコルディア通り、午前九時四十分。

浩志とワットは、通りに面した〝カフェ・アラカンジェル〟で遅い朝食を食べていた。

未明にノースイースト・フロリダ・リージョナル空港を離陸したリアジェット60XRは、三十二分後の午前一時五十分にキューバの首都ハバナに近いホセ・マルティ国際空港に着陸している。

オルソンとジョーンズは、空港で待機していた救急車に乗せられて病院に直行した。浩志とワットは、誠治の部下であるホルヘ・ライネスの車で救急車の後を追った。また車の運転をしているのは現地駐在のCIAの職員らしく、彼も誠治の部下のようだ。正確に言えば、現在は直属ではないため、誠治の息が掛かった職員らしい。

オルソンが病院の手術室に運ばれるのを確認した後、浩志とワットはライネスに案内されて市内のホテルにチェックインしたのが、午前三時であった。

ジョーンズから、午前三時四十分に手術は無事終了したというSMS（ショートメッセージ）が送られてきた。彼女には、手術の結果をSMSで送るように言ってあったが、騙《かた》りを防ぐために教えてあった四桁の確認コードが記入してあったので、問題はないようだ。

誠治は空港でリアジェット60XRの給油を受けると、ライネスともう一人別の部下を残し、ワシントンに戻っている。ハバナへの飛行中に、一緒に米国に帰るか聞かれたが、浩志とワットはオルソンが気になるため、現地に残ると言って断ったのだ。

遅い朝食になったのは、ハバナの街を二時間近く歩いた後にこの店に入ったからである。店構えは大きくないが、清潔で雰囲気がよく、何よりスタッフがフレンドリーだ。だが、レストランを探し回ったわけではない。はじめての街であり、かつてというか、今でも反米国家であるため、散歩する振りをして街を観察したのだ。

「この店のキューバサンドイッチは、最高に美味《うま》いな。それにコーヒーも美味い。当然、キューバ産だよな。米国がキューバとの貿易を禁止しているのは、美味い物が入ってこないようにしているのかもしれないな。マイアミでもキューバ料理は食べられるが、この店の方が断然美味いぞ」

ワットはサンドイッチを頬張《ほおば》りながら、満面の笑みを浮かべている。基本的にこの男はちゃんとした食事が摂《と》れれば機嫌がいいのだ。

キューバ移民がルーツと言われるキューバサンドイッチは、米国で人気のファーストフードの一つである。パンにハムやチーズやローストポークを挟んで、サンドイッチプレスで焼き上げるもので、パンが香ばしく、具材の旨味《うまみ》が増すのだ。

ちなみにこの店は四種類のサンドイッチがあり、ワットはレタスとチキンが具材のサンドイッチを食べている。それにコーヒーが一ドルから三ドル、サンドイッチは三ドルから四・五ドルと値段も安い。

街全体もそうだが、店内は一九六〇年代にタイムスリップしたかのような古い造りである。

一九六二年に米国とソ連が対立し、ソ連がキューバに核ミサイルを持ち込んだことにより、全面核戦争寸前の危機的状況になった。結局、ソ連がキューバから核ミサイルを撤去することで回避されたが、以来米国はキューバとは断交し、経済制裁を続けている。そのため、キューバは時が止まったかのような状態に置かれているのだが、それが懐かしいと近年観光地として注目されているのだ。

浩志は、オーソドックスなスクランブルエッグとハムとサラダのプレートにした。パンが軽く焼き上げられ、シンプルで美味い。ただ、量が少ないので、追加オーダーの必要はありそうだ。

「うん？」

ジーンズのポケットのスマートフォンがメールの着信を知らせた。

「どうした？」

ワットがサンドイッチを食べながら尋ねてきた。

「友恵からのメールだ。コロンビアに向かうつもりで昨日成田からトランジットのメキシコ・シティ国際空港に向かったそうだ。メキシコには十五時二十分到着予定で、三時間後の十八時十五分の便に乗り、二十二時五十五分にボゴタに到着するらしい」

浩志はメールを読みながら苦笑した。友恵は思い切った行動を取ることがある。今回もそうだろう。

「友恵は、例のUSBメモリを解析するつもりで、こっちに来るんだな。コロンビアで柊真と合流するつもりなのか。まさか一人じゃないよな？　ハワイに観光で行くのとはわけが違うぞ」

　ワットは眉間《みけん》に皺《しわ》を寄せた。

「まさかの一人らしい。柊真と連絡が取れないため、出迎えはないようだ。そこで、俺たちに護衛を依頼してきた」

　メールの内容はともかく、友恵はどうしても浩志らを柊真と関わらせたいらしい。そのためにあえて一人で南米に向かったのだろう。

「俺たちを嵌《は》めるつもりなのか。面白い。だが、他の連中はどうする？　友恵が来るのに呼ばなかったら、連中のことだ、後で怒るぞ」

　ワットはサンドイッチを食べながら、スマートフォンを出した。

「友恵なら、敵に悟《さと》られずにUSBメモリを解析できるだろう。だが、もし、手違いで敵に居場所を知られたら、暗殺部隊と闘うことになる。そうなったら、俺たちだけで防げるものじゃない。仲間を呼び寄せる潮時《しおどき》かもしれないな」

　クロノスとの戦闘はこの先ますます激化するはずだ。リベンジャーズが総力で対処するべきだろう。

浩志は傭兵代理店の池谷に、仲間を集めるようにメールを送った。彼に指示を出せば、仲間の航空券やボゴタのホテルの手配など、すべて代理店で処理してくれる。

「日本からボゴタまでは、乗り換えも含めて二十時間近く掛かるだろう。仲間が来られるのは早くて明日の夜になるだろうな。ちなみにハバナからボゴタまでは、日に一便だけだが、十五時三十五分発のアビアンカ航空の便がある。これなら、十八時にはボゴタのエルドラド国際空港に到着できる。航空券の予約をするぞ」

ワットはスマートフォンの画面を見ながら言った。航空便を調べるサイトで検索したようだ。浩志も使うが、海外で臨機応変に行動するための武器とも言える。

「三時間の猶予《ゆうよ》はあるな。病院に行って、オルソンに話を聞くか」

浩志は残りのパンをコーヒーで流し込むと席を立った。

オルソンはこの店から8ブロック先の病院の特別病棟に収容されている。退院後は、キューバの街外れにある家にジョーンズと二人で匿《かくま》われることになるらしい。その家は誠治しか知らない場所にあるようだ。

「オルソンの状況を確かめてみる」

店の前でワットがスマートフォンを出した。ライネスに電話を掛けるのだろう。彼は同じく誠治の部下であるディック・コリンズと交代でオルソンの警護をしている。

「何！　本当か？　すぐに行く」

ワットが険《けわ》しい表情で電話を終えた。

「まさか、二人が襲われたのか？」

浩志は振り返って尋ねた。

「そうじゃない、オルソンがジョーンズと脱走したんだ。警護についていたコリンズが、病室で気絶していたらしい。ライネスは空港に向かっているようだ。俺たちもタクシーで空港に行こう」

ワットは一方通行のコンコルディア通りを走って交通量の多いガリアノ通りに出ると、指笛を鳴らしてタクシーを停めた。七〇年代のキャデラックである。この街の名物で、四、五十年前のクラシックカーがこの国ではまだ現役なのだ。電子部品を使っていない分、丈夫ということもあるのだろう。

「ホセ・マルティ国際空港に行ってくれ」

ドアを開けたワットはスペイン語で言った。

「待て、空港に行っても意味がないぞ」

浩志もスペイン語で運転手を制止した。ワットほど堪能ではないが、日常会話ならできる。長年世界中を流浪《るろう》し、上達したのは銃の腕前だけではない。

「どうしてだ？　奴らはすぐにでもこの国を脱出したいはずだ。だったら空港だろう」

ワットは反論した。

「あの二人は入国審査を受けていない。空港から出国できるはずがないだろう」

浩志とワットのパスポートには、キューバに向かう機上で米国の出国スタンプとキューバの入国スタンプを誠治が捺《お》した。そのため、二人は正規のルートで出国することができる。だが、誠治はあえてオルソンとジョーンズの二人のパスポートにスタンプを捺さなかった。彼らの逃亡を防ぐためなのだろう。

「たっ、確かに」

ワットは腕組みをして考え込んだ。

「どうするんだい？」

派手な花柄のシャツを着た運転手が、困惑した表情で肩を竦めた。車と同じくらい年季の入った初老の男である。

「プライベートクルーザーが停泊している桟橋《さんばし》はないか？」

浩志はオルソンらの脱出手段を消去法で、船だと導き出した。ハバナ港からフロリダのキーウエストまでは九十マイル（百四十五キロ）の距離しかない。海が荒れていなければ、操船の素人《しろうと》でも渡りきることはできるだろう。

「それなら、ペニンスラ・デ・ベロトだよ。随分前だけど、クルーザーに乗った金持ちを桟橋まで送って行ったことがある」

運転手は即答した。

「そこに行ってくれ。急げ！」

「任せとけ」

運転手は威勢よく答えたが、車は四十キロほどのスピードで街中を走った。それでもエンジンは唸《うな》りを上げているので、本当に急いでいるようだ。

タクシーはトゥネル・デ・ハバナ通りに入り、ハバナ湾の先端にあるサン・サルバドル・デ・ラ・プンタ要塞《ようさい》のほど近くにある海底トンネルの入口から湾を横断し、対岸に出た。トンネルを出て料金所を出ると、すぐに幹線道路から外れ、港湾道路に出る。

タクシーは東に進み、数分後に倉庫群のある場所に入った。

運転手は桟橋のすぐ手前でタクシーを停めた。軍服を着た男が大勢いる。しかも、ＡＫ74で警戒にあたる兵士の姿もあった。

「何かあったのか？」

ワットが流暢《りゅうちょう》なスペイン語で、運転手に尋ねた。

「あれは海軍の兵士だよ。クルーザーの桟橋の隣りは、海軍の桟橋なんだ。だから、たまに軍人が観光客の撮影したカメラを取り上げたり、ふざけ半分に絡んだりとトラブルになるんだ。何があったのか聞いてくるよ」

「俺も行く」

運転手とともにワットが車を降りて行った。

銃を構えている兵士の一人にタクシーの運転手が話しかけると、ワットが傍からこっそりと金を渡した。兵士は途端に笑顔になり、桟橋の方を指差して話し始めた。

ワットは兵士の肩を軽く叩《たた》くと、運転手とともに戻ってきた。

「怪しい黒人の男女が、桟橋に停泊していたクルーザーに乗り込もうとしていたところを、海軍の兵士が呼び止めた。すると女がいきなり、兵士の銃を奪ったらしい。それを離れた場所にいた同僚が見つけ、二人を射殺したそうだ。女は胸を撃たれて即死、男も腹部を二発撃たれて桟橋から落ちたそうだ。死体を捜索中らしい。俺たちの苦労が、水の泡になったということだ」

ワットは疲れた様子で話すと、シートにもたれ掛かった。

「撤収するか」

浩志は深い溜息《ためいき》を漏《も》らした。

3

コロンビア、ボゴタ、エルドラド国際空港、午後十一時十八分。

顔認証妨害眼鏡《めがね》を掛けた浩志は、入国審査を受けて到着ロビーに出てくる降客の中に友恵の姿がないか探していた。浩志とワットは予定通り、十五時三十五分発のアビアンカ航空便に乗り、午後六時過ぎに到着している。

浩志らがコロンビアに行くためにホセ・マルティ国際空港へ向かっている途中で、オルソンの死体は桟橋に引き上げられたとライネスから連絡を受けている。オルソンが手術後も安静にしていなければならないのに、無理をしてまで脱出した真意は、今となっては分からない。おそらく怪我《けが》が回復したら、CIAに監禁されて拷問《ごうもん》を受けると思い込んでいたのだろう。もっとも、それだけやましいことをしてきたに違いない。

エルドラド国際空港はコロンビアのアビアンカ航空のハブ空港だけに、遅い時間にもかかわらず乗降客が行き来する。

体格のいいラテン系の降客の中に、ショッキングピンクのダウンジャケットを着た小柄な女性がゲートから出てきた。一目で友恵だと分かったのだが、小さなポシェットを斜《なな》めがけにしているだけで手荷物はないようだ。

「見つけたぞ」

傍に立つワットが、嬉《うれ》しそうに言う。

「ずいぶんと身軽だな。荷物はどうした？」

浩志は手を振りながら近付いてくる友恵を見て首を傾げた。移動だけでも丸一日かかる地球の裏側に、手ぶら同然というのはどうかしている。ひょっとすると、スーツケースをどこかに置き忘れたのではないか。

「お二人とも、お元気そうで安心しました」

友恵は浩志の質問に答えることなく、笑顔を振りまく。いつもパソコンに向かって仕事しているだけに、たまに海外で仕事をすると彼女はハイテンションになるのだ。

「何！」

ワットが突然口を開けて、右手の人差し指を前に突き出した。

「むっ！」

浩志もワットの視線の先を見て、右眉《まゆ》を吊《つ》り上げた。

到着ロビーに出るゲートから、一際《ひときわ》逞《たくま》しい男たちが出てきたのだ。

「友恵さんの荷物持ちたちを誘導してきました」

先頭を歩く辰也が、わざとらしく二人に敬礼してみせた。

彼の後ろに加藤、田中、村瀬、鮫沼の四人の姿もある。宮坂と瀬川とウィリアムスの三人は、前回の戦闘でかなり深手を負っているので、まだ動ける状態ではない。もっとも、村瀬と鮫沼も負傷しているはずだが、平気な顔で歩いている。患部を包帯で固定しているのだろう。

池谷に辰也らを召集することは伝えたが、友恵と一緒に来るとは一言も聞いていない。

「おまえも荷物持ちなのか？」

浩志は表情もなく尋ねた。

「そんな身も蓋《ふた》もないような言い方は止めてくださいよ」

辰也は右手を大きく振って笑った。

「おまえらを出迎える手間は、とりあえず省けたな」

苦笑した浩志は、代理店の池谷に電話を掛けた。辰也らの件を確認するためである。池谷の知らないところで仲間が行動すれば、手配した航空券が無駄になるからだ。

三度の飯よりも闘うことが好きな連中は、じっとしていられなかったようだ。そもそも、京介の仇を誰しも取りたいと思っている。彼らの気持ちを考えれば、その行動も頷《うなず》ける。

「それじゃ、基地に案内するから、オマエら、付いてこい」

ワットが妙な発音の日本語で手を振った。

「上手《うま》くなったけど、ワットの日本語はまだまだだな。基地というのは、英語でベースだ。コロンビア軍の宿舎というのなら分かるが」

辰也が苦笑いをした。

「俺たちは車で来た。友恵は乗せられるから、おまえらはタクシーで来てくれ」

浩志は辰也にＳＭＳで、行き先の住所を送った。

「ちょっと待ってください。代理店でホテルの予約をしたと聞きましたが……」

スマートフォンでＳＭＳを見た辰也が、慌てて尋ねてきた。住所がホテルと違うことに気が付いたようだ。

「ホテルは、池谷にキャンセルさせた」

池谷は辰也らが友恵と出国することを知っていたようだ。だが、それを友恵に口止めされていたらしい。電話口で必死に謝っていた。辰也らが護衛に就いていると知っていたら、浩志とワットはコロンビアに来ることはなかっただろう。友恵はそれを危惧《きぐ》して嘘を吐《つ》いたのに違いない。

浩志とワットは友恵を伴い、空港の中央パーキングに停めてあったマツダ・ビアンテに乗り込んだ。コロンビアには自動車メーカーはないが、海外のメーカーの組立工場がいくつかあり、国内で生産されたものは国産車として販売される。マツダもその一つで、日本車ゆえに信頼度が高い。

空港はボゴタの中西部にあり、浩志は空港から延びるエル・ドラド通りからボヤカ通りを経由してウサケン地区に入ると、カジェ125号線に車を停めた。

助手席から降りたワットが、フェンスに囲まれた建物の簡易な折り畳み門に付いている南京錠《なんきんじよう》を外した。

浩志は門を抜けて建設資材が置かれた建物の横に車を停める。

「ここって……」

車を降りた友恵が絶句した。

「建築中のマンションだ。傭兵代理店に治安がいいエリアでアジトになるような倉庫を借りたいと言ったら、倉庫はなかったが、ここの鍵を渡されたんだ」

浩志は飛散防止のビニールが貼られたエントランスのガラスドアを開け、ホテルのフロントのような豪華な玄関の奥に入っていくと、ブレーカーの電源を入れた。人工大理石の床は、傷つかないように段ボールが敷き詰めてある。

浩志とワットはコロンビアに到着すると、ビジネス街であるコムナ・チャピネロ地区にある傭兵代理店を訪ねている。そこで車と武器を揃《そろ》えるだけでなく、アジトとなる建物を探した。高級ホテルならセキュリティーの心配はないが、武器を持って警護することはできないからである。

コロンビアは反政府武装組織であるＦＡＲＣ（コロンビア革命軍）と二〇一六年に和平合意書に署名し、五十年にも及んだ内戦に終止符を打った。だが、和平合意に反対するＦＡＲＣ離脱兵や政府と和平を結んでいないＥＬＮ（民族解放軍）によるテロ、誘拐等の犯罪は依然として続いている。

長年治安が悪かったためにボゴタ市民は、安全は金で買うものという意識がある。そのため、セキュリティーがしっかりとし、武装した警備員が常駐するマンションに住むのだ。一般市民が、個人で警備員を雇用し、セキュリティー会社と契約することは金銭的に困難だからである。そのため、ボゴタ市内では金持ちでも一戸建ての家に住むことは、ほとんどない。

浩志と友恵は、壁面と床に段ボールが貼り付けられたエレベーターに乗り、最上階である十二階に上がった。

「素敵！」

エレベーターを降りた友恵は、広いリビングを駆け抜けてガラス窓を開けると、テラスに出た。最上階はペントハウスで北側がテラスになっており、水ははられていないがプールまである。また、東側はベランダになっており、テラスとベランダどちらからでも、ボゴタの夜景を見ることができた。

「内装工事に入った段階で、施工主《せこうぬし》の不動産会社が倒産して工事がストップしたらしい。当分、工事は再開されないようだ。内装は八階からペントハウスまで終わっている。それに、電気も水道も通じている。裁判所が管理しているのを代理店が裏から手を回してくれたんだ」

浩志は周囲のビルを見ながらテラスに出ると、友恵に説明した。近辺にこのビルより高い建物はないが、同じ高さのビルがあるのでテラスには出ない方がいいだろう。とりあえず、エントランスと工事用フェンスの外が見えるように監視カメラを三台設置した。明日は、辰也らに手伝わせて監視カメラの台数を増やし、この建物のセキュリティーを高める工事をしようと思っている。

エレベーターのドアが開き、ワットと辰也らが入ってきた。ワットは、辰也らの乗ったタクシーを道端で待っていたのだ。辰也らには工事現場だとは、説明していないからである。

「なるほど、建設途中のマンションが基地というのは、面白いな」

辰也がリビングを見て目を丸くしている。リビングだけで六十平米あり、キッチンやダイニングは別にあった。寝室も客間も入れれば八つあり、それぞれの部屋が四十平米前後あるのだ。

「ところで、どこに寝るんですか？」

寝室を覗いてきた田中が質問してきた。

「簡易ベッドとマットは三つ用意してある。それは俺とワットと友恵の分だ。おまえたちの分はない。床で寝てくれ」

浩志はにべもなく言った。連絡もせずに来たのだから、何も用意していないのは当たり前のことである。在庫の関係もあったのだが、彼らの分は業者が明日届けてくれることになっていた。

「そっ、そんなあ。十八時間も飛行機に乗って、床ですか」

辰也が人工大理石の床を指差した。

「落ちている段ボール箱を敷けば、快適だぞ」

ワットが豪快に笑った。

4

ボゴタ、旧市街、午前十時。

翌日の朝、作業服を着た浩志は、マツダ・ビアンテのハンドルを握り、カレーラ11号線を南に向かっている。

助手席には、同じく作業服姿のワットが座っていた。建設現場をアジトにしたため、出入りするのに怪しまれないように、リベンジャーズの仲間は全員揃いの作業服を着ているのだ。

助手席のワットは、窓を開けて髪をなびかせている。頭皮に密着させる黒髪のカツラを付けているのだ。頭が蒸《む》れるため、めったに着用しないが、愛用のカツラはいくつか持っていた。彼は白人とネイティブアメリカンとの混血のため、黒い髪の毛を被《かぶ》れば、コロンビア人に見えなくもない。それに、スペイン語が堪能である。

昨夜到着した友恵は辰也らが日本から持参した三つのノートPCと一台のデスクトップPC、それに三台のモニターをペントハウスの一室に設置し、普段と変わらない仕事をしていた。

辰也らは建設現場に新たに六台の監視カメラを設置し、外部からの侵入が容易な場所には赤外線センサーを取り付けるなど、建物のセキュリティーの強化をしている。また、朝方に地元の傭兵代理店から武器が届いた。各自M4とグロック17C、予備の弾丸にタクティカルナイフ、それに無線機などの装備も揃った。

また、青酸ガスに対応する防毒マスクも用意している。というのもギャラガーが率いる暗殺部隊は、フランスにあるＤＧＳＩのセーフハウスを襲撃した際、青酸ガスをＤＧＳＥの特殊部隊に対して使用したからである。殺害現場を調査したＤＧＳＩの鑑識が、使用された毒ガスを分析して判明している。常識が通じない敵の闘い方に対抗するために、重装備になった。

傭兵代理店からは武器弾薬だけでなく、傭兵も紹介すると言われたが、さすがにそれは断っている。これまで遭遇したクロノスの構成員は、元軍人や警察官などが多かったためである。素性《すじょう》が分からない人間とは無闇《むやみ》に手を組むことはできないのだ。

浩志はカジェ82号線との交差点を右折し、２ブロック先にあるショッピングモール〝アンディーノ〟の地下駐車場に入った。

この辺りは、表参道《おもてさんどう》と比較されるような〝ZONA T〟と呼ばれるスタイリッシュなエリアであり、中でも〝アンディーノ〟は高級ブランドを扱う老舗《しにせ》的なショッピングモールである。

地下駐車場の隅に車を停めた浩志は、顔認証妨害眼鏡を掛けて運転席から降りた。それでも監視カメラになるべく映らないように、壁に沿って歩く。

反対側からサングラスを掛けた背の高い男が、ゆっくりと歩いてくる。

「突然で驚きました。なかなか連絡を入れられなくて、すみませんでした」

男は周囲を見回しながら日本語で言った。柊真である。三十分前に彼のスマートフォンに電話をかけ、呼び出したのだ。居場所は友恵が把握していたので、突然の呼び出しでも彼は来られると判断した上でのことである。

待ち合わせるのに人目を気にせず、見通しが利《き》かない場所を選んだ。また、開店直後のモールの駐車場なら、人気《ひとけ》も少ないだろうと予測してのことである。浩志らと前後して数台の車が駐車場に入っているが、家族連ればかりであった。

「友恵にまんまと騙された」

浩志は監視カメラに映らない柱の陰に隠れると、コロンビアに来たいきさつを手短に話した。

「友恵さんらしいですね。それにしても、キューバにいらっしゃったんですか。偶然にしても驚きです」

柊真も柱の陰になり、苦笑してみせた。短期間だが、彼の成長ぶりには驚きを覚える。さりげない会話をする中でも周囲を警戒しつつ、一分の隙《すき》も見せないのだ。つまり、浩志に対してさえ、気を許していないということである。だが、それは一人前の傭兵になった証であった。

「隠れている三人の男たちは、おまえの仲間か？」

浩志はわざとフランス語で尋ねた。

「えっ！」

柊真は両眼を見開いた。

浩志は、車の陰に隠れている三人の男たちの気配を感じていたのだ。

「藤堂さんには、敵《かな》いませんね。仲間が私を心配してついてきてくれたのです」

フランス語で答えた柊真は、頭を掻《か》きながら首を横に振った。

「おまえらは、血の気が多すぎるんだ。だから、気取《けど》られる」

浩志は鼻先で笑った。

闘う気持ちが強すぎると、自《おの》ずと心拍数や呼吸の仕方が変わってしまう。浩志のような修羅場を潜《くぐ》ってきた人間には、手に取るように分かってしまうのだ。長年鍛えたある意味異常な聴覚は、まだ健全である。

「私も含めて、仲間は修行が足りないようですね」

柊真は振り返って笑った。

「例の物は、持ってきたか？」

ハウザーから渡されたＵＳＢメモリのことである。

「もちろんです。しかし、直接、彼女に渡すわけにはいきませんか？」

苦労して手に入れただけに、柊真は友恵に直《じか》に会ってＵＳＢメモリの解析を頼みたいのだろう。

「おまえはコロンビアでこの二日間何事もなく、過ごせたのか？　身辺に敵の気配は一切感じなかったのか？」

浩志は矢継《やつ》ぎ早《ばや》に尋ねた。柊真らが友恵の警護に加わってくれたら、心強い。だが、敵が彼らの存在に気付いていたら、柊真と合流することは敵を呼び寄せる結果になってしまうだろう。柊真らが敵を追ってコロンビアに入ったのなら、敵は痕跡も残さずに高飛びするか、あるいは待ち伏せをするのかどちらかである。

「……実は、昨日コロンビア空軍の士官と会う約束をしていたのですが、妙なことがあり、会えませんでした」

柊真は空軍ヘリのパイロットとの待ち合わせ場所であるカフェでの出来事を話した。

「おまえの判断は正しい。それで、そのパイロットは生きているのか？」

腕組みをして聞いていた浩志は尋ねた。状況から判断すると、柊真らが狙撃されてもおかしくない。そもそも空軍士官が待ち合わせ場所に顔を出さなかった理由は、聞かなくても分かりそうなものだ。

「それが、今日、分かったことなんですが、昨日交通事故で死んでいたようです」

柊真の声のトーンが下がった。

「口封じと見せしめなのだろう。その男が殺されたことで、他の兵士も今後一切、情報提供することはないはずだ」

浩志は小さく頷いた。おそらくギャラガーが、コロンビアに留《とど》まって指揮をしているに違いない。

「やはり、そう見るべきなんですよね」

柊真は分かっていたが、判断に迷っていたらしい。

「ブツをもらおうか」

浩志は右手を伸ばして催促《さいそく》した。

「やはり、私が友恵さんと接触するのは危険ですね。よろしくお願いします」

ようやく納得したらしく、柊真はポケットから出したUSBメモリを渡してきた。

「解析が終わるまで、おまえのチームはボゴタに残ってくれ。手を借りることもあるかもしれない」

浩志は上着のポケットにUSBメモリを入れると、柊真の肩に手を置いた。

「必ず、連絡してください」

柊真は大きく頷いた。

5

午前十一時半、ボゴタ、カジェ125号線沿いの建設中のマンション。

数分前にアジトに戻って来た浩志は、友恵が仕事場としている主寝室《しゅしんしつ》で彼女の作業を見守っていた。〝アンディーノ〟からここまでの距離は約六キロと車で十数分の距離であるが、尾行がないか確かめるために四十分ほど、市内を走り回っていたのだ。

主寝室は四十平米もあり、床から天井までの高さが三メートルほどある。持ち込んだデスクと椅子《いす》とパソコン、それに簡易ベッドが置かれているだけなのでやたらと広く感じるのだが、窓がないため閉塞《へいそく》感を覚える。それでも、友恵は日差しが差し込むリビングよりも安心して仕事ができるという。傭兵代理店の地下にある仕事部屋での生活が染《し》みついているせいもあるのだろう。

「なかなかやるわね」

柊真から渡されたUSBメモリをポートに差し込んだ友恵は、眉間に皺を寄せた。

「どうした？」

紙のコーヒーカップを両手で抱えるように三つも持ったワットが、部屋に入ってきた。

リビングに日本から持ち込んだコーヒーメーカーがある。美味いコーヒーを飲むと仕事が捗《はかど》るという友恵のために、池谷が辰也に持たせたのだ。

「このUSBメモリをスタンドアローンのデスクトップマシンに差し込んだら、いきなりインターネットの接続を促《うなが》してきました。しかも、勝手にパソコンのネットワークを繋《つな》ごうとするのです。インターネットの接続を検知しないと、USBメモリの中も見られないようにプロテクトされているようですね」

友恵はワットからコーヒーカップを受け取り、美味そうにコーヒーを啜《すす》った。スタンドアローンとはインターネットはもちろん、他のコンピュータと接続されていない状態のコンピュータのことである。

「だが、インターネットに繋げば、この場所が見つけられてしまうんだろう？」

ワットはコーヒーカップを浩志に渡しながら、尋ねた。

浩志は何も言葉を発さずに作業を見守っている。友恵はできる女なので、放っておけばいいのだ。質問なら答えてくれるが、横から口出しをすれば部屋から追い出されることを知っている。

「そうなる可能性はありますね。私がクロノスのプログラマーなら、そうします」

友恵は平然と答えた。

「それじゃ、プログラムの解析は、できないということか？」

ワットは頭を掻いた。カツラが蒸れるのだろう。

「もちろん、作業は進めますよ」

友恵は机の右隅に置かれているノートPCのキーボードを叩き、次にデスクトップPCのポートからUSBメモリを抜き取ると、また差し込んだ。

「これでUSBメモリの中が見られます」

友恵はデスクトップPCのモニターを見て頷いた。

「そのようだが、インターネットに接続して大丈夫なのか？」

ワットもモニターを見たが、首を捻った。USBメモリが、いつの間にか認識されていると表示されているからだ。

「ノートPCに仮想インターネットの世界を構築し、デスクトップマシンを接続したのです。十八時間も飛行機に乗っていたので、暇に飽かして作っておきました。とりあえずUSBメモリの中が見られます。これから先は、集中したいので、一人にしてもらえますか？」

友恵はモニターを見たまま振り向きもせずに答えた。

浩志はワットに部屋から撤収するように顎で促し、部屋を出た。

「彼女に任せておけば問題ない」

渋々部屋から出てきたワットに浩志は言った。

「早く結果が欲しいんだ」

ワットは溜息を漏らした。

「焦《あせ》っても仕方がないだろう」

浩志はコーヒーを飲みながらリビングの床に座った。椅子もテーブルもないため、床に座る他ないのだ。だが、リビングの様相は昨夜と一変している。

寝室に通じる廊下の入口を中心に、厚い木の板と土嚢《どのう》を組み合わせて壁ができているのだ。辰也らが建設資材を持ち込んで作ったもので、敵がエレベーターやベランダから侵入した場合に備えて作った弾除《たまよ》けの防護壁である。

セキュリティーに関しては彼らに任せてあったのだが、市街戦どころか接近戦まで想定して準備したのだ。また、そのため、エレベーターに乗ってリビングに入ることはできるが、その先に進もうとすると、壁を乗り越えなくてはならない。

また、廊下の一番手前にある客間にノートブックPCを二台置いて、設置した九台の監視カメラの映像が見られるようにしてある。赤外線センサーはビルの敷地の五箇所に設置してあり、センサーが感知すると、各自のスマートフォンに通知されるようになっていた。

「戦争でもするのかね」

ワットは浩志の横に腰を下ろし、紛争地の前線基地のように積み上げられた土嚢を見て笑った。

「日本には、〝備えあれば、憂《うれ》いなし〟ということわざがあるんだ」

リビングの中央に座って銃の手入れをしていた辰也が、人差し指を振ってみせた。

「英語でいう、〝最善を願い、最悪に備えよ〟という言葉だな。分かるが、この土嚢と材木を撤去するのも大変だぞ」

ワットは首を左右に振って苦笑いをした。土嚢はアサルトライフルの銃撃にも耐えられるように作られているのだ。

「そっ、それは考えていなかった」

仰《の》け反《ぞ》った辰也が、頭を抱《かか》えている。

「コーヒーを飲んだら、眠くなってきた」

ワットが大きな欠伸をした。一階の資材置き場から土嚢や木材を持ち込んで積み上げる作業は、辰也らがしたのだが、その間、浩志とワットは夜明けまで見張りに立っていた。そのため、寝不足なのだ。

「二人とも眠って下さい。見張りは我々だけで十分ですから」

辰也の近くで銃の手入れをしていた田中が気遣《きづか》ってくれた。

「そうするか」

浩志は遠慮なく仮眠室となっている客間に入った。三十平米ほどの部屋に簡易ベッドが四つ設置してある。全員が一度に眠ることはありえないため、四つあれば事足《ことた》りるのだ。

「藤堂さん！」

横になってうとうとしていると、友恵の叫び声で目が覚めた。

浩志は弾《はじ》かれたように起き上がり、奥の寝室に向かった。

「どうした！」

浩志は、主寝室に飛び込んだ。

「ギャラガーを見つけました！」

振り返った友恵が、興奮気味に答えた。

6

ボゴタ、アントニオ・ナリニョ、午後十一時。

コロンビアの独立運動の指導者であるアントニオ・ナリニョに由来する旧市街のエリアに、小さなホテルが密集する一角がある。

二台のマツダ・ビアンテが、カラカス通りに停まった。トランスミレニオ（連節バス）の専用道路が中央に二車線あるため、道幅が広い通りである。この辺りは商店街らしいが、シャッターが閉められており、人通りは絶えていた。看板を見る限り、自動車やバイクの販売店が軒《のき》を連《つら》ねているようだ。深夜営業をする業種ではないからだろう。

一台目のビアンテの助手席には浩志、運転席には鮫沼、後部座席には辰也と加藤が座っている。二台目の運転席は村瀬、助手席にワット、後部座席に田中が収まっていた。田中の隣りが空席なのは、京介が空《あ》けた穴である。彼はいつも後続の車に乗る癖があったからだ。先頭の車に浩志が乗ると、あとは仲間が勝手に乗り込んだのだが、京介は二台目に乗り込むものと誰しも思ってしまう。京介が仲間にとって体の一部だったからだろう。

——こちら、ピッカリ、リベンジャー応答せよ。

ワットからの無線である。

全員イヤホン付きの無線機を携帯し、グロック17CとM4で武装している。

柊真が手に入れたUSBメモリに保存されていたクロノスのアプリのセキュリティーを友恵が数分で解析し、アプリの逆探知機能を切断した上でギャラガーの居場所を突き止めたのだ。

場所はアントニオ・ナリニョにある〝モーテル・セレッソ〟であった。観光客ではなく、コロンビア人向けの宿である。街やホテルにも監視カメラはなく、治安面では不安があるエリアだが、どのホテルも宿泊料金が極めて安い。

カラカス通りと交差するカジェ22スール通りには、ボゴタ北部にある観光客向けの本格的なカジノとは違い、コロンビア人向けの安価なカジノが軒を連ねる。コロンビアには、日本のパチンコ店のようなスロットマシンを置いた市民向けの店が街のいたるところにあるのだ。

ホテルが観光地でもない場所にあるのは、カジノに通う客用なのだろう。ギャラガーは地元住民に紛《まぎ》れるために、安宿で身を潜《ひそ》めているのかもしれないが、意外とカジノに入《い》り浸《びた》っている可能性もある。

「こちらリベンジャー。感度良好だ」

浩志はワットの無線連絡に簡単に返事をした。現場に到着したためについでに無線のテストも行ったのだ。

——ホテルの聞き込みをしてくる。こればかりは、加藤よりもスペイン語が堪能な俺の方が適任だ。

「分かった。頼んだぞ」

浩志に異存はない。もともとそのつもりだったからだ。ギャラガーを殺すのは簡単である。だが、彼を拘束《こうそく》してクロノスの組織を解明することの方が、重要なのだ。それに、柊真たちのチームが到着するまで目立った動きをするつもりはない。

二台目の車から降りたワットは軽い足取りで、ホテル街がある裏路地に入って行く。

車に残った浩志らは、自分のスマートフォンの画面を見ていた。地図上にワットの位置を示すブルーのマークが、点滅しながら路地裏を進んでいる。また、ギャラガーの位置を示す赤い点は、交差点から三十メートル先のホテルの中で点滅していた。

リベンジャーズのメンバーは、傭兵代理店から支給されたGPSチップが埋め込まれたパスポートを、偽造も含めて、常に二、三冊ベルトポーチに隠し持っている。

また、パスポートから発信される位置情報を表示させるアプリを友恵が開発しており、メンバーは自分のスマートフォンにダウンロードして使っていた。今回、友恵は急遽《きゅうきょ》このアプリにギャラガーの位置情報が表示できるように改良したのだ。

——こちらバルムンク、リベンジャー応答願います。

柊真から無線が入った。彼には浩志らが使っている無線機の周波数を教えてある。

「リベンジャーだ」

——カレーラ18に、到着しました。

カレーラ18は、東西に延びているカラカス通りの3ブロック北を平行に通る一方通行の道路である。ちなみにギャラガーのホテルは、カラカス通りの1ブロック北のカレーラ16にあった。柊真には、あらかじめギャラガーのホテルの場所を教えてある。ホテルから少し離れた場所で車を停めたのは正解である。

「ピッカリをホテルの聞き込みに行かせた。待機してくれ」

——了解。待機します。

交信が終わると、それが合図であるかのようにモニター上の赤いマークが動いた。

「まずい、ターゲットが動いた。ピッカリ、ターゲットが移動！」

浩志はワットがギャラガーと鉢合《はちあ》わせにならないように無線連絡をした。

――了解、モーテルの駐車場に隠れた。ターゲットは俺も補捉している。

ワットもスマートフォンで確認していたようだ。

「加藤……」

振り返った浩志が指示を出すよりも早く、加藤は車から降りて走り去っていた。もちろんギャラガーを尾行するためである。ターゲットのホテルが離れているため、彼は指示を仰《あお》ぐ僅《わず》かな間《ま》も惜《お》しんだのだ。

浩志は苦笑とともに加藤を見送ると、無線機のイヤホンからワットの声が流れてきた。

――こちらピッカリ、俺は奴の部屋を調べる。尾行はトレーサーマンに任せた。

「了解」

浩志はワットの行動に頷いた。クロノスの手掛かりになるものが部屋に置いてあるかもしれない。ギャラガーのパスポートや現金でもあれば、それを奪うだけでも彼の逃亡の邪魔ができる。

――こちらトレーサーマン。ターゲットは、カレーラ16を西に向かっています。

加藤は早くもギャラガーを目視《もくし》しているようだ。

「了解。我々もサポートに就く。バルムンク、サポートに出てくれ」

――了解。カレーラ18を西に向かいます。

「ハリケーン、サメ雄の二人は、車で待機。残りの者は、俺と行動してくれ」

浩志は車を降りながら、村瀬と鮫沼に指示を出した。車はいつでも出せるようにしておくのだ。

右手を前に振った浩志は、カラカス通りを西に走った。

――こちらトレーサーマン。ターゲットは、カジェ22スールに出ました。

予想通り、ギャラガーはカジノ街に出たらしい。

――トレーサーマンです。ターゲットは、〝カジノ・カジェ〟に入りました。

「トレーサーマン、店の前で待機」

浩志はすかさず命じた。店内の狭い空間では尾行に気付かれやすい。一人では取り逃がす可能性があるからだ。

浩志らがカラカス通りとの交差点を右に曲がると、反対側から柊真と三人の男たちが駆け寄ってきた。

通りは三、四階建ての古い建物が肩を寄せ合うように並んでおり、カジノという単語が溢《あふ》れかえっていた。街灯は申し訳程度に点《つ》いているが、店の照明やネオンも控えめである。そのせいか、通りはアジアの売春街のようないかがわしい雰囲気があった。行き交う人も少なく、一人で歩く者はいない。たいていは二、三人でそぞろ歩いている。

浩志らは〝カジノ・カジェ〟という看板を出す、薄汚れたビルの前で立ち止まった。柊真らのチームも出入口近くに立ち、そのうちの一人が仲間とスペイン語で、話し始めた。コロンビア人が、談笑しているように見せかけているのだ。できる連中である。

「俺とおまえたちのチームが店に入る。その方が怪しまれない。仲間は表を固める」

浩志は柊真の後ろに控える男たちの顔を見て、彼らにも分かるようにフランス語で指示をした。三人ともラテン系の顔をしているので、大勢で入っても怪しまれないだろう。

「了解」

柊真は頷くと、仲間を振り返った。

「加藤、念のために裏口がないか調べてくれ」

浩志は加藤の肩を軽く叩くと、辰也に頷いてみせた。

辰也は親指を立て頷くと、田中と二人で出入口から少し離れた所に立った。出入口を見張ることを無言で指示したのだ。

「先に入ってくれ」

浩志は柊真らを先に行かせた。浩志も彫りが深く日に焼けているが、ラテン系というよりアラブ系の顔立ちで、柊真らに比べて違和感があるため少し離れる。それに彼らが店に入ったことで、店内の動きを見たいのだ。ギャラガーはわざと尾行を誘《おび》き寄せて、手下と店内で待ち伏せしている可能性もある。彼らなら一般人を気にすることもなく、銃撃してくるだろう。

浩志は柊真らから数メートル離れて店に入った。店内は薄暗く、スロットの台が整然と並べられており、コロンビア人と思われる男たちが、BGMで流れているサルサ音楽を聴きながら、中にはリズムを取りながら遊んでいる客もいる。

店の奥の天井から四十インチほどのテレビがぶら下がっており、録画と思われるサッカーの試合を映しているが、見ている者はほとんどいない。誰しもスロットに夢中で、今のところ怪しい素振《そぶ》りの客はいないようだ。

店の一階を一巡した柊真が浩志を見て首を横に振り、階段を上って行く。ギャラガーは二階にいるのだろう。

——トレーサーマンです。ターゲットと思われる男が、屋上から出てきました。追跡します。

「了解！……待てよ。バルムンク！　店をすぐに出ろ！　全員だ。撤退！」

浩志は怒鳴《どな》るように無線連絡をしながら隠し持っていたグロックを握ると、天井に向けて発砲した。アンブリットの家が爆発した光景が脳裏に過《よぎ》ったのだ。

店内は一瞬でパニック状態になった。客は叫び声を上げて、我先《われさき》に出入口に向かう。

「逃げろ！」

浩志は立ち上がろうとしない客を無理やり立たせ、スペイン語で怒鳴った。

「藤堂さん！」

柊真らが階段を駆け下りてきた。

彼らを先に逃がし、浩志も後を追った。

轟音《ごうおん》！

店内から爆風と炎が噴き出す。

出入口から数メートル離れたところで、浩志は他の客とともに爆風で飛ばされた。

「大丈夫ですか！」

辰也が慌《あわ》てて駆け寄ってきた。彼らは安全圏にいたらしい。

「ああ」

頭を何度も振りながら、浩志はなんとか立ち上がった。耳鳴りがし、自分の声がこもっている。爆風で鼓膜がおかしくなったのだ。

出入口から炎と黒煙が噴き出してきた。かなりの客が逃げ遅れただろう。脱出できた客も呆然《ぼうぜん》としている。柊真らも倒れていたが、すぐに立ち上がった。怪我《けが》はしていないらしい。

銃声！

――ターゲットが、銃撃してきました。気付かれました。こちらからは近付けません。

ターゲットはカラカス通り沿いのビルです。

加藤からだ。彼が尾行を気付かれるとは、珍しいことだ。屋上から追跡したため、体を曝《さら》け出す必要があったからだろう。

——こちらハリケーン。ターゲットの行く手をサメ雄と塞《ふさ》ぎました。応援要請！

「了解！　行くぞ！」

浩志は柊真らを急き立て、カラカス通りに急行した。

交差点角から覗くと、通り沿いのビルの出入口からギャラガーが発砲している。その2ブロック先に村瀬と鮫沼が道を塞ぐ形で車を停め、運転席のドアを開けて応戦していた。カジノの屋上から脱出したギャラガーは、カラカス通りに面した自動車販売店のビルに侵入したようだ。

1ブロック先の裏路地からシボレーのSUV、サバーバンが唸りを上げて飛び出してきた。右に急ハンドルを切って歩道を走り、自動車販売店の前で急停車した。

「逃げるぞ！」

浩志はグロックのマガジンを交換しながら交差点に走り出ると、ギャラガー目掛けて発砲した。だが、いち早くギャラガーは後部座席に乗り込んだ。

サバーバンは歩道の標識をなぎ倒し、車道に出ると、猛スピードで迫ってくる。

浩志は狙いを定めて運転席に銃弾を撃ち込み、間一髪でサバーバンを避けてトランスミレニオの専用道路に飛び込んだ。

サバーバンは逆ハンドルを切ったらしく歩道に乗り上げて電話ボックスをなぎ倒すと、

衝撃で再び車道に出てトランスミレニオの専用道路にあるコンクリートの分離帯も乗り越え、反対車線の街灯にぶつかりようやく停車した。浩志の銃弾が運転手に命中していたようだ。

浩志が起き上がると、早くも柊真と彼の仲間がサバーバンに駆け寄り、後部座席からギャラガーを引き摺《ず》り下ろした。

7

浩志は、カラカス通りに車を停めている村瀬と鮫沼に手を振って合図を送った。

二人はすぐさま車を移動させた。

村瀬と鮫沼が、柊真から気を失っているギャラガーを受け取り、手錠を掛けると車の後部座席に放り込んだ。

「ジャミングを掛けるぞ」

辰也が手にしていた無線機のような形をした装置のボタンを押した。あらかじめ、ギャラガーを捕まえた場合に備えて、あらゆる周波数の電波を妨害するジャミング装置を用意していた。小型だけに広範囲にわたる効果はないが、むしろギャラガーの体内にインプラントされているＧＰＳチップの電波を妨害するには都合がいいのだ。

「俺たちは、自分の車に戻ります。連行先を後で教えてください」

ギャラガーが確実に拘束されたことを確認した柊真は、仲間と一緒に駆け去った。

「撤収するぞ、ピッカリ、応答せよ」

仲間が車に乗り込んだことを確認すると、鮫沼に車を出すように手を振って合図し、ワットを無線で呼び出した。だが、無線が切られているのか、応答がない。ギャラガーの部屋を夢中で捜索しているため、無線連絡に気が付かないのかもしれない。

「鮫沼、Uターンしてくれ。待機していた場所で俺を降ろして、次の交差点で待っていてくれ。ワットを呼んでくる」

「俺が行きますよ」

後部座席の辰也がドアを開け掛けた。

「大丈夫だ。あいつのことだ、ターゲットの部屋でくつろいでいるかもしれない」

苦笑した浩志は車が元の場所に戻ると、助手席から降りた。ギャラガーの部屋の冷蔵庫にビールを見つけ、飲みながら探すということはワットならやりかねない。

通りには野次馬《やじうま》が大勢出ている。爆発を起こしたカジノからは炎と煙が上がっており、このままでは延焼するだろう。遠くから消防車とパトカーのサイレンが聞こえてきた。

トランスミレニオの専用道路と一般道を区切っているコンクリートの分離帯を跨《また》いで道路を渡り、裏路地に足を踏み入れた。

浩志はカレーラ16沿いの〝モーテル・セレッソ〟のエントランスに入る。小さなフロントで中年の男が折り畳み椅子に座って、雑誌を読みふけっていた。外が騒がしいのに気にしないようだ。というか関わりたくないのだろう。

「聞きたいことがある」

浩志は簡単なスペイン語で尋ねた。

男はむっつりとした表情でちらりと浩志を見たが、雑誌に視線を戻した。宿泊客でないと分かったからだろう。

「タダとは言わない」

浩志はポケットから折り畳んだ一万ペソ（二〇一九年七月現在約三百三十五円）紙幣を出した。

「なんでも聞いてくれ」

笑顔になった男は、立ち上がって浩志から一万ペソを受け取った。

「顔に火傷の痕がある男が、チェックインしているはずだ。部屋番号を教えてくれ」

浩志は気前よく、新たに一万ペソをフロントに載せた。

「セニョール・ベルナルドなら、三〇四号室だよ。人相の悪い男だが、友人が多いみたいだな」

男は嬉しそうにまた一万ペソを手に取ると、そう言った。ギャラガーは、ベルナルドという偽名で宿泊していたらしい。

「どういうことだ?」

歩き掛けた浩志は立ち止まって尋ねた。

「ちょっと前にもスキンヘッドの大柄な男が訪ねてきて、同じ質問をしたんだよ。だが、その時は、セニョール・ベルナルドとすれ違いでね。そしたら、部屋で待たせてもらうというから、合鍵を渡してやったんだ」

ワットのことだろう。合鍵を手に入れるために、金を握らせたに違いない。

「だけど、すぐにその人は、酔っ払ったみたいで、四人の友人に担《かつ》がれてホテルから出て行ったよ」

「何! 本当か?」

浩志はフロントの男の胸ぐらを摑んで引き寄せた。

「本当だよ。嘘はつかない。担いでいたのは、友人だと言っていた。酔っ払った友達を家まで送って行くからって、聞いたんだ」

フロントの男は両手を合わせてすがるように答えた。

「くそっ!」

浩志はホテルを飛び出すと、スマートフォンのアプリを立ち上げて、ワットの居場所を探した。仲間の信号はすべて表示されているが、ワットだけ信号が途絶えている。先に確認するべきだった。ギャラガーを追っていたために、ワットは安全だと過信していたようだ。

ワットは電波の届かない場所にいるか、妨害電波が出されている可能性もある。いずれにせよ、自発的に姿を消したわけではない。

浩志は裏路地を走り抜け、待ち合わせ場所の交差点に停まっていた仲間の車に乗り込んだ。

「ワットは、どうしました？」

辰也が怪訝《けげん》な表情で尋ねてきた。

「拉致《らち》されたようだ」

浩志は険しい表情で答えた。

輸送戦闘飛行隊

1

ワットは、ぶるっと体を痙攣《けいれん》させて目覚めた。

重い瞼《まぶた》をこじ開けるように開いたが、目に映るものは漆黒《しっこく》の闇であった。

「どうなっている?」

体の自由が利《き》かないことに疑問を抱いたが、どうしようもない倦怠《けんたい》感のために思い出そうという気力がないのだ。

しばらくすると暗闇に目が慣れたのか、周囲が見えてきた。

天井がやたらに高い倉庫らしい。機械油の臭いがする。

ワットは木製の椅子《いす》にロープで縛られており、両足はそれぞれ椅子の脚に結び付けられていた。体を揺すった反動で椅子の角度を僅《わず》かに変え、首を回して反対側の様子も窺《うかが》った。

「あれは……」

　ワットは絶句した。

　M230機関砲が搭載されたUH60、ブラックホークがあったのだ。柊真からの報告では、ベネズエラのマラカイボ湖畔にある別荘でギャラガー率いる武装集団と戦闘になったらしい。ギャラガーらは機関砲で武装したブラックホークで、柊真らを銃撃して逃走したと聞く。格納庫の中央に置かれているブラックホークが、襲撃と逃走に使われたに違いない。

「そうだ……」

　天井を見上げていると、ギャラガーが宿泊していたアントニオ・ナリニョにあるホテルのフロントの中年男に、ワットが話しかけている光景が頭に浮かんだ。

　男は雑誌を読みふけっており、フロント前に立ったワットを無視した。ギャラガーが外出したことを知っていたために、ワットは親しい友人だから部屋で待たせてくれと言うと、合鍵の貸し出し料金として二万ペソ、入室料金として別に一万ペソを要求された。

　ワットは、彼の言い値を渡して合鍵を手に入れたのだった。

「そうか。そうだった。あのぼったくり野郎め」

　時系列に記憶を手繰《たぐ》り寄せると、次第に頭が鮮明になってくる。

合鍵を使ってギャラガーの部屋に潜入したことを思い出したワットは、苦笑いして顔をしかめた。殴られた顔の傷が痛むのだ。

ギャラガーの部屋に入ると、安宿の割には狭いながらリビングがあり、寝室は別になっていた。最上階ということもあり、一番高い部屋かもしれない。

寝室のドアを開けようとすると、背後に人の気配を感じて振り返った。すると、シャワールームから棍棒《こんぼう》を手にした二人の男が現れた。ギャラガーは留守中に侵入者が現れることを予測し、部下を配置していたらしい。

ワットは二人に対処すべく、彼らに向き直ると、背後からいきなり襲われた。寝室にも数人の男が潜《ひそ》んでいたのだ。それからの記憶は断片的で、最後の記憶は車に乗せられる前に二人の男からさんざん殴られたことである。

「寒い……」

ワットは悪寒《おかん》に襲われ、上半身裸であることにようやく気が付いた。コロンビアの気候は安定しているとはいえ、朝晩の気温が十度前後まで下がることがある。

「くそっ！」

舌打ちをしたワットは、頭を振った。腰に巻いておいたベルトポーチがなくなっているのだ。今回は偽造のパスポートだけ三冊持参して使っている。すべて傭兵代理店から支給されたもので、本物と寸分違わない作りになっており、ＧＰＳチップが埋め込まれていた。それがないということは、仲間はワットの居場所が分からないということである。

柊真もクロノスに拉致《らち》された際、ベルトポーチごと奪われたと聞く。彼を拘束《こうそく》した際、リベンジャーズの装備を研究したのかもしれない。もっとも、クロノスのメンバーになると、体内にGPSチップを埋め込まれるというから、彼らは極小のテクノロジーを警戒しているのだろう。普通の犯罪組織なら気にするはずもない。

ワットは周囲を見回した。軍用ヘリの格納庫ということは、空軍の基地なのだろう。プライベートな空港であるはずがない。ようやく、頭が働き始めたようだ。

基地なら空軍の兵士が何百人いてもおかしくはない。ワットを拉致したのは、クロノスの息が掛かった少数の兵士で、基地の大部分の兵士は悪事とは無縁なはずだ。格納庫から脱出するだけで、一般の兵士に見つかれば助けてくれるに違いない。顔面の痛みからすれば、そうとう酷《ひど》い有様《ありさま》になっているはずだからだ。

「おっ！」

ワットは顔を綻《ほころ》ばせた。

ブラックホークの脚部の床に金属製の工具箱が置いてあるのだ。ナイフはないだろうが、ロープを切断できるような工具があってもおかしくはない。

「待っていろよ」

全身に力を込め、ロープの呪縛《じゅばく》に逆《さか》らった。

椅子が軋《きし》み、膝《ひざ》を僅かに伸ばすことができた。前屈《かが》みになると、なんとか二本足で立てる。ペンギンのように左右に体を振って足を僅かに前に動かす。ブラックホークの下に置かれている工具箱までは、十メートルほどか。だが、気の遠くなるような距離に感じる。

「ふう」

全身に玉のような汗をかいたワットは、腰を元に戻して休憩した。五分近く掛かって三メートルほど移動できた。時間は掛かったが、おかげで体が温まった。

再び立ち上がり、ペンギンの行軍《こうぐん》を開始し、十五分ほどで工具箱まで辿《たど》り着いた。だが、椅子に座る形では、工具箱の蓋《ふた》の留《と》め金《がね》がどうしても外せないのだ。つま先で引っ掛けようとしても、タクティカルブーツの先は、そこまで繊細にできていない。工具箱を蹴ることはできても、留め金を外すことができないのだ。

「シット！」

鋭い舌打ちをしたワットは、がっくりと肩を落とした。

「……？」

首を傾《かし》げたワットは、さらに首を倒してブラックホークの反対側を見た。格納庫のかなり高い部分に窓がある。それを開閉するためなのか、壁に沿って通路があり、そこに通じる階段あるのだ。

ワットは再び苦行とも言える移動を開始し、三十分ほど掛けて階段下に到着した。

　大きく息を吐いたワットは、倒れるくらい体を左に傾けて右足を階段に掛けると、今度は反対側に体重を移して左足を一段目に載せた。この動作を繰り返して十段ほど階段を上った。

　額《ひたい》から滴《したた》る汗が目に入る。頭にはまだカツラが載せられている。ワットを捕らえた連中は、武器だけでなくベルトポーチまで奪ったが、カツラはそのままにした。どうせなら、頭が蒸《む》れるので、カツラも奪ってほしかった。

「これぐらいでいいだろう」

　下を見て、高さを確認した。

　階段の上から落ちて、その衝撃で椅子を壊すつもりである。だが、頭を打って死ぬかもしれない。死ななくても手足を骨折する可能性はあった。あとは、後方に仰《の》け反《ぞ》るようにして落ちるだけだが、その踏《ふ》ん切《ぎ》りがつかない。

　目覚めてから一時間近く過ぎている。クロノスの兵士に見つかれば、今度こそ殺されるだろう。とすれば、階段から落ちて死ぬか、殺されるのか、結果は同じである。

　頷《うなず》いたワットは両手を握りしめ、顎《あご》を引いて首回りの筋肉を固めると、後ろに勢いよく仰け反った。

　体が宙に浮き、脳天をしこたま階段で打つと、再び体は宙に踊り、コンクリートの床に勢いよく叩《たた》きつけられた。

眼前に星が飛び、頭が割れそうに痛い。思わず、右手で頭を摩《さす》った。

「おお！」

ワットは自由になっている右手を見て、声を上げた。

左手も動かし、次いで両足も動かしてみた。床に叩きつけられた衝撃で椅子が壊れ、きつく縛られていたロープが解《ほど》けたのだが、怪我《けが》はしていないようだ。頭頂部にできたたんこぶは怪我とも言えない。我ながら長年鍛え上げた体の頑丈なことに、驚くほかない。それにカツラがクッションになったのだろう。カツラを取り外すと、裂けていた。

「何の音だ！」

M４を構えた二人の兵士が、格納庫に入ってきた。見張りの兵士だろう。

「男がいないぞ。おまえは、あっちだ。俺は奥を見てくる」

兵士らは二手に分かれてハンドライトで照らし、ワットを探し始めた。一人が階段の近くに壊れた椅子とロープを見つけた。

階段下に隠れていたワットは近付いてきた兵士を羽交《はが》い締《じ》めにし、階段下に引き摺《ず》り込むと、首を捻《ひね》って倒した。

「イバン！　どうした？」

残った兵士が、仲間のハンドライトが床に落ちていることに気が付いた。

暗闇に溶け込んだワットは兵士の背後から近付くと、その首に太い腕を絡ませて絞め殺した。ハンドライトを床に置いたのは、ワットである。簡単な誘導作戦であった。

「さて、帰るか」

ワットは気絶させた兵士の軍服を剝《は》ぎ取った。

2

空軍兵士の軍服に着替え、カツラを取っていつものスキンヘッドになったワットは、M4を担《かつ》いで格納庫から出た。

気温は九度ほどか。奪った軍帽は被《かぶ》っているが、カツラがないためやけに頭が冷える。夜間灯が照らす道路を避けて隣接する建物の脇に入り、周囲を窺った。

格納庫の北側にヘリポートがあり、その向こうには滑走路がある。また、格納庫の左脇の道路は南側にある正門と思われるゲートまでまっすぐ続いていた。

正門にはグレーの制服に白いヘルメットを被った空軍の保安部隊の警備兵が数名立っており、イスラエル製のアサルトライフルであるＩＭＩガリルを構えて警戒している。

ワットは腕時計で時刻を確認した。午前二時二十分になっている。

夜間にもかかわらず、警備が厳しいのは、コロンビアの反政府組織の爆弾攻撃を警戒しているからだろう。街中に警察官を配備しているように、ボゴタの治安は武力を誇示することにより保たれているのだ。

「参ったな」

建物の陰に隠れたワットは、溜息《ためいき》を漏《も》らした。格納庫から脱出したら警備の兵士に助けを求めるのも一つの選択肢だと思っていたが、クロノスに関係する兵士とはいえ殺してしまった今となっては、それもできなくなった。死体を見つけられたら、不法侵入の上に殺人の罪に問われ、死刑は免《まぬが》れないだろう。

もっとも悪いことばかりではない。ワットが縛られていた場所のすぐ近くにあったデスクの上に金属製の箱があり、銃こそなかったが、奪われたワットの腕時計と一緒にパスポートが三冊とも入っていたのだ。スマートフォンも入っていたが、踏みつけられたのか、画面が割れて電源すら入れられなかった。

金属製の箱で電波が遮断《しゃだん》されていたようだが、パスポートを取り戻したことで、浩志らはワットの位置をすでに摑《つか》んでいるはずだ。だが、彼らが基地の中にまで侵入してくるかは疑問である。

ドイツで拉致された柊真を救出しようとしたリベンジャーズは、彼のパスポートのGPS信号を追跡した。だが、その結果、ドイツ軍の演習場に誘《おび》き寄せられ、クロノスの暗殺部隊に待ち伏せ攻撃をされたのである。状況としてはまったく同じと言えるほど似ているので、仲間は慎重に行動するはずだ。

「むっ！」

格納庫の裏側に駆け込んだワットは軍服の胸ポケットから煙草《たばこ》を出すと、慌《あわ》てて火を点《つ》けた。東の方角からパトロールの警備兵が近付いてきたのだ。

倒した二人の兵士の死体は、すぐに見つけられないように格納庫に積んである資材の裏に片付けてシートを被せておいた。遺棄する前に二人の持ち物を調べ、煙草は基地内で他の兵士と遭遇した際の小道具に使えると思い、軍服のポケットに入れておいたのだ。

「おい、貴様、ここで何をしている！」

二人の警備兵が、ハンドライトをワットの顔に向けた。

「休憩しているだけだ」

ワットはライトを右手で遮《さえぎ》って顔を隠した。さぼっている振りをしているのだ。下手《へた》に逃げるよりはましである。

「名前と所属は？　ＩＤを見せろ」

一人の警備兵は一歩下がってＩＭＩガリルを構え、別の兵士がライトをワットに当てたまま右手を伸ばした。

「第３１４輸送戦闘飛行隊、フランコ・バルバス軍曹」

ワットはポケットから出したＩＤを渡した。

「軍曹、右手が、邪魔だ。顔を見せろ！」

警備兵が偉そうに怒鳴《どな》った。階級章を見ると、彼も軍曹である。ガリルを構えているのは、階級が下の兵士なのだろう。

「ライトが眩《まぶ》しいんだ。下げてくれ」

ワットは右手を下ろした。

「なっ、その顔はどうした？」

警備兵が声を裏返らせた。他人の度肝《どぎも》を抜くほど腫《は》れ上がっているらしい。

「名前は言えないが、嫌われている上官に殴られたんだ。だから、夜間の見張りにされたんだ。分かるだろう？」

ワットは肩を竦《すく》めてみせた。

「第３１４輸送戦闘飛行隊か、なるほど。見ろよ、ＩＤの写真と全然違うぜ」

警備兵は、銃を構えている仲間にワットが渡したＩＤを見せて苦笑いをしてみせた。倒した兵士の一人がたまたまスキンヘッドだった。共通点はそこしかないが、二人の警備兵は、ワットの期待通り、写真と比べられないほど殴られて顔が変形したと勘違いしているのだ。

「同情するよ。さぼっていたことは、大目に見てやるから、部署に戻れ」

警備兵はワットにＩＤを返して、西の方角に去って行った。彼らの詰め所は正門のゲート近くにあるのだろう。

「助かったぜ」

額に浮いた汗を拭《ぬぐ》い、顔をしかめたワットは、警備兵とは反対の東に向かった。

百メートルほど進み、兵舎の脇を抜けて南に進み、フェンスに突き当たる。

一・二メートルほどの煉瓦塀《れんがべい》の上に二メートルほどの高さがある金網のフェンスが取り付けられ、先端に有刺鉄線が巻きつけられていた。とても乗り越えられるものではない。

仕方なくフェンスに沿って東に進んだ。

フェンスは途中で大きく折れ曲がる形で、北東に続く。

五十メートルほど進むと、巨大な格納庫の裏側に出た。おそらく輸送機の格納庫だろう。建物とフェンスとの隙間《すきま》は一メートルほどと狭い。その上、敷地に沿っている道路の街灯があまりにもまばらで、暗闇が続いている。とはいえ、逃亡中のワットにとっては、好都合であった。

「むっ！」

ワットは肩に担《かつ》いでいたM４を構え、格納庫との間の僅かな隙間に隠れた。前方の暗闇からいきなり人影が、現れたのだ。警備兵でないことは確かである。

「ワット」

数メートル先の小柄な人影から名前を呼ばれた。

「うん？」

首を傾げながらもワットは、建物の隙間から顔を覗《のぞ》かせた。

「こっちだ。付いてきてくれ」

潜入のプロである加藤の声だ。

加藤は来た道を戻り、北東へ進む。

「どうして、ここが分かった？」

ワットがパスポートを取り戻してから、まだ十分ほどしか経っていない。

「藤堂さんが、柊真から聞いた話をもとに、コロンビア空軍を友恵さんに調べさせたんだ」

加藤は振り向きもせず、小走りに進みながら説明した。

四日前に柊真と彼の仲間は、マラカイボ湖畔の別荘で、ギャラガーが率いる武装兵と闘っている。その時の敵の装備を分析し、コロンビア軍と判断した浩志は、友恵に空軍と陸軍のブラックホークを使った訓練や飛行記録などを調べさせたのだ。

その結果、十二月十一日にディエゴ・エストラーダ中尉率いる第３１４輸送戦闘飛行隊が、夜間訓練中の事故で三名の隊員が死亡するという記録を見つけた。訓練で使用した軍用機はブラックホークで、Ｍ２３０機関砲を装備していた。事故で死亡した隊員と柊真らが倒した敵と人数も合致したのだ。

浩志は第３１４輸送戦闘飛行隊が駐屯《ちゅうとん》しているボゴタ郊外にある空軍基地に、辰也と加藤と田中の三人のチームを送り、加藤が斥候《せっこう》として基地に潜入していたのだ。

　辰也のチームがワットの位置を確認したら、浩志が他のメンバーを引き連れてワットを救出するつもりだった。というのも、ギャラガーを拘束《こうそく》しており、敵が奪回しにくる可能性もあるため、基地としている建設中のマンションの警護に要する人員をできるだけ確保しておきたかったからである。

　加藤は潜入中にワットのGPS信号を捕捉したために、ワット本人かどうかを確認するために暗闇に潜《ひそ》んで待っていたのだ。

「さすが浩志だ。いや、友恵を褒《ほ》めるべきか。俺が格納庫で倒した二人も、ベネズエラに行っていたんだな。なるほど、だからか」

　ワットが警備兵に「第314輸送戦闘飛行隊」と名乗った際に、二人は苦笑してみせた。IDの写真と違うことで笑われたと思っていたが、警備兵は訓練で三名も死なせてしまった間抜けなチームの兵士だと嘲笑《あざわら》ったようだ。おそらく、彼らは訓練でワットが事故に繋《つな》がるミスを犯したため、上官から制裁を加えられたと勝手に解釈したのだろう。

　フェンスに沿って四百メートルほど進むと、建物の陰になっている場所に脚立《きゃたつ》が立てかけられていた。フェンスの反対側にはマツダ・ビアンテが停められている。

「お先にどうぞ」

　脚立を押さえながら加藤に促《うなが》された。

「サンキュー」

ワットは遠慮なく脚立を上り、フェンスを跨《また》ぐように越えると、ビアンテの天井に飛び降り、ボディを滑って道路に両手を上げて颯爽《さっそう》と立った。

「格好《かっこう》をつけて、亡霊じゃなさそうだな」

車から降りてきた辰也が、笑顔で出迎えた。

「お帰り」

運転席から田中が顔を覗かせて、左手を伸ばした。

「帰ったぞ。I'm back!!」

ワットは日本語と英語で答えると、辰也と田中にハイタッチをした。

3

午前二時二十五分、カジェ125号線沿いの建設中のマンション。

浩志は友恵の仕事場としている主寝室《しゅしんしつ》で、マイクが付いたヘッドフォンを掛けていた。その後ろでは、鮫沼が固唾《かたず》を呑んで浩志を見守っている。

「オーケー、よくやった」

浩志はヘッドフォンを外して、大きく息を吐いた。

ワットを救出した辰也と、ＩＰ無線機で通話をしていたのだ。通信距離に限界がある通常の無線機と違い、ＩＰ無線機は携帯電話の通信網を使うため、距離に関係なく通じる。ただし、コロンビアの電話会社のサービスではなく、友恵が地元の通信会社の通信網をハッキングして勝手に使っているのだ。

「ワットは？」

鮫沼が心配げな顔で、首を傾げてみせた。

「無事だった。かなり殴られていたらしいがな」

頷いた浩志は主寝室を出て廊下を進み、村瀬が監視カメラをチェックするためのセキュリティールームとしている部屋を覗いて親指を立てると、村瀬は笑顔になった。それですべてが通じる。エレベーターに乗り、地下一階のボタンを押した。

地下一階でエレベーターを降りた浩志は、駐車場の奥へと進んだ。

マンションの正門がある北側の脇を抜けた東側にスロープがあり、そこが駐車場の出入口になっている。エレベーターはスロープの対面の西側にあった。

非常灯が点《つ》けられているだけなので、駐車場はかなり薄暗い。突き当たりにある鉄製のドアの前に柊真の仲間のフェルナンドとマットが、Ｍ４を手に警戒している。

顎を引いて姿勢を正したフェルナンドが、ドアを開けた。柊真が彼らに浩志のことを何と話しているか知らないが、彼らは浩志の顔を見ると、緊張した様子になる。

ドアを開けると、埃《ほこり》っぽい淀《よど》んだ空気が外に流れ出た。

二十平米、十二畳ほどの部屋の左右の壁際にスチール棚が固定されている。倉庫として作られたらしいが、今はギャラガーを監禁するための留置場である。ここに連れてくる前に体内にインプラントされているGPSチップを取り出すつもりだったが、脊椎《せきつい》の神経が絡まっているような場所なので、素人《しろうと》に摘出は無理であった。

そのため、電波が通じにくい地下に閉じ込めた上に、ジャミング装置も稼働させている。ペントハウスでジャミング装置を使えば、通信機器が使えなくなってしまうということもあった。

中に入ると、出入口近くに柊真が立ち、その向こうにセルジオが立っていた。ギャラガーは奥の壁際に膝を突き、両腕を左右のスチール棚に手錠で繋がれてぐったりとしている。自殺防止のために、青酸カリが仕込んである奥歯はすでに抜いてあった。

ギャラガーは口から血を流し、顔面が腫れ上がっている。情報を引き出すために柊真らが拷問《ごうもん》をしたようだ。殺すなとは言ったが、扱いは任せてあった。

誠治からギャラガーの引き渡しを要求されていたが、まだ返事をしていない。京介の仇を取りたいと、仲間は誰しも思っている。全員の総意で決めるべきなのだ。

「ワットさんは？」

振り返った柊真が尋ねてきた。ギャラガーを連れてきた時は、憎しみを露《あら》わにしていたが、今は落ち着いているようだ。ジャミング装置のため、彼らと連絡が取れず、浩志は足を運んだのである。

「五分前に救出した」

浩志は僅かに口元を綻《ほころ》ばせた。

「よかった。ワットさんに何かあったら、この男の脳天に銃弾を撃ち込むつもりでした」

柊真は屈託《くったく》のない笑顔を見せた。

「命拾いをしたな」

浩志はギャラガーをちらりと見た。

「命拾いをした？　笑わせるぜ」

伏せていた顔を上げたギャラガーは、口を歪《ゆが》めて笑った。

「おまえは黙っていろ！」

セルジオがギャラガーに鉄拳《てっけん》を食らわした。

「何が言いたい？」

浩志は左手を振ってセルジオに下がるように制し、ギャラガーを促した。

「俺はベネズエラの任務を遂行したが、おまえらに帰還を邪魔された。それで、ケチが付いた。組織から作戦の妨害をした者を抹殺《まっさつ》しなければ、俺の命はないと通告されてしまったのだ。だから、おまえらを根絶やしにする作戦を考えたのだ」

ギャラガーは、血が混じった唾《つば》を吐き出した。

「カジノを爆破させ、一般市民を巻き添えにしたが、我々に怪我人はいない。それにおまえの部屋で拉致された仲間も、奪回したぞ。おまえに何が残っている？」

浩志は鼻で笑った。コロンビアの警察無線を傍受し、カジノの爆発とその後の火事で、五人が死亡し、十六人が重軽傷を負ったことは分かっている。

「俺の体にGPSチップがインプラントされていることは知っているだろう。だが、他にも違う種類のカプセルが仕込んであるんだ。それが、何か知りたくないか？」

ギャラガーがわざとらしく笑って鼻息を漏らすと、なぜか鼻血が垂《た》れてきた。鼻血が溜《た》まっていたらしい。

「まっ、まさか……」

浩志は顔から血の気が引くのが分かった。

「どうしたんですか？」

柊真が怪訝《けげん》な表情になった。

「……パンデミックカプセルだ」

眉間《みけん》に皺《しわ》を寄せた浩志は答えた。

「なっ！」

息を呑んだ柊真は、両眼を見開いた。

昨年、アフガニスタンの人権活動家であるシャナブ・ユセフィが武装集団に拉致された事件で、リベンジャーズは彼女の救出の任務を請け負った。また、彼女が武装集団に攫われた現場に居合わせた枝真も、その後リベンジャーズに合流して作戦の遂行に協力している。

だが、事件は人権活動家をイスラム過激派が襲った、という単純なものではなかった。

シャナブの体内には、遺伝子を組み換えたエボラウィルスを入れられたカプセルがインプラントされており、救助された彼女が米国に移送され、ホワイトハウスの晩餐会に呼ばれた際にカプセルが壊れてウィルスを拡散する、というALによる悪魔のような米国攻撃計画が隠されていたのだ。

事前にパンデミックカプセルの存在を探知した浩志らは、シャナブの体内からカプセルを摘出することに成功し、ALの陰謀を未然に防いでいる。

リベンジャーズは米国を救う大活躍をしたのだが、パニックを恐れた米国政府は事件を闇に葬った。したがって、パンデミックカプセルの存在を知るのは、米国政府のごく一部の官僚とリベンジャーズだけである。

「カプセルは、自然に溶けることはないはずだ」

浩志は首を捻った。

シャナブの体内に埋め込まれていたカプセルは、近距離からリモコンの起爆スイッチを押すことで、極小の起爆装置が爆破される仕組みになっていたのだ。

「シャナブの時におまえらに邪魔されたことを踏まえて、改良されたのだ。起爆装置を起動させる方法は、いくつも開発された。俺の場合は、体に埋め込まれているGPSチップの電波が、三時間以上検知できなくなると、自爆する仕組みになっている。ジャミング装置はまずかったな。GPSが検知できなくなってから、三時間以上経つはずだ。鼻血が出るのは、エボラのほんの初期症状だが、俺はワクチンを投与されているから、なんとか死なずに済む。発症後、おまえらは俺を拷問したために体に直接触れている。つまり、おまえらは確実に死ぬということだ」

ギャラガーは咳き込むように息を吐き出しながら笑った。

「ふざけるな！」

セルジオが振り上げた拳を止めた。感染源のギャラガーに触れたくないからだろう。

「こいつを拘束した直後にジャミング装置を起動させた。とすれば、三時間十分前後経過した計算になる。柊真とおまえの仲間は感染しているだろう。それに、俺はさっき倉庫のドアノブに触れている」

浩志は腕時計を見て言った。

「我々は、どうするべきですか？」

溜息を漏らした柊真は、首を振った。

「まずは、感染していない仲間を退避させ、ここを封鎖することだ。幸い、おまえたちは、地下から外に出ていない。他の仲間への感染は防げているはずだ」

浩志は平然と言った。

「なるほど、ここを封鎖して、この建物を燃やせばいいんですね」

柊真は慌てることなく頷いた。すでに死を受け入れているようだ。というか、常日頃から死と向き合っているのだろう。

「いや、俺たちが死を素直に受け入れるのは、最後の一瞬だけだ。それまでは、悪あがきをするものだ」

浩志は珍しく笑った。自分一人で死ぬのは構わない。だが、若い四人の男たちを道連れにするわけにはいかない。どんな時も最善を尽くすのが、生きるということなのだ。

浩志はジャミング装置の電源を落とすと、スマートフォンで誠治に電話を掛け、状況を説明した。

——昨年、我々はサウスロップ・グランド社の秘密研究所を差し押さえ、改良型エボラウィルスの研究資料と資材を没収している。改良型エボラウィルスは、空気感染しない。接触した場合にのみ、感染する。だが、感染力は強い。感染して三十分から一時間で発症し、四、五時間で死に至る。今からCIAのラボからウィルスを死滅させる血清を取り寄せて届けるが、最低四時間は掛かるだろう。

誠治の声はいつもより低くなっている。それだけ、深刻ということなのだろう。

「四時間か、微妙だな」

――私はただちにコロンビア政府に掛け合い、CDC（米国疾病予防管理センター）も急行させるつもりだ。

「俺たちがいる場所を封鎖し、パンデミックを防ぐ。もし、血清が間に合わないようなら、この建物ごと焼き払ってくれ」

浩志は淡々と答えた。

――悪いが、急ぐから通話は切る。

誠治は一方的に通話を切った。

浩志は続けてスマートフォンで、村瀬と鮫沼に友恵の護衛を命じて撤収させた。また、辰也にはこのマンションに戻らないように指示し、四時間後にマンションに火を点けるように命じた。

「俺たちが外に出なければ、ボゴタを救うことできる」

仲間への連絡を終えた浩志は、大きな息を吐いた。

浩志の様子をじっと見つめていた柊真はセルジオを伴い倉庫を出て、フェルナンドとマットに状況を説明した。

「すまない。この通りだ。俺が誘ったばかりにとんでもない迷惑を掛けてしまった。謝っても謝りきれないが、気がすむだけ俺を殴ってくれ」

　柊真は三人を前にして、頭を下げた。

「柊真、おまえは俺たちのリーダーだ。リーダーは頭を下げないものだ。そもそも、欧米人にそういう習慣はないしな」

　セルジオが笑った。

「俺たちが久しぶりに再会して、まだ八日間しか経っていない。年月の問題じゃない。俺たちは、おまえに出会うことで、何十年も一緒に闘ってきたような気分だ。謝られる覚えはないぞ」

　フェルナンドは、人差し指を左右に振ってみせた。

「今だからいうけど、セルジオは七つの炎から報酬を貰《もら》っていると言ったが、あれは嘘《うそ》だ。七つの炎は俺たちを紹介しただけだ」

　マットは悪戯《いたずら》っぽく言った。

「馬鹿野郎、なんで本当のことを言うんだ。ヒーローが、ボランティアって、カッコ悪いだろう」

　セルジオが顔を真っ赤にした。

「仲間なんだから、隠し事はなしにしようぜ。俺たちは、本当は、警備員の仕事とかで、腐っていたんだ。おまえに付いてきて本当によかったと思っている。充分闘った。悔いはない」

マットは両手を大きく左右に振った。

「みんな。ありがとう。だが……」

柊真は言葉を詰まらせた。

「時化《しけ》た話は、もうお終《しま》いだ」

倉庫から出てきた浩志は、ジャミング装置を柊真に投げ渡した。

「意味が、分かりませんが」

柊真は首を捻った。

「ジャミング装置を切ったからスマートフォンが使えたんだ。ギャラガーのＧＰＳチップは、正常に作動している」

浩志はふんと鼻息を漏らした。

「やつの仲間が、ここに集結するということですね」

柊真が笑顔になった。

「地獄への道連れを作るということか」

セルジオが大きく頷き、フェルナンドとマットと顔を見合わせて笑った。

「大暴れできるな」

フェルナンドが右拳を高く上げた直後、左手で鼻を押さえた。鼻血が吹き出したのだ。

セルジオらから笑顔が消えた。

「全員戦闘の準備をしろ」

浩志は全員に命じた。

4

午前二時三十五分、ワットらを乗せたビアンテは、ボゴタ郊外の50号線であるビア・プリンシパル・フンサを疾走していた。

「停めてくれ！」

後部座席に座っていたワットが声を上げた。

ハンドルを握る田中が、急ブレーキを掛けて停車させた。

「どうして、車を停めるんだ。藤堂さんたちは一大事なんだぞ！」

助手席に座っている辰也は、振り返って怒鳴った。ついさっき、浩志からエボラウィルスに感染したと電話連絡を受けているので、平常心を失っているようだ。

空軍基地から浩志らがいるウサケン地区の建設現場までは四十キロ、高速道路は一部使えるが、急いでも四十分前後掛かる。まだ、二、三キロ進んだに過ぎない。

「静かにしろ！　聞こえない」

ワットは無線機を耳に当てていた。空軍の基地で倒した兵士の無線機である。クロノスの息が掛かった部隊が、無線で交信すると予測し、奪っておいたのだ。

「まずいぞ！　ギャラガーの位置がばれたらしい。やつら、出撃するようだ」

ワットは鋭い舌打ちをした。

「どう言うことだ。ギャラガーのＧＰＳ信号は、ジャミング装置で妨害しているはずだぞ。ありえない！」

辰也は首を左右に振った。

「浩志が自らジャミング装置を切ったんだ。それしか考えられないだろう」

ワットは怒鳴り返した。

「なっ！　まさか、……地獄への道連れか。藤堂さんは、死を覚悟したんだ」

辰也は唖然《あぜん》とした表情で言った。

「あいつのことだ。ただ死ぬんじゃなくて、より多くの敵を自分より先に地獄に送り込もうとしているんだ。地獄でパーティーでも開くつもりなんだろう」

ワットは苦笑した。

「それなら、なおさら、早く戻らないと」

辰也は妙に焦《あせ》っている。

「マンションは浩志が封鎖して、俺たちは入れないんだぞ。とすれば、俺たちができることはなんだ。敵の数を少しでも減らすことじゃないのか？　それに今持っている武器だけでまともに闘えるのか？　ゲリラ戦しかないだろう」

ワットはいつになく、厳しい口調で反論した。

「……確かに難しい」

辰也は声のトーンを落とした。彼らの任務は空軍基地でワットの存在を確認する斥候であったため、予備の弾丸はそれほど多くないのだ。

「引き返すんだ。基地から出てきた敵をできるだけ、叩く。それしか方法はないだろう」

ワットは諭《さと》すように言った。

「分かった。弾薬が底をつくまで闘うということだな」

辰也が頷くと、田中は車を発進させて百メートルほど先にあるUターンゾーンで反対車線に出ると、アクセルを踏んで猛スピードで引き返した。

空軍基地はボゴタ郊外にあるマドリッドという田舎町《いなかまち》の西の外れにあり、途中で街中を抜けなければならない。田中は、幹線道路カジェ７で南東から街に入り、基地に向かうべくカレーラ４に左折して西に進んだ。

「前から来る車が怪しいぞ」

助手席の辰也が西の方角から迫ってきた車を指差した。

田中が道端に車を寄せると、軍用ジープ、ウィリスＭＢを先頭に、三台の軍用トラック

M352・5tトラックとすれ違った。四台の車両は猛スピードで走り去って行く。

「今のがそうじゃないのか。第314輸送戦闘飛行隊は、六十人の小隊だと聞いている。全員が出撃したに違いない。やつらの後を追うんだ」

辰也はダッシュボードを右拳で叩いた。

「待て、部隊が丸ごといないのなら、やつらの兵舎を家捜しするチャンスだぞ」

ワットは反論した。

「訳の分からないことを言うな。無人の兵舎を襲撃してどうする？」

辰也は肩を竦めた。

「兵舎で血清を探すんだ。生物兵器を抱えているのなら、解毒剤《げどく》を用意していてもおかしくないぞ。米国から血清が運ばれるのは、早くて四時間後と聞いた。エボラ熱の瀕死《ひんし》の患者は、毒素が体中に回っているから、血清を投与しても効果は期待できない。四時間後に投与されても、血清が効くと思うか？　時間との勝負なのだ。だから、浩志は地獄の道連れを求めているんだ」

「血清が効かないことを知って、藤堂さんは、死を覚悟したというのか」

辰也は額に手をやり、首を左右に振った。

「浩志なら、すぐに攻められるような闘い方はしないはずだ。むしろ、相手が五十人だろうが、百人だろうが対処できるはずだ。あの男を信じて、俺たちのできることをするべきだろう」

　ワットは険《けわ》しい表情で答えた。血清があるとは限らない。苦渋の選択である。

「分かった。基地に潜入しよう。加藤、第314輸送戦闘飛行隊の兵舎に案内してくれ」

　辰也は後部座席の加藤を見て言った。彼は斥候としてすでに基地に潜入している。

「任せてください」

　加藤は右手で自分の胸を叩き、大きく頷いた。

5

　午前三時二十分、カジェ125号線沿いの建設中のマンション地下駐車場。

　駐車場は南北に長く、幅が十二メートル、奥行きが二十六メートルある。その南側の奥にある倉庫を中心に左右の壁までの到達する幅が十二メートル、高さが一メートルある土《ど》嚢《のう》の壁が作られていた。

　柊真ら四人が、ペントハウスで使っていた土嚢を半分ほど残してエレベーターで下ろし、残りは駐車場のシャッターを開けて外に置いてあった建築資材を運び込んで作ったのだ。彼らはシャッターが開くことを知らなかったらしく、浩志がそれを教えるまでわざわざペントハウスとの往復をしていたのだ。その間、浩志は敷地の至るところにトラップを仕掛けている。

駐車場への出入口は、マンションのエントランスの傍にあるスロープがある出入口とスロープ下にある非常階段、それに直通のエレベーターがあった。だが、エレベーターは使用できないように、配電盤を破壊してある。また、非常階段のドアは内側からロックしたので、外部から侵入するには爆破してドアごと吹き飛ばさないと無理だろう。

「そろそろ来る頃だな」

腕時計を見た浩志は、足元に置かれたパソコンのモニターに視線を戻した。

四十分ほど前に、空軍基地から第３１４輸送戦闘飛行隊と思われる小隊が、四台の軍用車を連ねてボゴタに向かったと、ワットから連絡を受けている。距離を考えれば、敵兵が着いてもいい頃だ。

パソコンのモニターは敷地内にある監視カメラの映像を映している。ペントハウスで使っていた機材も、駐車場に下ろしていたのだ。また、武器や弾薬もすべて今は手元にある。

ペントハウスに籠城《ろうじょう》した場合、階段とエレベーターからの侵入を防ぐだけでは防ぎきれない。なぜなら階下のベランダから侵入することが、簡単にできるからだ。一度侵入を許せば、ベランダやテラスから攻撃されるので防御が難しい。

各自の装備は、Ｍ４にグロック17Ｃ、タクティカルナイフ、ボディアーマーにＭ４の予備マガジンが四本、ベルトにグロックの予備マガジンが四本、それにタクティカルバッグにさらにＭ４のマガジンを四本入れている。それに防毒マスクとかなり重装備であった。

「配置に就《つ》きます」

傍でモニターを見つめていた柊真は、土嚢の壁の右端に向かった。彼はフェルナンドとペアを組んでおり、反対の左端には、セルジオとマットの二人が銃を構えていた。また、浩志は倉庫の前のほぼ中央に陣取っている。三箇所に分かれるのは、敵の攻撃を分散させる目的もあるが、駐車場の柱に隠れる敵を攻撃するためでもあった。

「こちらリベンジャー、敵が到着した」

監視カメラの映像を見た浩志は、無線で柊真らに連絡をした。敵は四台の軍用車で堂々と正面から乗り入れてくる。

――バルムンク、了解。

――ブレット、了解。

ペアのリーダーである柊真とセルジオが、無線で答えた。

工事現場の敷地内に軍用四駆ウィリスＭＢと三台のＭ35２・５ｔトラックが、停車した。四台の車両から武装した兵士が続々と降りてくる。

「二班と三班、周囲の道路を封鎖しろ。一般人を絶対に入れるな。四班は敷地内から敵が逃走しないように見張るんだ。五班と六班は、建物内部を調べろ。一班は私と待機。敵と遭遇しても、発砲されない限り、撃つな。攻撃命令は私が出す。常に状況を報告しろ」

指揮官であるディエゴは、各班のリーダーに次々と命令を出すと、ポケットから煙草を出して火を点け、ウィリスMBのボンネットにもたれ掛かった。軍用四駆は司令塔の役目もしているらしく、通信室になっている荷台部分に二人の兵士が各班と無線連絡を行っている。

「もし、発症している敵の血を浴びると、感染するんですか?」

軍曹の階級章を付けた男が、ディエゴの耳元で囁《ささや》くように尋ねた。軍曹なら、小隊のナンバー2なのだろう。彼はギャラガーがエボラウィルスに感染していることを知っているようだ。

「おそらくな。感染者の体に直接触らなくても、血液や唾液《だえき》を浴びれば感染する。だから、青酸ガス爆弾を持ってきたんだ。敵を発見したら一旦撤退させ、おまえのチームが重装備で突入し、青酸ガス爆弾を使うんだ。敵兵だけでなく、ウィルスも死滅するだろう。敵を倒しても、ボゴタにウィルスが蔓延《まんえん》したら、俺たちが危なくなるからな」

ディエゴも小声で答えた。彼と軍曹以外の部下は、エボラウィルスのことを知らされていないのだろう。

「もし、もし、ですよ。感染したらどうなるんですか? 血清は兵舎にあるんですよ」

軍曹は険しい表情で首を捻った。

「感染してから、一時間ほどで発症するらしい。だから、戦闘を終えて基地に帰還してから血清を注射しても充分間に合う。ただ、発症して九十分以内に使用しないと効果は期待できないと聞いている。血清の成分は低温では安定しているが、常温で三十分以上放置すれば壊れるらしい。だから、冷蔵庫から出せないんだ。仕方がないだろう」

ディエゴは舌打ちをした。

「銃や爆薬を使った攻撃訓練と違って、生物兵器は扱ったことがありません。ウィルスのような目に見えない武器だけに、正直言って恐怖を覚えます。そもそも、戦闘員の指揮官クラスになると、パンデミックカプセルが体内にインプラントされるなんて、考えただけでおぞましいですよ」

軍曹は上目遣いで、ディエゴを見た。おそらくディエゴにもパンデミックカプセルが埋め込まれているのだろう。気温は十度を切っているため暑くはないはずだが、軍曹は額の汗を軍服の袖で拭った。

「おまえは副官なんだぞ。しっかりしろ」

ディエゴは苛立ち気味に、煙草の煙を軍曹の顔面に吐き出した。

「ギャラガーは、基地に連れて帰るんですか?」

軍曹は煙にむせながら尋ねた。

「本部は、生還を望んでいる。だが、青酸ガス爆弾を使ったら、どうなる？」

ディエゴは鼻先で笑った。

「なるほど、それでいいんですね。了解しました」

軍曹はにやりと笑ってみせた。

「報告します。一階のエントランスに、ブービートラップが仕掛けてありましたが、五班が解除しました。六班は建物の一階から三階まで調べ、現在は五班も合流して上階に向かっております」

荷台から降りてきた兵士が、敬礼をして報告した。

「敵かギャラガーを見つけるまで、一々《いちいち》報告するな」

ディエゴは面倒臭そうに、右手を払って兵士を下がらせた。

「この作戦が成功したら、我々は特別な報酬を得られそうですね」

軍曹はほくそ笑んだ。

「多分な。だが、油断は禁物だ。敵はドイツの暗殺部隊を壊滅させたらしいからな」

「それは、ドイツ人が腰抜けだからですよ。我々は、長年テロ組織と闘ってきた猛者《もさ》ですから」

「確かに……」

ディエゴは右眉《まゆ》を吊《つ》り上げると、Ｍ４をマンションの入口の庇《ひさし》に向けて撃った。

「どっ、どうしたのですか！」

　軍曹が慌てふためいている。

「監視カメラだ。しかも、民間人が使用するタイプじゃない」

　ディエゴは舌打ちをした。

「ほお」

　監視カメラの映像を見ていた浩志は小さく頷いた。九分割してある画面の一つに指揮官と思《おぼ》しき男が映っていたのだが、砂嵐の画面になった。男が監視カメラに気が付き、銃撃して破壊したのだ。敵兵の斥候は、マンションの上部を確認しているようだが、地下駐車場にやってくるのも時間の問題だろう。シャッターを開けられて、敵兵が雪崩《なだ》れ込んでくるはずだ。

「馬鹿じゃなさそうだな」

　にやりと笑った浩志は、鼻を押さえて舌打ちをした。鼻血が流れてきたのだ。

6

　午前三時五十分、カジェ１２５号線沿いの建設中のマンション地下駐車場。

――こちら、ハリケーン。リベンジャー、応答願います。

無線機のイヤホンから突然村瀬の声が響いた。

「こちら、リベンジャー。どうした？」

――私とサメ雄は、マンションのエントランスが見える位置で待機しています。いつでも攻撃ができます。

「モッキンバードは、どうした？」

彼らには安全な場所での友恵の護衛を命じてあった。

――彼女はコムナ・チャピネロの五つ星のホテルにチェックインしました。まもなく衛星での監視活動が始められると思います。我々は、彼女の許可を得て戻りました。現在、向かいにあるビジネスビルの屋上にいますので、いつでも狙撃できます。

ビジネス街であるコムナ・チャピネロは、ウサケン地区から五キロほど離れているが、もっとも治安がいい場所で、五つ星ホテルなら彼女一人でも大丈夫だろう。

「了解。だが、まだ撃つなよ。攻撃命令は、俺がする」

――敵兵は屋上まで到達しています。また、一部は駐車場のバリケードを撤去しています。駐車場への突入は時間の問題ですよ。

「心配するな。備えは万全だ」

――こちらモッキンバード、リベンジャー応答願います。

村瀬との無線に友恵が割り込んできた。

「リベンジャーだ」

――軍事衛星を起動させました。敵は確認できるだけで、四十二人です。建物内部にも十人前後いると思われます。

彼女は軍事衛星を暗視モードにし、熱センサーでも監視しているのだろう。敵は五十名以上いるらしい。柊真らがマラカイボ湖畔の戦闘で倒した三名とワットが空軍基地で殺害した二名を除くと、第３１４輸送戦闘飛行隊の総員は現在五十五名のはずである。とすれば、ほぼ全員が攻撃に加わっていると見て間違いないだろう。

「了解」

通信を終えた浩志は、Ｍ４を構え直した。土嚢は時間と資材の関係から一メートルほどの高さしかない。そのため、膝立ちの姿勢になる必要があった。

駐車場のシャッターが、ゆっくりと開く。

二人の兵士が、上がりかけたシャッターを潜《くぐ》り、ハンドライトを点け、Ｍ４を構えながらこちらに近付いてくる。斥候なのだろう。

「ここだ！　俺はここにいるぞ！」

倉庫の中からギャラガーの叫び声が響いた。シャッターの開く音で、仲間が助けに来たと思ったのだろう。

男たちはハンドライトを駐車場の土嚢の壁に当てると、慌ててシャッターの向こうに消えた。

「敵に存在を知られた。攻撃準備」

浩志は無線で柊真らに知らせた。

開きかけたシャッターが、下がり始めた。

——何？

浩志は首を傾げた。斥候が退避するのは、分かる。敵の存在を確認することが、彼らの目的だからだ。だが、攻撃口であるシャッターが閉まるのはおかしい。

「全員に告ぐ。防毒マスクを装着。繰り返す、防毒マスクを装着せよ！」

浩志は柊真らに命じると、すぐさま傍に置いてあった防毒マスクを装着した。

シャッターのわずかな隙間から、何かが次々と投げ込まれた。コンクリートの床を勢いよく転がり、土嚢のすぐ手前で三本の小型ボンベが止まった。シャッターはボンベが投げ込まれると完全に閉まった。

小型ボンベの先端が破裂し、わずかに白い煙を吐くと、その煙を掻《か》き消すように何かが猛烈な勢いで噴き出してきた。ボンベはギャラガーが率いる暗殺部隊が、DGSEの特殊部隊に対して使用した武器とまったく同じ形をしている。とすれば、青酸ガスが噴き出しているに違いない。シャッターを閉じたのは、効率よくガスを充満させるためだろう。

立ち上がった浩志は倉庫に駆け込み、予備の防毒マスクをギャラガーの頭に装着した。この男を簡単に死なせるわけにはいかない。まして、敵に殺されるのでは、仲間の復讐は果たされずに終わってしまう。

浩志は棚に用意してあった五本のガラス瓶を抱えて倉庫を出ると、ガスボンベ目掛けて投げつけた。瓶は粉々に砕け散り、中から液体が飛び散った。青酸ガスを中和するためのアルカリ性の高濃度炭酸ナトリウム水溶液である。気体である青酸ガスに対しての効果は、気休め程度だろうが、ないよりましだ。あとは、駐車場の換気扇が気体を吸い出してくれることを祈るだけだ。

「ガスが充満したころを見計らって、敵は襲撃してくるぞ。ハリケーン、応答せよ」

――こちら、ハリケーン。

「狙撃の準備をしろ」

浩志は村瀬に命じた。敵の数は多いが、背後から攻撃されたら、混乱するだろう。

――了解！

村瀬は張り切った返事をした。

「むっ」

浩志は眉間に皺を寄せた。一度止まった鼻血が、また流れてきたらしい。ただでさえ防毒マスクで息苦しいのに、呼吸がうまくできない。それに節々《ふしぶし》が痛くなってきたのだ。

――こちら、バルムンク。ジガンテの鼻血が止まらないため、呼吸困難に陥《おちい》っています。

柊真の悲痛な無線が入った。

ジガンテは、フェルナンドのコードネームで、イタリア語で巨人を意味する。

「倉庫に酸素マスクがある。離脱させろ」

炭酸ナトリウムの瓶も可能性の問題として用意したが、酸素マスクもまさか本当に使うとは思わなかった。長くこの場に留《とど》まれば、エボラウィルスで死ぬよりも先に呼吸ができなくなり、全員死亡するだろう。

「シャッターが開いたら、敵を蹴散らし、打って出るぞ」

浩志は肩で息をしながら命令を下した。

7

二十分後、地下駐車場のシャッターが、再び開き始めた。

時刻は午前四時二十分になっている。

浩志らが青酸ガスで死亡したころを見計らって敵は行動しているようだ。

浩志だけでなく柊真らも鼻血が止まらなくなり、防毒マスクを装着しているのは限界に達していた。駐車場の換気扇は稼働しているので青酸ガスは希薄になっているはずだが、防毒マスクなしで呼吸できるのは、当分先のことである。

防毒マスクを装着した六人の兵士が、Ｍ４を構えて横並びに侵入してきた。

「ハリケーン、狙撃開始！」

浩志は村瀬にビルの屋上からの攻撃を命じた。

銃声。

六人の男たちが一斉に外に向かって振り返った。

「今だ！」

浩志は土嚢を飛び越え、銃撃しながら走る。

同時に柊真とセルジオも土嚢を飛び出し、瞬《また》く間《たま》に六人の男を倒した。

「行くぞ！」

浩志は右手を前に出し、小走りに前進する。

最後尾に、フェルナンドがマットの肩を借りて付いてきた。酸素マスクで呼吸を整えたので、なんとか持ち直したらしい。防毒マスクをまた装着しているが、彼の症状が一番重篤《じゅうとく》なようだ。

浩志は柊真らにハンドシグナルで駐車場のスロープ下にある非常階段に向かうように指示をすると、スロープを一人で駆け上がった。だが、足元に無数の弾丸が跳《は》ねる。猛烈な銃撃を受け、応戦しながら後退した。

――こちらバルムンク、非常階段を確保。

柊真らは浩志の期待通り、非常階段の安全を確認したらしい。浩志があえて一人でスロープを上ろうとしたのは、陽動作戦である。

「ガスの影響がない上階に上がるんだ」

浩志は非常階段を上りながら、指示した。今は敵との接触を避け、青酸ガスの心配がないところで防毒マスクを外すことが先決である。

――……了解。

イヤホンに柊真の荒い息遣いが聞こえる。

三階まで上がると、柊真らにやっと追いついた。

浩志が防毒マスクを外すと、柊真らもマスクを外した。全員が鼻血を流し、荒い呼吸をしている。

「ぐっ！」

マットがいきなり手で口を押さえると、大量の血を吐いた。鼻呼吸をしようとするあまりに鼻血が食道に流れ、胃に溜まっていたのだろう。浩志も鼻血が流れないよう吸っていたため胃がムカつき、吐きそうなのだ。

銃弾が天井で跳ねた。

「行くぞ！」

浩志は気力で立ち上がると、階下に銃撃をして階段を上った。

マドリッドの空軍基地、午前四時二十一分。

ワットらは基地への潜入に成功し、第３１４輸送戦闘飛行隊の兵舎に忍び込んでいた。

「まずいぞ。戦闘が始まったらしい。村瀬と鮫沼が近くのビルから加勢しているようだが、敵が多すぎる。俺たちも早く行こうぜ」

友恵からの連絡を受け取った辰也は、声を上げた。

「大きな声を出すな。ここまで来たんだ。見つけなきゃ、どうしようもないぞ」

ワットが振り返って人差し指を唇の前で立てた。

基地内の厳重な警備を避け、建物のない北側から潜入したので、兵舎に辿り着くのが遅くなってしまったのだ。そのうえ、血清がどういう形で保管されているのかも皆目見当がつかないため、各部屋を手当たり次第探している。時間はいたずらに経過していた。

兵舎は南北に長く、入口は西側の中央にあった。ワットと辰也は兵舎の北側から、加藤と田中の二人は、南側から探していた。

――こちらトレーサーマン、どうやら見つけたようです。

加藤から無線連絡が入った。

「場所はどこだ？」

ワットが尋ねた。

――兵舎の東にある別棟です。おそらく士官用の兵舎だと思います。どの部屋も同じ造りなので、おかしいと思って隣りの建物を調べたのです。

加藤は追跡だけでなく、潜入のプロである。そのため、勘が働いたのだろう。

「さすがだ。すぐ行く」

通話を終えたワットは、辰也を伴い、狭い通路を隔《へだ》てた兵舎に入った。

建物自体はさきほどの兵舎の半分ほどの大きさだが、造りはしっかりとしており、しかも新しい。

「こっちです」

廊下の奥の部屋のドアが開き、加藤が手招きをした。

ワンルームだが三十平米近い広さがあり、奥にベッドが置かれ、その前にソファーとテーブルまで置いてある。

「これじゃないかと思うんですが」

田中は右手の壁際に置いてある冷蔵庫のドアを開けて見せた。高さが一メートルほどでビジネスホテルに置かれているようなサイズのものである。

ワットは、冷蔵庫を覗いた。

下の段に幅と奥行きが二十五センチ、高さが十七、八センチのアルミ合金でできたケースが入っている。蓋を開けると、直径一センチほどの細長い筒状の透明な容器が十本収められていた。

「これは、使い捨てのペン型注射器じゃないか」

そのうちの一本を取り出したワットは形状を調べるとまたケースに戻し、ケースの裏蓋に挟み込まれていた紙を取り出すと、冷蔵庫のドアを閉めた。

「なんて書いてあるんだ？」

今度は辰也が、冷蔵庫を開けて中を見ている。

「発症してから、九十分以内に患者に使用すること。容器の温度が八度を超えると、成分が変化するため、要冷蔵を厳守。摂氏六度以上の場所に十分以上保管してはならないと、英語で書いてある」

ワットは紙の裏側も見たが、同じ内容がスペイン語でも記されていた。

「血清ということは、間違いなさそうだな。だが、冷蔵庫から持ち出せば、血清の成分が分解してしまうということか。ここから、マンションまで車を飛ばせば、なんとか四十分で行ける。外気は九度ほどだ。クーラーボックスに大量の氷を入れて、そこにケースごと入れたらなんとかなるんじゃないか？」

辰也は冷蔵庫のドアを慌てて閉めて言った。

「ここは空軍基地だぞ。クーラーボックスはともかく、大量の氷が置いてあると思うか？

あったとしても簡単に手に入るとは思えない。浩志からの連絡では、彼らが感染したの

は、午前三時半前後らしい。とすれば、発症するのは、四時半前後になる。それから九十

分以内だが、ウィルスの進行状況は個人差があるから、余裕を見て午前五時半までには血

清を打たなければならないぞ」

ワットは眉を寄せて唸った。

「発電機があれば、冷蔵庫ごと持っていけますよ？　このサイズなら車で運べますから」

二人の会話を聞いていた加藤が、ワットと辰也の顔を交互に見て言った。

「……発電機？　格納庫で見たぞ。ナイス、アイデアだ」

ワットは嬉しそうに加藤の肩を叩いた。

8

午前四時三十九分、浩志らは最上階に逃げ込んでいた。

敵兵は十人以上倒したはずだが、怯むことなく攻撃は熾烈を極めていた。

浩志は非常階段の手すりに寄りかかって、下を覗いている。

「藤堂さん、ペントハウスに行ってください！　ここは危ないですから」

柊真が浩志の傍で銃撃しながら、叫んだ。

「ここにいる理由があるんだ」

答えた浩志も、階下に向けて銃撃した。階段が邪魔なので、銃撃は威嚇《いかく》にはなるが、当たるものではない。敵の銃弾も同じである。

「どういうことですか？」

柊真は銃撃の手を休めると、咳き込んで血を吐いた。

「今に分かる。フェルナンドはどうだ？」

浩志はM４のマガジンを替えながら、聞き返した。予備のマガジンは残り二本になっている。柊真らもたいして変わらないだろう。

「酸素マスクをして、横になっているので落ち着いています。本人は闘えると言い張っていますが、無理でしょう」

柊真が苦笑してみせたが、赤い顔をしている。熱が出てきたのだろう。浩志もそうだが、節々の痛みに加えて全身が気怠《けだる》いのだ。

「それなら、まだ死なないな」

浩志は、階下を覗いた。

途端に銃弾が撃ち込まれる。

「危ないですよ。何しているんですか？」

柊真は浩志の肩を摑んで引き寄せた。

「敵を集めているんだ。そろそろいいだろう」

浩志はポケットから小型の無線リモコンを出すと、ボタンを押した。

轟音《ごうおん》。

建物が足元から揺れた。

柊真らが地下駐車場に土嚢を積んでいる間に、非常階段の六階と八階に爆弾を仕掛けておいたのだ。もともと、地下駐車場から脱出したら、上階に逃げるつもりだった。エントランスのブービートラップは見破られたようだが、今回はうまくいったらしい。

「おお、さすがですね」

柊真は階段下を覗いて笑みを浮かべた。

「敵襲！」

背後でセルジオの叫び声。

非常階段からペントハウスに入ると、いつの間にかテラスに敵兵の姿があった。階下の部屋からよじのぼってきたに違いない。

「くっ！」

肩を銃弾が掠《かす》めた。

浩志は反撃しながら、リビング中央の土嚢の後ろに隠れた。柊真らが半分ほど地下駐車場に下ろしてしまったが、それでも役に立っている。

「弾切《たまぎ》れ！」

　セルジオが悲痛な声を上げた。

「俺もだ！」

　マットも同調するように言った。二人は寝室に通じる廊下の前に積み上げてある土嚢の後ろに隠れている。

　浩志はタクティカルバッグから最後の二本のマガジンを出すと、セルジオとマットに投げ渡した。だが、その直後に自分のＭ４も弾切れになる。

「くそっ！」

　舌打ちをした浩志はＭ４を脇に置き、グロックを抜くと、ベランダに現れた敵を撃って頭を引っ込めた。

「藤堂さん、エレベーターが」

　すぐ近くの土嚢の後ろに隠れている柊真が、背後のエレベーターを指差した。エレベーターの上にあるランプが点滅しているのだ。敵は浩志らが破壊した配電盤を修理したらしい。

　浩志はエレベーターに向かって仰向《あおむ》けになり、グロックを構えた。低い姿勢になることで、銃撃をかわすのだ。

エレベーターのドアが開き、隙間から手榴弾《しゅりゅうだん》が転がってきた。

すかさず反応した柊真が滑り込み、エレベーターに手榴弾を蹴り返した。浩志と柊真が頭を抱えてうつ伏せになると、エレベーターが轟音を上げて爆発した。

「新手の敵！」

セルジオが叫び、グロックで銃撃した。M４は弾切れになったらしい。

新たに十人ほどの敵がテラスに現れた。そのうちの一人の顔に見覚えがある。監視カメラを銃撃してきた男だ。浩志らの弾薬が尽きるのを見計らって、攻撃してきたのだろう。それにしても、彼らは弾薬を充分に携帯してきたらしい。M４の銃弾を思う存分、ぶち込んでくる。

あまりの凄《すさ》まじさに、浩志も仲間も頭を抱えて土嚢に身を隠した。誰もが銃弾が尽きている。隠れるほか、なす術《すべ》はないのだ。

外部から航空機のエンジン音。

「くそったれ！　攻撃ヘリまで寄越《よこ》しやがった」

セルジオが叫んだ。

機関砲の凄まじい銃撃音。

「おお！」

セルジオとマットが悲鳴を上げた。

――こちらピッカリ、リベンジャー応答せよ。まだ生きているか？

ワットからの無線だ。

機関砲の銃撃音は続く。

頭を上げて見ると、ブラックホークが上空を旋回しながら、テラスの敵に向けて銃撃している。とすれば、操縦しているのは、ヘリボーイこと田中に違いない。

「こちらリベンジャー。死にそうだ。というか、もうすぐ死ぬ。敵を片付けて、このマンションごと爆破してくれ」

浩志は叫んだ。

――ヘリの音がうるさくて聞こえない。敵を撃破したから、着陸する。

ワットはわざとなのか、浩志の無線を無視した。

「馬鹿野郎。俺たちに近づくな！」

浩志は再び大声を張り上げたが、ブラックホークは高度を下げ、テラスに降り立った。

ブラックホークの胴体部のハッチが開き、密閉型のヘルメットを被ったワットが、キャビンから身を乗り出した。爆弾処理班のスーツを一式着ているようだ。エボラウィルスの感染防止には、確かに有効だろう。

「ヘリに急いで乗るんだ。時間がない。血清があるんだ。急げ！　ムーブ！　ムーブ！」

ワットがスーツで不自由になった右腕を大きく回した。操縦席には田中、副操縦席には辰也が乗り込んでいる。

「何を急いでいる！」

浩志は柊真らを急《せ》かしながらワットに尋ねた。

「たった今、ミスター・Kから連絡があった。このビルが空爆される。もうすぐ、戦闘機がやってくるんだ」

ワットはマットとセルジオがフェルナンドを担ぎ上げるのを助けながら答えた。

「本当か！」

浩志は柊真とともにキャビンに乗り込んだ。

操縦席とはブルーシートで隔離され、床にもシートが敷かれている。それになぜか、機内に発電機に繋がれた冷蔵庫があった。

全員が乗り込むとハッチを閉める間も無く、ブラックホークは南の方角に向かって飛び立つ。

数秒後、西の方角から飛来した戦闘機が発射したミサイルがマンションに命中し、まばゆい閃光《せんこう》を上げて爆発した。

ブラックホークは急降下し、カレーラ15通りの僅か数メートル上空を飛び始めた。

「どうしたんだ？」

浩志は大声で尋ねた。

「この機体は、ちょっと借りたんだ。だから、空軍に見つかると、まずい」

　ワットは苦笑すると、浩志の首にスティック状の物を押し当てた。ちくりとしたが、さほど痛くはない。ペン型の注射器のようだ。

「盗んだのか！」

　さすがの浩志も声を上げた。

「人聞きの悪いことを言わないでくれ。詳しくは後で話すが、最初は冷蔵庫を使うために発電機だけ借りるつもりだったが、だったら、戦闘ヘリを借りても同じだろうってことになったんだ」

　わけのわからないことを言いながら、ワットは柊真らにも血清を注射していく。

「ありがとうございます」

　血清を打たれた柊真は、大きな息を吐いた。

「全員、打ったな」

　ワットは密閉型のヘルメットを脱ぐと、自分の首筋にも血清を注射した。完全防備とはいえ、浩志らといる限り感染の確率は高い。

「辰也と田中の分は、あるのか？」

　浩志は呼吸を整えながら尋ねた。血清はすぐに効くわけではないようだ。息苦しさと体中の痛みは治まらない。会話をしていないと、気絶しそうだ。

「大丈夫だ。彼らの分もある。二人は感染の確率は低いから、発症を確認してから打てば
いい。時刻は午前四時四十八分。俺の計算では、おまえたちは全員助かるはずだ」

ワットは浩志の腕時計で時刻を確認すると、笑ってみせた。

浩志は機体から身を乗り出し、後方を見つめた。空軍のレーダーから逃れるため、南西
の方角に向けて飛んでいる。

先ほどまでいたマンションはすでに見えなくなったが、北東の方角で空が一瞬明るくな
った。空軍の戦闘機が繰り返し、爆撃を行っているようだ。エボラウィルスを根絶させる
ための処置だろうが、手荒である。

「藤堂さん、ありがとうございました」

柊真が右手を伸ばし、頭を下げた。

「礼を言うのは、俺の方だ」

浩志は大きく頷くと、その手を固く握りしめた。

エピローグ

パナマ・ビエホとパナマ歴史地区、午後十時。

白地のプリントのTシャツにジーンズといたって軽装の浩志は、海岸沿いのエロイ・アルファロ通り沿いにあるレストランを出た。

海鮮料理を出す店で、ワットらリベンジャーズの仲間が店を貸し切ったかのように騒いでいたが、外の空気を吸うと言って抜け出したのだ。

さすがに赤道に近いだけあって、十二月というのに日中は三十度近くまで気温が上がったが、夜になって十五度まで下がったので過ごしやすくなっている。

夜風に当たりながら、世界遺産に登録されている古い街を歩く。９ａエステ通りを南に向かい、ポケテ通りとの交差点手前にある〝ラ・ラナ・ドラダ〟というバーに入った。

店内は観光客と地元の客が半々といったところか。マホガニーの床に丸いテーブル席、なんとも心地よい空間である。

奥のカウンターに近い丸テーブルに、ピンクのカラーシャツを着た男が、浩志を見て頷《うなず》いてみせた。誠治である。

店の出入口を背にする形になるが、彼の向かいの席に腰を下ろした。傭兵だけに、普段は店全体が見渡せる壁際に座る習慣があるが仕方がない。

「もう大丈夫なのか？」

誠治はずんぐりとしたビールグラスを片手に尋ねてきた。グラスに擬人化されたカエルの絵が描かれている。〝ラ・ラナ・ドラダ〟はコロンビアにしか棲息《せいそく》していない、大人でも十分で死亡すると言われる猛毒を持つカエルの名前である。とすれば、この店は、毒ガエルの名を冠したビールの専門店なのだろうか。

ウェイターに渡されたメニューを見ると、〝ポーター〟〝ピルス〟〝パレエル〟〝イパ〟〝グランド・クルー〟〝ブランシェ〟の六種類のビールがある。黒ビールの〝ポーター〟は、英国近衛兵《このえへい》の姿をした〝ラ・ラナ・ドラダ（毒ガエル）〟といった具合に、テイストに合わせたラベルのデザインがされているようだ。

ウェイターは早口のスペイン語で、醸造所から直送される地ビールで、日本でいう利き《き》酒であるビールサンプラーで六種類のビールが無料で飲めると説明した。だが、浩志は面倒なので、〝ピルス〟を注文する。

「若い連中は、もう大丈夫だ。俺は、まだ体中に痛みが残るが、熱は下がっている」

田中が操縦するブラックホークでボゴタを脱出した浩志らは、空軍に見つからないように低空飛行でコロンビアから隣国パナマに脱出した。というのも、誠治から指示があったからで、パナマの最南端の街であるヤビサの郊外にある野原に着陸し、誠治と彼が引き連れてきたCDCが到着するのを待った。

数時間後、現れたCDCの職員によって浩志らはその場で裸にされて洗浄され、ヤビサの小さな宿に四日間隔離された。今日の午後、浩志らの体内のウィルスが死滅したことが確認されて全員が解放され、パナマ市内に移ってきたのだ。

またボゴタに残してきた友恵は、村瀬と鮫沼に護衛を命じてコロンビアを出国させている。一昨日《おとつい》、日本に帰国したと友恵からメールが届いていた。

「コロンビアでは私の力が及ばず、すまなかった。まさか、生物テロに対して、空爆で対処するとは予想もしなかった。よほど米国の助けを借りたくなかったのだろう。南米の政治は米国にとって難しいと、改めて実感させられたよ。だが、パナマの高官に知り合いがいて本当に良かった」

誠治はビールを美味《うま》そうに飲んだ。

彼は血清《けっせい》を持ってコロンビアに向かっていたのだが、コロンビア政府に拒絶されたらしい。CDCが街中の一角を隔離して活動したら、国中がパニックになると考えたのだろう。それに米国に貸しを作りたくないために空爆に踏み切ったに違いない。第314輸送戦闘飛行隊が周囲を封鎖していたために、一般人には被害が出なかったことが幸いである。

第314輸送戦闘飛行隊の攻撃は執拗《しつよう》で強固であった。それもそのはずで、彼らは非公開の対ゲリラ特殊部隊だと、裏の事情を知る誠治から聞かされた。厳しい訓練を受けた実戦部隊で、国境地帯のジャングルに潜《ひそ》むゲリラの掃討《そうとう》を極秘に行うため、表向きは輸送部隊と称しているようだ。実戦力はあるが薄給だったらしく、そこにクロノスは付け込んだに違いない。

リベンジャーズの仲間は油断していたわけではないが、部隊名に〝輸送〟という文字が入っているために見くびっていたようである。

「ピルスです」

ウェイターが、なみなみとビールが注《つ》がれたグラスをテーブルに載せた。

「結局、やつの脳天に銃弾を撃ち込むことはできなかった」

浩志はグラスのビールを口にした。喉《のど》が渇《かわ》いていたせいもあるが、爽《さわ》やかな飲み口で、一気に半分ほど飲み干した。

コロンビア空軍の戦闘機は、合計四発のミサイルを建設現場に撃ち込み、完成間近のマンションを完全に崩壊させた。地下倉庫に繋がれていたギャラガーを青酸ガスから救ったが、無駄であった。それなら一層《いっそ》のこと、柊真に殺害の許可を与えておくべきだったと悔やまれる。

「今回の事件で、クロノスのことをホワイトハウスも知るところとなった。おかげで私は、クロノス対策本部長という肩書きが増えたよ」

誠治は浩志らがパナマで救出されたことを確認するとすぐに米国に戻っていた。事件の詳細をCIA長官だけでなく、ホワイトハウスでも説明しなければならなかったらしい。それが、一息ついたので顔を見せたようだ。

「忙しくなるな」

浩志は相槌《あいづち》を打つと、残りのビールを一気に飲み干した。パナマの気候に合った絶妙のビールである。他の種類も味わうべきだろう。

「今回の働きで、君らに報奨金が出ている。傭兵代理店経由で振り込んでおいた。今後も、君らの力を借りることがあるだろう」

誠治はテーブルに百ドル札を置くと、膝《ひざ》の上に載せていたパナマ帽を被《かぶ》った。

「君にはプレゼントがあるから、私はこれで失礼するよ」

帽子のツバを下に引いた誠治は、謎の言葉を残して店から出て行った。

浩志は首を捻《ひね》りながらもウェイターに〝ブランシェ〟というビールを頼み、店内が見渡せる壁際の席に腰を下ろした。背中を晒《さら》すのは、居心地が悪いのだ。

「座ってもいいかしら？」

いきなり日本語で声を掛けられた。

「なっ！」

浩志は、思わず腰を浮かせた。

「そんなに驚かなくてもいいでしょう。お化けじゃないんだから。隙《すき》だらけだったわよ。傭兵失格ね」

ブルーのサンドレスを着た美香が、悪戯《いたずら》っぽい顔で立っている。

「プレゼントって……」

席を立った浩志は壁際の席を美香に譲り、元の席に座った。最近連絡は取っていなかったが、海外に出るとは聞いていない。

「何、プレゼントって？　仕事でたまたまロサンゼルスに来ていたんだけど、ワットからあなたがパナマにいるって聞いたからこっそり来たの。こんなに驚いてくれて、光栄だわ」

美香は控えめに笑うと、メニューも見ないでウェイターに〝イパ〟を注文した。彼女は世界中を知り尽くしているだけに、この店も初めてではないのかもしれない。付き合って十数年、形ばかりの女房とはいえ、未だに謎が多い。変わらないのは、彼女の美貌《びぼう》もそうである。店にいるラテン系の男たちが、彼女のことを気にしているようだ。

「ワットめ」

浩志は舌打ちをした。

誠治が、浩志と美香が会えるようにワットを介してセッティングしたのだろう。ついさきほどまでワットと一緒にいたが、彼も一言も言わなかった。今頃、悪戯が成功したと喜んでいるに違いない。店に入る前に美香は誠治とすれ違った可能性もあるが、気が付かなかったらしい。

「ワットにも久しく会ってないけど、柊真君もここにいるんですって。久しぶりに顔が見たいわ」

美香は屈託《くったく》なく言った。彼女も柊真を中学生時代から知っている。

「あいつは、もういない。フランスに仲間と帰った」

浩志は淡々と言った。

柊真はリベンジャーズの宴会を断って、仲間とロサンゼルス行きの飛行機に乗った。米国経由でフランスに戻るようだ。別れ際に言葉は交わさなかった。お互いすでに分かり合えていたからである。柊真はリベンジャーズには戻らない決心をしたのだ。だからこそ、彼はコロンビアから脱出するヘリの中で「ありがとうございました」と言って握手を交わした。

京介を殺害した犯人が死んだことで彼はけじめをつけたのだ。これからは新たな仲間とチームを組んで活躍するのだろう。決して悪いことではない。むしろ、羽ばたいていく柊真を陰ながら応援したいとさえ思っている。

「そうなの、残念ね。それにしても、パナマでのんびりしているなんて、珍しいわね。数日前にコロンビアのボゴタで大規模なテロがあったけど、まさか、関係していないわよね」

美香が訝《いぶか》しげな目で見つめてきた。空軍の空爆は、いつのまにか反政府組織による爆破テロだと報道されている。政府は事実を必死に隠したのだろう。

「まさか」

浩志は表情も変えずに首を振った。クロノスとの闘いもそうだが、エボラウィルスに感染したことなど話すつもりはない。無用な心配はかけたくないこともあるが、任務が終わったあとは仕事のことはすぐに忘れるようにしている。

「〝ブランシェ〟と〝イパ〟です」

ウェイターが、注文したビールグラスをテーブルに載せるのを浩志は横目で見た。

「ほら、目を逸《そ》らした。怪しいわね」

美香はビールのグラスを持つと、目を細めて眼光を鋭くした。

「誤解だ。乾杯」

浩志は彼女のグラスに自分のグラスを軽く当てると、ビールを勢いよく呷《あお》った。

この作品はフィクションであり、登場する人物および
団体はすべて実在するものといっさい関係ありません。

一〇〇字書評

切り取り線

購買動機（新聞、雑誌名を記入するか、あるいは○をつけてください）

□（　　　　　　　　　　　　　　）の広告を見て
□（　　　　　　　　　　　　　　）の書評を見て
□ 知人のすすめで　　　　　□ タイトルに惹かれて
□ カバーが良かったから　　□ 内容が面白そうだから
□ 好きな作家だから　　　　□ 好きな分野の本だから

・最近、最も感銘を受けた作品名をお書き下さい

・あなたのお好きな作家名をお書き下さい

・その他、ご要望がありましたらお書き下さい

住所	〒				
氏名		職業		年齢	
Eメール	※携帯には配信できません		新刊情報等のメール配信を 希望する・しない		

この本の感想を、編集部までお寄せいただけたらありがたく存じます。今後の企画の参考にさせていただきます。Eメールでも結構です。

いただいた「一〇〇字書評」は、新聞・雑誌等に紹介させていただくことがあります。その場合はお礼として特製図書カードを差し上げます。

前ページの原稿用紙に書評をお書きの上、切り取り、左記までお送り下さい。宛先の住所は不要です。

なお、ご記入いただいたお名前、ご住所等は、書評紹介の事前了解、謝礼のお届けのためだけに利用し、そのほかの目的のために利用することはありません。

〒一〇一‐八七〇一
祥伝社文庫編集長　坂口芳和
電話　〇三（三二六五）二〇八〇

祥伝社ホームページの「ブックレビュー」からも、書き込めます。
www.shodensha.co.jp/bookreview

祥伝社文庫

血路《けつろ》の報復《ほうふく》　傭兵代理店《ようへいだいりてん》・改《かい》

令和 元 年 9 月 20 日　初版第 1 刷発行

著　者　渡辺裕之《わたなべひろゆき》

発行者　辻　浩明

発行所　祥伝社《しょうでんしゃ》

東京都千代田区神田神保町 3-3

〒 101-8701

電話　03（3265）2081（販売部）

電話　03（3265）2080（編集部）

電話　03（3265）3622（業務部）

www.shodensha.co.jp

印刷所　萩原印刷

製本所　ナショナル製本

カバーフォーマットデザイン　芥 陽子

ISBN978-4-396-34558-7 C0193

祥伝社文庫の好評既刊

渡辺裕之
傭兵代理店
「映像化されたら、必ず出演したい。比類なきアクション大作である」——同姓同名の俳優・渡辺裕之氏も激賞！

渡辺裕之
新・傭兵代理店 復活の進撃
最強の男が還ってきた！　砂漠に消えた人質。途方に暮れる日本政府の前にあの男が……。待望の2ndシーズン！

渡辺裕之
悪魔の大陸㊤ 新・傭兵代理店
この戦場、必ず生き抜く——。藤堂に新たな依頼が。化学兵器の調査のため内戦熾烈なシリアへ潜入！

渡辺裕之
悪魔の大陸㊦ 新・傭兵代理店
この弾丸、必ず撃ち抜く——。傭兵部隊は尖閣に消えた漁師を救い出すべく、悪謀張り巡らされた中国へ向け出動！

渡辺裕之
デスゲーム 新・傭兵代理店
最強の傭兵集団vs.卑劣なテロリスト。ヨルダンで捕まった藤堂に突きつけられた史上最悪の脅迫とは⁉

渡辺裕之
死の証人 新・傭兵代理店
藤堂浩志、国際犯罪組織の殺し屋のターゲットに！　次々と仕掛けられる敵の罠に、たった一人で立ち向かう！

〈祥伝社文庫　今月の新刊〉

渡辺裕之
血路の報復　傭兵代理店・改
男たちを駆り立てたのは、亡き仲間への思い。狙撃犯を追い、リベンジャーズ、南米へ。

深町秋生
PO《プロテクションオフィサー》　守護神の槍
警視庁身辺警戒員・片桐美波
「警護」という、命がけの捜査がある――。闘う女刑事たちのノンストップ警察小説！

柴田哲孝
KAPPA
何かが、いる……。河童伝説の残る牛久沼に、釣り人の惨殺死体。犯人は何者なのか!?

西村京太郎
十津川警部　わが愛する犬吠《いぬぼう》の海
ダイイングメッセージは何と被害者の名前!? 銚子へ急行した十津川に、犯人の妨害が！

笹沢左保
異常者
〝愛すること〟とは、〝殺したくなること〟男女の歪んだ愛を描いた傑作ミステリー！

花輪如一
詐話師《さわし》　平賀源内
万能の天才・平賀源内が正義に目覚める！ 騙して仕掛けて！ これぞ、悪党退治なり。

睦月影郎
あられもなく　ふしだら長屋劣情記
艶やかな美女にまみれて、熱帯びる夜――。元許嫁との一夜から、男の人生が変わる。

野口　卓
羽化《うか》　新・軍鶏侍
偉大なる父の背は、遠くに霞み……。道場を継ぐこととなった息子の苦悩と成長を描く。

山本一力
晩秋の陰画《ネガフイルム》
時代小説の名手・山本一力が紡ぐ、初の現代ミステリー。至高の物語に、驚愕必至。